河出文庫

裸のランチ

W・バロウズ
鮎川信夫 訳

kawade bunko

河出書房新社

目次

裸のランチ

序文

宣誓書――ある病に関する証言

わたしは四十五歳で病から目覚めた。穏やかで正気で、比較的いい健康状態で。ただし、肝臓が弱り、この病を生き延びた者すべてに共通の、肉体をよそから借りてきたような外見になってはいたが……。生存者のほとんどは、あの病の譫妄《せんもう》状態をあまり詳しく覚えてはいない。わたしはご承知のように、病とその譫妄状態について詳しい記録をとっておいた。いま、『裸のランチ』という題名で出版されたこれらの記録を書いたというはっきりした記憶はない。この題名はジャック・ケルアックの提案だった。最近になって病から回復するまで、それが何のことだかわたしにはわからなかった。今はわかる。このタイトルは、まさに文字どおりのものを意味している。「裸の（むきだしの）ランチ」――自分のフォークの先に何があるかをみんなが直視する、あの凍り付いた一瞬。

この病とは麻薬中毒で、わたしは過去十五年間中毒だった。ここで中毒というのは、麻薬（アヘンおよびその生成物の総称。デメロールからパルフィウムに至る合成物も含む）への中毒のことだ。わたしはいろいろな形で麻薬をやった。モルヒネ、ヘロイン、ディローディッド、ユーコダル、パントポン、ディオコーディド、ディオサイン、アヘン、デメロール、ドルフィン、パルフィウムなど。麻薬を吸ったし、嗅いだし、食べたし、静脈／皮下／筋肉に注射し、座薬のようにして挿入もした。針は重要ではない。嗅ごうと吸おうと食べようと尻に突っこもうと、結果は同じ。中毒だ。ここでいう麻薬中毒は、キフやマリファナやハッシシを原料とするものや、メスカリン、ヤーへ、LSD6、聖なるキノコや、幻覚剤系の薬物中毒はいっさい含まない……幻覚剤の使用が肉体的な依存症につながるという証拠はいっさいない。これらの薬物の働きは、麻薬と正反対だ。この二種類の嘆かわしい混同は、アメリカその他の麻薬取締局の狂信によって引き起こされた。

十五年間の中毒を通じ、麻薬ウィルスがどう作用するかは正確に観察してきた。麻薬ピラミッドは、あるレベルがその一つ下のレベルを食い物にするようになっていて、（麻薬取引の上のほうの人間がいつも太っていて、路上の中毒者がいつもガリガリなのは偶然ではない）それがてっぺんまで続いている。そのてっぺんも一人ではない。世界中の人びとを食い物にしているさまざまな麻薬ピラミッドがあるからで、そのすべてが独占の基本原理に基づいてたてられている。

（1） 何一つ無料でくれてやってはいけない

（2） 必要以上のものを与えてはいけない（いつも買い手を飢えさせて、しかも待たせろ）

（3） できることならすべて取り返せ

売人はいつも全部取り返す。中毒者は人間の形を維持するためにもっと麻薬が必要になる……ヤク中ぶりを金で隠すわけだ。

麻薬は独占と憑依の原型だ。中毒者がじっとしていても、彼の麻薬脚はまっすぐ麻薬ビームにのって舞い戻る。麻薬は量的なものであり正確に計測可能だ。麻薬をやればやるほど手持ちは少なくなり、手持ちが多くなればそれだけ使う量も増える。あらゆる幻覚剤は、その使用者によって聖なるものと見なされる——ペヨーテ教もあればイェージ教もあり、ハッシシ教にキノコ教がある——「メキシコの聖なるキノコは神を見せてくれる」——でも、麻薬が聖なるものだと唱えた者はいない。アヘン教はない。アヘンは金と同じく卑俗であり計量的だ。かつてインドには非常に好都合な習慣性のない麻薬があったという。ソーマと呼ばれ、美しい青い潮流として描かれている。ソーマがもし実在したら、そこにも売人がいて、それをびんにつめて独占販売して、ただの昔ながらの麻薬に変えてしまったことだろう。

麻薬は理想的な製品だ……究極の商品。セールス・トーク不要。客は買うためなら下水道を這い回り土下座する……麻薬商人は、消費者に製品を売るのではない。製品に消費者を堕落させてけるのだ。麻薬商人は自分の製品を改善したり簡素化したりしない。顧客のほうを簡素化するのだ。自分の部下にも麻薬の基本公式を生み出す。ヤク狂いは、ヤクの完全な必要性で支払う。

麻薬は「邪悪」ウィルスの基本公式を生み出す。ヤクの完全な必要性に駆られた人物だ。一定限度以上に完全な必要性の顔だ。それが「必要の代数」だ。「邪悪」の顔は、になると、必要性はまったく限度がなくなるし、コントロールもきかなくなる。完全な必要性のせりふで言えば、「あんたはやらないの？」というわけ。もちろんやる。嘘をつき、ごまかし、友だちを密告し、盗み、とにかく完全な必要性を満たすためなら何でもやる。完全な病、完全な憑依の状態におかれ、それ以外の行動ができる立場にいないからだ。ヤク狂いは、ほかに行動の道がない病気の人びとなのだ。狂犬病の犬は、かみつく以外にどうしようもない。自己満足的な立場をとるのは、目的を果たすのに何の役にもたたないが、その目的が麻薬ウィルスを活動させておくことなら別だ。そして麻薬はでかい産業である。かつて、メキシコの口蹄疫委員会で働くアメリカ人と話をしたことがある。月六百ドルに必要経費の仕事。「この疫病はいつまで続きますかねえ」とわたしは問いつめた。「わたしたちが続けられるだけ続きますよ。……そうそう、それに……口蹄疫が南米で発生するかもしれないし」彼は夢見るように言った。

もし一連の数字のピラミッドを破壊しようと思ったら、底の数字を変えるか破壊すること。もし麻薬ピラミッドを破壊したければ、ピラミッドの底辺からはじめなくてはならない。つまり、街頭の麻薬中毒者から。英雄気取りで「てっぺんの連中」をつつきまわすのはやめることだ。そんな連中はすぐにでも首をすげ替えられるのだから。麻薬方程式において、唯一すげ替えることができない項は、生きるのに麻薬がどうしても必要な街頭の中毒者なのだ。麻薬を買う中毒者がいなくなれば、麻薬の密売もとまる。麻薬のニーズがある限り、誰かがそれを供給する。

中毒者は、治療できるし隔離もできる。つまり、チフス保菌者のように、最低限の監督下でモルヒネ溶液を与えればいいのだ。これが実行されれば、世界の麻薬ピラミッドは崩壊する。わたしの知る限りでは、この手法を麻薬問題に適用したのはイギリスだけだ。イギリスには隔離された中毒者が五百人ほどいる。次の世代になって、現在の隔離中毒者たちが死に、新しい非麻薬性の鎮痛剤が開発されれば、麻薬ウィルスは天然痘のようなものになる。すでに解決済みの完了した章——単なる医学上の関心事に。

麻薬ウィルスを陸封済みの過去に追いやれるワクチンが存在している。このワクチンはアポモルヒネ治療と呼ばれており、それを発見したイギリス人医師の名前はここでは明かせない。彼の名前の使用と、アポモルヒネによる麻薬中毒とアルコール中毒治療を記録した彼の著書からの引用については現在許可待ちである。アポモルヒネという物質は、モルヒネを塩酸と煮てつくられる。中毒治療に使われるずっと以前に発見されていた。アポモルヒネは麻薬性もなければ鎮痛性もないため、その唯一の利用法は、服毒の際の嘔吐剤としてだった。後脳にある嘔吐中枢に直接作用するのだ。

わたしは麻薬路線の終点でこのワクチンを見つけた。その頃、わたしはタンジールの現地人街の部屋に住んでいた。一年も風呂に入っておらず、服も替えず、脱ぎさえしなかった。ただ、毎時間、末期中毒の繊維質で灰色の木のように硬い肉に針を刺すとき以外は。掃除もしなかったしほこりすらはらわなかった。アンプルの入っていた空箱とゴミが天井まで積み上がっていた。電気も水道も、料金未払いのため、ずっと昔に止められていた。わたしはまったく何もしなかった。八時間、じっとつま先をながめていた。唯一行動にかられるのは、麻薬の砂時計が落ちきったときだけ。友だちが訪ねてきても——訪ねられる方がほとんど存在しないも同然だったから、そんなことはほとんどなかったが——わたしはすわったまま、そいつがこっちの視界——灰色のスクリーンで、日増しに空白が増え、薄れる——に入ってきても気にもしなかったし、そいつがそこから出ても気にしなかった。そいつがその場で死んだとしても、つま先を見つめたまますわりこんで、ポケットの中身をいただこうと待ちかまえるだけだっただろう。あんただってそうだろう？　だって、わたしは決して十分に麻薬を得たことがなかった——わたしに限らず、みんなそうだ。モルヒネ一日三十グレーン、それでも足りない。そして薬局の入口でずっと待ち続ける。麻薬商売で、遅刻は定石だった。売人は必ず遅れる。これは偶然ではない。麻薬の世界に偶然はない。中毒者は、自分の麻薬溶液が手に入らなければどういう目にあうかを何度も正確に教えこまれるわけだ。金を用意するかさもないと、というわけ。そして突然、わたしの習慣量が倍増をはじめた。一日四十グレーン、六十グレーン。それでもまだ足りない。そしてもう払えない。

最後の小切手を手に立ちつくしていた時、それが最後の小切手なのに気がついた。わたしは次の便でロンドンに向った。

医師の説明によると、アポモルヒネは後脳に作用して代謝作用を調整し、血流を正常化して中毒の酵素機構を四、五日ほどで破壊するのだそうだ。後脳が調整されれば、アポモルヒネは止めていい。ぶり返したときだけ再使用すればいい。（アポモルヒネを刺激のために使う人はいない。これまでアポモルヒネ中毒は一件も記録されていない。）わたしは治療を受けるのに同意して療養所に入った。最初の二十四時間、わたしは文字どおり発狂してパラノイアになっていた。きつい禁断症状の他の中毒患者と同じだ。この譫妄は、二十四時間の集中的なアポモルヒネ治療によって消散された。医師は表を見せてくれた。わたしは微量のモルヒネを与えられていたが、脚や腹の痙攣、熱、わたし独自の特殊な症状である「凍傷」（巨大な蜂の巣に体を包まれ、メンソールをすりこまれたような感じ）などのもっときつい禁断症状がなかったことを説明できるほどの量ではなかった。中毒者はみんな、まったく制御不可能な特別の症状を持っている。ここでは、禁断症状方程式で欠けている項があった。その項は、アポモルヒネ以外に考えられない。

アポモルヒネ治療が本当に効くのがわかった。八日後、わたしは療養所を出た。食事も睡眠も、ふつうにできるようになっていた。以来、まる二年にわたって完全に麻薬なしで過ごした。十二年ぶりの記録だ。痛みと病気のため、一時的に麻薬を使用。もう一度アポモルヒネ治療を受けて、これを書いている今にいたるまで麻薬には触れていない。

アポモルヒネ治療は、ほかの治療法とは質的に異なる。わたしはみんなやってみたのだ。一気にやめる方法、徐々に減らす方法、コーチゾン、抗ヒスタミン、精神安定剤、睡眠療法、トルセロール、レセルピン。いずれの治療法も、ヤクに戻る機会が現われたとたんに破綻した。アポモルヒネ治療を受けるまで、中毒が代謝レベルまで治ることはなかったと断言していい。レキシントン麻薬病院が発表した圧倒的に高い中毒再発率統計のため、多くの医師は中毒が治療不可能だと結論づけている。わたしの知る限りでは、レキシントンで行なっているのはドルフィンの投与量を徐々に減らす治療法で、アポモルヒネ治療は一度も試されていない。はっきり言って、この治療法はほとんど無視されている。アポモルヒネ類やその合成物を使った研究はまったく行なわれていない。アポモルヒネの五十倍も強力で、しかも副作用の嘔吐性を取り除いた物質が開発できるはずなのだ。

アポモルヒネは、その役目が終わればすぐにでもやめられる、代謝と精神の調整物質だ。この世界は精神安定剤や興奮剤であふれているけれど、このユニークな調整薬は何の関心も集めていない。大製薬会社もまったく研究を行なっていない。アポモルヒネ類とその合成法の研究は、中毒問題をはるかに超えたまったく新しい医学の領域を切り開くものとなろう。

天然痘ワクチンは、反ワクチン主義の気ちがいじみた騒々しいグループの反対を受けた。アポモルヒネの場合も、彼らの足下から麻薬ウィルスが射ち除かれるにつれて利害のからむ、あるいはバランスのとれていない人々から、抗議の叫びがあがるのはまちがいない。麻薬は一大ビジネスだ。変人や黒幕が必ずいる。そういう連中に、予防治療や隔離という基本的な仕事のじゃまをさせてはならない。麻薬ウィルスは、世界でもっとも深刻な厚生問題なのだ。

『裸のランチ』はこの厚生問題を扱っている。したがって必然的に荒々しく、卑猥で、醜悪だ。病というものの細部は、しばしば嫌悪を催させる。神経の細い人には向いていない。

本書の中でポルノ的だと称された部分は、ジョナサン・スウィフトの「貧民児童利用策私案」と同じ手法で、死刑に対する諷刺として書いたものだ。この部分は、死刑というものを卑猥で野蛮で醜悪なアナクロニズムとして暴き出すことを意図している。それが死刑のら。いつもながら、ランチは裸（むきだし）にされている。もし文明国がドルイドる森の首吊り儀式に戻りたいなら、あるいはアステカ人と血を飲み、神に人間のいけにを捧げたいなら、彼らが実際に食べ、飲んでいるものを見せてやろう。連中の長い新聞紙製スプーンの端にのったものをみせつけてやろう。

これを書きながら、わたしは『裸のランチ』の続編をほとんど完成させた。麻薬ウィルスを超えて、必要の代数を拡張したものだ。中毒にはさまざまなかたちがあるが、基本的な法則は同じだと思う。ハイゼンベルクのことばを借りれば「これは可能な宇宙の中の最良のものではないかもしれないが、最も単純な宇宙の一つであることは示せるかもしれない」。もし人が目を向けさえすれば。

あとがき……あんたはしないの？

そして個人的に言わせてもらおう、もしそれ以外のやり方で話すやつがいたら、そいつは自分の原形質親父かおふくろ細胞でも探してりゃいいんだ……もう古くさい退屈な麻薬話や麻薬いかさまの話なんかもう聞きたくない……同じことが何万回も言われて、もう何を言っても無意味だ。麻薬の世界では何一つとして絶対に起こらないからだ。

この退屈な死への道を進む唯一の言い訳は刺激で麻薬回路が未払いのために完全に断ち切られて麻薬皮膚が麻薬切れと時間の射ちすぎで死んで古い皮膚が皮膚のやり口を忘れて麻薬のカ

バーの下で皮膚なりの方法でやり口を単純化する……完全なむきだし状態が促進されるのは刺激を求める中毒者が見て嗅いで聴く以外にどうしようもなくなったとき……車に気をつけろ……

麻薬というのは明らかに世界中鼻ヅラでアヘンペレットを売りつけてまわれ式の道。まさにフンコロガシ向き——麻薬の山にごっつんこ。そしてこんな報告はといえば棄却。うろつかれるのにもう飽きた。

ジャンキーはいつも「寒さ」について話してまわり、黒いコートのカラーをあげてしおれた首筋をつかんでみせる……ただの麻薬のインチキ話。ジャンキーは暖かくなりたいなんて思っちゃいない、むしろ冷えて冷たく寒くなりたいのだ。でも「寒さ麻薬」が欲しいのは、外側でほしいんじゃない。外側にあったって中毒者には何の役にもたたない。内部に、体内にほしいのだ、そうすれば凍り付いた水圧ジャッキみたいな背骨ですわってまわれる……代謝は完全なゼロに向う。末期中毒者はしばしば二カ月も排便がなく、内臓はすわりっぱなしのため融合を起こす——あんたはどうだい?——ため、リンゴの芯ぬき器か、あるいは同様の外科処置が必要となる……例の氷室での暮しってのはそういうもんだ。動きまわって時間を無駄にすることもなかろう?

あと一人分入れてやってくださいよ、旦那。

ある存在は、熱力学的刺激を求める。そいつらが熱力学を発明した……あんただっ
ない?

そしてあるジャンキーは別の刺激を求めそれが世間に放たれておれは自分が食べるものがみたかったり逆だったり多少の変更を加えた場合もあるかもしれない。ビルの裸のランチ・ルーム……さあさあお立ち会い……老いも若きも、人間も獣もどうぞ。車輪に油さしてショーを軌道にのせるんなら、ちょっとしたインチキ薬に勝るもんはないなあ、ジャック。あんたはどっちの味方？　凍り付いた水圧ジャッキ？　それとも正直ビルと見物してみる？

つまりこれが記事でわたしの言及した世界の厚生問題だ。この先の見通しだよ、わが友だちのみんな。誰かのカミソリについてのヒソヒソ話が聞えたかな？　それともアイビーリーグだかしげみの軍団だかのセコいいんちきアーティストがこさえたビルとかの話？　そのカミソリはオッカムとかいう男のものだったけれど、あいつは傷を集めていたわけじゃない。ウィトゲンシュタイン『論理哲学論考』より引用。「ある仮定が必要ないならそれは無意味であり意味の零度に近づいている」

「そして、麻薬を必要としない人間にとって、麻薬以上に不要なものはなにか？」

答は？「ジャンキーだ、あなたが麻薬をやっていなければ」

みんな言っておこう、いろいろ退屈な話は耳にしてきたけれど、いかなる職業集団といえどもあの古くさい熱力学的麻薬による減速はまねできない。さて、ヘロイン中毒はほとんど何も言わないからそれなら我慢しよう。でもあんたのアヘン吸いはまだテントもランプも持ってるからもっと活動的だ……そし七人九人十人とそこにごろんと冬眠する虫類みたく並んで温度を会話できるレベルにまで上げる。ほかのジャンキーは低級だけど、「それにひきかえわれわれは――われわれはこのテントもあるしランプもあるしこのテントもあるしこの中ならあったかくて気持いいしあったかくて気持いいしこの中なら気持いいし外は寒い……外は寒いしカス食いどもや注射連中は二年でダメになる半年でダメになるすぐにダメになるドタドタ大騒ぎして品もなにもあったもんじゃない……でもわれわれはここにじっとすわって量も絶対に増やさない……絶対に決して量は増やさないけど今夜だけは例外だって特別な日だもの外にカス食いや注射連中が寒い中でうろついてて……それにわれわれは全体に絶対に食べない絶対絶対絶対に食べない……ちょっと失礼、生の源ドロップを食いにでかけてきますよみんながポケットに持ってるやつ、それに尻にはアヘン・ペレットを家族の宝石やその他のクソと指サックに詰めてつっこんであるし。

あと一人、中にいれてやってくださいよ、旦那。

さああのテープが十億光年目指して回りはじめて決してそのテープは替えられることはなくおれたち非ジャンキーは極端な動きを見せて人間は麻薬小僧たちから分離。

このおそるべき災厄から身を守るためにはこっちにきて渦巻の女神カリブディスと同棲を始めることだ……いい目が見られるぜ、坊や……アメにタバコ。

わたしはあのテントで十五年後。入っちゃ出、入っちゃ出、入っちゃ出。終って出。だから老ビル・バロウズおじさんの言うことを聞くんだよ、このおじさんはバロウズ加算器調整薬の小細工を水圧ジャッキの原理に基づいて発明した人でどんな風にハンドルをひねっても結果は所定の座標についていつも同じ。若いうちに訓練を受けたもんでね……あんたはどうする?

世界のパレゴリックベイビーたち団結せよ。失うものはわれらの売人だけ。そして彼らは必要ではないのだ。

見おろせ、あの麻薬の道を見おろすんだ、自分でそこに出かけてまちがった連中とツルむ前に……

お利口さんに一言。

ウィリアム・S・バロウズ

宣誓の補足

『裸のランチ』を書いた記憶はない、と言うのはもちろん誇張だし、記憶にもいろいろ領域があることは念頭においてほしい。ヘロインは鎮痛剤であり、認識というものに内在する苦痛や快楽も鎮めてしまう。中毒者は、事実関係の記憶は非常に正確で細部にわたっているが、情動的な記憶は乏しい。重度の中毒者にあっては実質的に皆無に近いほどだ。

「麻薬ウィルスは世界の厚生問題の筆頭である」と言うのは、個人の健康に対してアヘン類が及ぼす害（といっても、節度ある使用量なら最小限のものでしかないが）だけについて語っているのではなく、ドラッグの使用が人びとにしばしば引き起こす、ヒステリー症も含めて語っている。こうした人びとは、メディアや麻薬禁止官僚たちによって、ヒステリックな反応を起こすように条件付けられているのだ。

現在のようなかたちでの麻薬問題は、アメリカの一九一四年ハリソン麻薬取締法に端を発する。反麻薬ヒステリーはいまや全世界に広がり、個人の自由と正当な法の庇護に対し、いたるところでおそるべき脅威と化している。

一九九一年十月

ウィリアム・S・バロウズ

〈山形浩生／訳〉

警察《さつ》が迫ってくるのがわかる。連中は向うでごそごそ動きまわり、いまいましい密告者どもを配置し、ワシントン・スクェア駅で捨てたおれのスプーンと注射器《ドロッパー》を囲んでべちゃくちゃしゃべっているのだ。おれは回転改札口をとびこえ、鉄の階段を二つ駆け降りて山の手A線の電車に滑り込む……若いハンサムな、髪をクルー・カットにしてアイビー・ルックの服を着た広告会社のエグゼキュティブ然としたお人好しがドアを押さえていてくれる。おれはこの男がいだいているその筋の人間のイメージにぴったりらしい。バーテンやタクシーの運転手なんかが好きで、右フックやドジャースの話をし、ネディックの店でカウンターの給仕に親しげに洗礼名で呼びかける、ご存じのタイプ。まったくいやらしい犬だ。ちょうどそのとき、白いトレンチ・コートを着た麻薬係刑事がプラットフォームにたどりつく（まあ考えてもみろ、白いトレンチ・コートを着て人を尾行するなんて。ホモのふりでもしてるつもりかね）。左手でおれの服をつかみ右手で麻薬《やく》の包みを見せながら言うせりふが聞えてきそうだ――「おい、何か落としたようだぜ」

だが、地下鉄は動き始めている。

「あばよ、ポリ公！」おれは大声でわめき、お人好しに第二ヒントを与える。そして、お人好しの眼を覗きこみ、様子を観察する――白い歯、フロリダ焼けの皮膚、二百ドルのシャークスキンの服、カラーをボタンで締めつけたブルックス・ブラザースのワイシャツ、そして、もっともらしく手に持っている「ザ・ニューズ」。「読むのはリトル・アブナーだけですよ」か。カタギの連中はワルぶりたがり、マリファナの話をし、時にはそいつをふかして、チンケなハリウッドの俳優連中に取り入ろうと、いくらかを残しておいたりする。

「やあ、恩に着るぜ。わかるよ、あんたはお仲間だね」おれがそう言うと、お人好しはピンボール・マシーンにぱっと電気がついたように顔を輝かせて、間の抜けた親愛の情を示した。

「やつに草を食われたんだ」とおれは気むずかしげに言った。（注―草を食うはイギリスの泥棒用語で密告する。）おれはお人好しの前にすり寄り、きたならしい麻薬常用者《ジャンキー》の指でシャークスキンの袖をつかんだ。「しかも、やつとおれは同じきたない注射器で血を分け合った兄弟なんだぜ。あんた、こいつは内証だがね、こういうやつにはホット・ショットを食わしてやるべきなんだ」

（注―ホット・ショットは殺害の目的で常用者に売られる毒のにせ麻薬の包み。しばしば密告者にも与える。通常、味と外見が麻薬に似ているストリキニーネを使用する。）

「ホット・ショットを打つのを見たことがあるかい？　おれはフィリー（フィラデルフィア）でちんばの野郎がひっかかるのを見たよ。おれたちはやつの部屋に淫売屋用の覗き鏡を仕掛けて、そいつを見物するのに金をとるんだ。やつは針を腕から抜きもしなかった。本物のホット・シヨットの注射なら抜けないからな。そうやって血の塊りの詰まった注射器《ドロッパー》を青ざめた腕からぶら下げたままで発見されるんだ。まったく、あれをぶちこんだときのちんばの目つきときたら、何とも言えなかったぜ……

それから思い出すのは自警団員の野郎といっしょに歩きまわっていたときのことだ。こいつは麻薬《やく》仲間では一番腕っこきのゆすり屋さ。シカゴへ行って……おれたちはリンカーン公園のホモたちをさそっていた。ある晩、自警団員はカウボーイの長靴をはいて、やすりをぶら下げた黒いチョッキを着こみ、投げなわを肩に掛けて仕事場に現われた。

そこでおれは『どうしたんだ？　もう締め上げたのか？』ときいた。

やつはちょっとおれの顔を見ると、『うんとくれてやるからな、おっさん』と言って、古い錆だらけの六連発を引っぱり出しやがった。おれがリンカーン公園を突っ走って逃げたときには、まわりじゅうに弾丸がびゅんびゅん飛んできたよ。やつはおまわりにつかまるまでにホモを三人絞め殺しちまった。こうして自警団員はその渾名《あだな》を頂戴したというわけだ……

ところでホモの言いまわしがやたらにぺてん師業界に入りこんでいることに気がついてるかね？『調達する《レイズ》（盗む）』なんていう言葉のように、自分が同じ世界の仲間だということを相手に知らせる言い方が……

『あの子をひっかけろ！』とか、

『あのかもにモーションをかけるようにパレゴリック・キッドに言え！』とか、

『はりきり屋さんがやつにぞっこんでね』なんて言うんだぜ。

靴屋キッドは――この野郎は靴屋の店の中で変態たちを物にするのでこの名前を頂戴したんだがね――こう言っているよ。『K・Y塗ってかもに一発くれてやると、やつはもっと欲しいって戻ってくるよ』って。キッドのやつはかもを見つけると、重苦しそうに息を切らし始める。顔がふくらんできて、唇はさかりがついたエスキモーのように紫色に変る。それから、そろそろとかもに近づき、相手の身体に手をのばして、腐ったエクトプラズムのような指で探り始める。

「田舎者は正直な少年みたいな顔をして、青いネオンのように麻薬で燃えるんだ。『サタデー・イヴニング・ポスト』の表紙から抜け出したようなやつがすっかり麻薬づけになっちまった。やつのかもたちは決して裏切らないし、連中がせっせと物《ぶつ》を持ってきてくれたので田舎者は陶酔し続けた。ある日、その坊やがもどし始めた。虫のように這い出してきたものを見たら救急車の付添人でもへどを吐きそうだった。田舎者はついにかっとなって、『おい、戻ってこい！　戻ってこい！』と金切り声を上げながら人気《ひとけ》のない自動販売食堂や地下鉄の駅の中を走り抜け、まぼろしの少年の後を追ってまっすぐイースト・リヴァーにとびこんだ。そしてコンドームやオレンジの皮、浮いている新聞紙のモザイク模様を突き抜けて、コンクリート詰めのギャングや、いやらしい弾道学の技師どもの詮索好きな指を逃れるべくたたき潰された拳銃といっしょに、静まりかえったまっ暗な泥の中に沈んでいったんだよ」

もうお人好しはこう考えている。「何て変った男だ！　クラークの酒場でこの男の話をみんなに聞かせてやったらすごいぜ」こいつは奇人収集マニアだ。ジョー・グールドのカモメのまねをするのを見てもじっと見詰めている。そこでおれはやつをつかまえて大げさに吹きまくり、相手が「クサ」と呼んでいるものを少々売ってやる約束をしながら、「このとんまにイヌハッカをつかませてやろう」と考えた。（注―イヌハッカは燃やすとマリファナに似た臭いがする。うかつな買い手や無知な客はよくこれを売りつけられる。）

「さて」とおれは自分の腕をたたきながら言った。「仕事だ。ある判事がもう一人の判事にこう言ったそうだぜ――『公正であれ。そして公正でありえない場合には勝手にやれ』」

自動販売食堂の中にとびこむと、そこでビル・ゲインズがだれか他人のオーバーをひっかけて、不全麻痺にかかった一九一〇年当時の銀行家のような格好をしているし、いつもながらの目立たないぼろ服姿のバート爺さんは垢光りのする不潔な手でパウンド・ケーキをスープにひたしている。

おれはビルが世話をした山の手の客をいくらか持っていた。またバートはアヘン吸飲時代の古めかしい遺物のような連中を少しばかり知っていた――死骸のように老衰している妖怪じみたビルの管理人や、耄碌《もうろく》した手つきでのろくさと埃だらけの玄関の掃除をしながら麻薬患者のわびしい夜明けにせきこんだり唾を吐いたりしている影の薄い門番たち、芸人ホテルにいる喘息病みの隠退した故買人連中、ピォーリアからきた女郎屋の女将パントポン・ローズ、決して麻薬切れの症状を見せない我慢強い中国人の給仕人たち。バートはその老いぼれた常用者《ジャンキー》らしい足取りで根気よく用心深くゆっくりと歩きまわってこの連中を捜し出し、彼らの血の気のない手の中に、二、三時間の心地よい陶酔のもとを投げこんだ。

おれは一度、面白半分に爺さんといっしょに麻薬患者めぐりをしたことがある。老いぼれたちは食べる時にあらゆる羞恥心をかなぐり捨てるのを知ってるだろう。それを見ると吐き気がするだろう。老いぼれ常用者《ジャンキー》だって麻薬のこととなれば同じことだ。彼らは麻薬を見るとすぐ、ブツブツ、きいきいとわめき出す。麻薬を調整する間にも身体のまだまともな皮の部分がぶつぶつと分解し、よだれを流してあごの先から滴《したた》らし、胃をごろごろいわせ、内臓全部を重い臼をひくように蠕動《ぜんどう》させる。それは今にも、何か原形質の大きなどろどろした塊りがぴょこんと飛び出してきて、患者を押し包むような感じだ。まったく胸くその悪くなる光景なのだ。「だが、おい、おれたちの客もいつかあんな風になるんだぜ」とおれは冷静に考えた。「人生は妙なものじゃないか?」

そこで、シェリダン・スクェア駅からまたダウンタウンに引き返した。例の刑事が待ち伏せしていないともかぎらないからだ。

前にも言ったように、こんなことは長続きするわけはない。連中が向うで雁首を集めて相談し、腹黒い警察《さつ》の手品を使って、レブンワースの刑務所でおれのロウ人形をいたぶっていることはわかっている。「そいつに針なんか刺しても無駄だぜ、マイク」

連中はロウ人形を使ってチャピンを始末したそうだ。この老いぼれたインポテンツの刑事は長年のあいだ明けても暮れても所轄署の地下室に坐りこんでチャピンのロウ人形を吊るしていた。そしてチャピンがコネチカットで絞首刑になったとき、このインポの老刑事は首の骨を折って死んでいた。

「やつは階段から落ちたんだ」と連中は言っている。よくある老いぼれ巡査のヨタ話だ。

麻薬は魔力と禁忌、呪詛と護符に取り巻かれている。おれはメキシコ・シティのコネのある売人《ばいにん》をレーダーのように正確に見つけ出すことができる。「この通りではない、次の通りだ。右へ……それから左、今度はまた右だ」そしてそこに、歯のない老婆のような顔の、光の消えた目をしたあの男がいる。

おれの知ってる売人《ばいにん》は鼻歌を歌いながら歩きまわり、彼と行き合う者はみなその歌に調子を合わせ始める。彼は非常にじみで、影の薄い、目立たない存在なので、人びとはその姿が目に入らず、歌を口ずさみ始めたのは自分自身の心なのだと思ってしまう。したがって客たちは、「ほほえみ」とか「恋がしたくて」とか「恋人同士になるには若すぎるって言われたの」などのようなその日その日の歌を歌いながらやってくる。いつか、おそらく五十人ほどのドブネズミのような顔をした常用者《ジャンキー》たちが胸の悪くなるような悲鳴を上げながらハーモニカを吹く少年の後を追って行く光景が見られることだろう。そしてそこには、籐椅子に坐ってスワンの群れにパン屑を投げ与えている大ボス、アフガン犬を連れて東五十番街を歩いている太ったホモの売人、高架鉄道の支柱に小便をかけている飲んだくれの老人、ワシントン・スクエアでビラをまいている急進的なユダヤ人の学生、樹木の医者、害虫駆除業者、ネディックの店でカウンターの給仕を親しげに洗礼名で呼ぶ世間知らずの広告屋がいる。常用者《ジャンキー》たちの世界のネットワークは、家具付き貸間の中で固く結ばれ、麻薬患者に苦しい朝の空気の中で震える腐った油のような悪臭を放つ精子のコードに調子を合わせている。（年とった金庫破りたちはシナ人の洗濯屋の奥の部屋で黒い煙を吸い、憂鬱ベイビーは刑務所暮しで麻薬をやめていた後の薬の盛り過ぎか、窒息で死んでゆく。）イエメン、パリ、ニューオーリンズ、メキシコ・シティ、そして空気ハンマーや蒸気シャベルの下で震えるイスタンブールでは、だれにも聞えない中毒者《ジャンキー》たちののしり合う金切り声が震え、大ボスは通りがかりの大型自動車から身をのり出し、おれはアヘンのバケツの中でじたばたした。（注—イスタンブールの街——とりわけ、きたならしい麻薬地帯——はとりこわされ、建て直されている最中だ。イスタンブールにはニューヨーク市より大勢の中毒者《ジャンキー》がいる。）

生きている者も死んだ者も、病気の時も恍惚境にある時も、麻薬にありついた者も切れた者も、みんな麻薬をあてにして集まり、麻薬密売者はメキシコ特別行政区のドロレス街でチャプスイを食べ、自動販売食堂でパウンド・ケーキをスープにひたし、うるさくほえたてる猟犬のような連中《ピープル》に取引所を追い立てられる。（注—ピープルはニューオーリンズの俗語で麻薬係警察官のこと。）

年とったシナ人はさびたブリキかんを川の水につけ、石炭がらのように固く黒いイェン・ポックスを洗い落とす。（注—イェン・ポックスはアヘン吸飲後に残る灰のこと。）

とにかく警官はおれのスプーンと注射器《ドロッパー》を手に入れているし、警察の連中がこの円盤のウィリーと呼ばれるめくらの囮《おとり》に導かれて、おれにだんだん迫ってきているのはわかっている。ウィリーは敏感な直立した黒い毛に縁どられた円盤状の口をもっている。彼がめくらになったのは眼球に麻薬を打ったためだし、鼻と口蓋部はヘロインの吸引のせいで次第に腐食し、身体はいたるところ傷だらけで木のように固くひからびている。彼は今ではその口でヤクを食べることができるだけだ。そしてときどきエクトプラズムの長い管をふらふらとのばして無音の麻薬の周波を捜している。彼は街じゅうおれの後を追って動きまわり、おれがすでに引越した部屋にまで入ってくる。そして警官がスー・フォールズ市からきた新婚夫婦のところに乗りこんでくる。

「ようし、リー!!　そのサポーターの中から出てこい！　おまえのことはわかっているんだ」警官はそう言って、たちまちこの男のペニスを引きちぎる。

するとウィリーは興奮し始め、いつもむこうの暗やみの中では（彼が活動するのは夜間だけだ）すすり泣く声が聞え、めくらめっぽうに獲物を捜し求める口のひどく切迫した気配《けはい》が感じられる。警察の連中が手入れにやってくると、ウィリーはどうにも手のつけられない状態になり、口でドアのまんなかを食い破って穴をあける。もしも棒で彼を押さえつける警官がいなかったら、彼は中毒者《ジャンキー》を捜し出して片っぱしからその血を吸ったことだろう。

サツがすでにおれに目をつけてるのはわかっていたし、ほかの連中もみんな知っていた。そして、もしおれの子供の客たちが証人台に立てば「この男は麻薬をくれるかわりにいろいろなひどい性行為をやらせました」それでしゃばともお別れということになるのだ。

そこで、おれたちはヘロインをためこんで、中古のスチュードベーカーを買い、西に向って出発した。

自警団員は精神分裂の憑き物患者を自称して足抜けした——

「おれは自分の外に立って影のような指であの絞殺をとめようとしていたのだ……　おれは幽霊で、あらゆる幽霊が求めるもの——肉体——を求めてこれまで長いあいだ何のにおいもない空間の小路を通り抜けてそこには生命はなく、単に無色無臭の死があるだけ……　水晶のような鼻水と時間の糞と黒い血をこす肉のフィルターの入りまじったピンク色の軟骨の渦巻の中では、誰も生命を息づくことも、そのにおいを嗅ぐこともできない」

彼は法廷の細長い物影に立っていたが、その顔は麻薬の切れた（第一審のさいの拘留は十日間）エクトプラズムの肉体の中でうごめく幼虫的器官の渇望に引き裂かれてぼろぼろのフィルムのようになっていた。その肉体はそっと麻薬に触れたとたんに影のように薄れる。

おれはその情景を目撃した。片手に注射器を持ち、もう一方の手でズボンを押さえて立っている彼は十分間のうちに十ポンド体重をへらし、その放棄された肉体はニューヨークのホテルの部屋のつめたい黄色い円光の中で燃えていた……キャンディの箱のちらばるナイト・テーブル、三つの灰ざらから滝のように流れ落ちる巻たばこの吸いがら、自分の可愛い肉体をなでまわす麻薬の切れた常用者の不眠の夜と突然の食欲のモザイク模様……

自警団員は、リンチを行なったかどで連邦裁判所で起訴され、特に幽霊の封じこめを目的とする連邦精神病院に送りこまれることになった——さまざまな物体の明確な散文的な衝撃力……　洗面台……ドア……トイレット……鉄格子……みんなそこにある……これが行きつく場所だ……すべての連絡線は断ちきられ……その先には何もない……行きづまり……すべての顔に行きづまり……

肉体的な変化は、最初は緩慢だったが、やがて一気に暗黒の中へまっさかさまに飛び込むように進行し、墜落しながら自分のたるんだ肉体組織をすり抜けて、人間の外形を洗い落とす……まっ暗な口と目は単一の器官になり、勢いよく前へ飛び出し透明な歯をむき出してぱくりとやる……しかし、機能や役目の点から言えば一定の器官というものはない……性器官はどこにでも芽をふく……直腸はあちこちに口をあけ、汚物を吐き出し、口を閉じる……その有機的組織全体が一瞬のうちに順応作用を起こして色彩を変え密度を変えてゆく……

田舎者は彼が麻薬渇望の本能と称しているものによって仲間うちの重荷になった。内部のタレコミ屋が彼に襲いかかっていたのだ。それはだれにも鎮めることのできない騒ぎをまき起こす。フィラデルフィアの郊外で彼はパトカーをカモろうとして飛び出し、警官は彼の顔を一目見て、おれたちを一網打尽にする。

おれたちは七十二時間のあいだ麻薬にこがれる五人の中毒者《ジャンキー》と同じブタ箱で過ごす。このがつがつした連中の前では貯蔵麻薬を取り出したくなかったので、看守に働きかけ金を握らせて別の監房に移る。

リスと呼ばれる用心深い麻薬常用者は警察の手入れにそなえて隠し麻薬を持っているものだ。おれは麻薬を打つたびに二、三滴チョッキのポケットの中にたらしこむことにしている。ポケットの裏地は麻薬がしみこんでこわばっている。そして靴の中にプラスチックの点滴器を隠し、ベルトの中に安全ピンをしのばせていた。このおきまりのピンと点滴器の使い方がどんなふうに説明されているかご存じだろう——「彼女は血とさびのこびりついた安全ピンをつかみ、自分の足をえぐって大きな穴をあけた。その穴はけがらわしい化膿したような口をぽっかり開いて点滴器との何とも言いようのない会合を待ちかまえる。彼女はその点滴器を大きな傷口の中へ突っこみ、すっかり埋没させてしまう。しかし、彼女のいまわしい電気のぴりぴりするような欲求（乾燥地帯の昆虫の飢餓）のために、その荒廃したもも（と言うよりは崩れ出した地面におかれたポスターのように見えるもの）の肉の奥で点滴器がくだけた。だが、彼女が気にするものか。彼女は肉の中のガラスのかけらを取ろうとさえしないで、肉商人のようなつめたい無表情な目で自分の血まみれの腰を見おろす。原子爆弾だろうと、ナンキン虫だろうと、がんの裂け目だろうと、彼女のいかれた肉体を取り上げようと待ちかまえている高利取立金融会社だろうとかまやしない……　甘美な夢をごらん、パントポン・ローズ」

だが、実際の情景はこうだ——まず足の肉を少しつまみ、すばやくピンを突き刺して穴をあける。それから点滴器を穴の中にさしこむのではなく上から充《あ》てがい、薬液をゆっくりと注意深く、あふれて穴の外に流れ出さないように流しこむ……　おれが田舎者のももをつかんだとき、彼の肉はろうのように盛り上がったままになり、ピンの穴からじくじくとうみ汁がにじみ出した。そして、生きている人間の身体であのフィリーで会った田舎者ほどつめたい身体にさわったことはない……

おれは、たとえ窒息パーティが必要だとしても、田舎者と縁を切ろうと決心した。（窒息パーティは老衰者や寝たきりの病人など厄介な扶養家族を除去するためのイギリスの田舎の風習。

貧困家庭で「窒息パーティ」が開かれると、客たちは老衰した厄介者の上へマットレスを積み重ね、その上へ乗って酒を飲みまくる。）田舎者は麻薬産業の障害物なので、この世のどん底地帯へ「連れ出す」べきなのだ。（これはアフリカの風習で、「連れ出し係」と呼ばれる役人が老人たちをジャングルの奥へ連れて行き置きざりにしてくる役目を果たす。）

田舎者の麻薬渇望本能は常習的なものになっている。警官、ドアマン、犬、秘書などは彼が近づくと歯をむき出す。金髪の神はさわるのもいまわしい下劣きわまるものになり下がっている。詐欺師という連中は決して変わることなく、破壊され、砕ける——つめたい星と星との間の虚空で物質が爆発して、宇宙塵の中に流れ去り、空白の肉体をあとに残す。この世の詐欺師ども、お前たちにだませないカモがいる。自分の中のカモ……

おれは田舎者を街角に立たせておいて逃げ出した。赤れんがのスラム街が空を区切り、煤煙のまじった雨がたえまなく降り続いていた。「知ってる医者に会いに行くんだ。上等な、まじりっけのない医薬品級モルヒネを持ってもどってくるぜ…… いや、おまえはここで待ってろ——やつにおまえをものにさせたくないからな」田舎者《ルーブ》、どんなに遅くなろうと、ちゃんとその街角で待ってろよ。あばよ、ルーブ、お別れだ……　肉体をあとに残して歩き出した人間はどこへ行くのだろう?

シカゴ——ノース街やハルステッド街、シセロ地区、リンカーン公園へ行けば、着るものもないイタリア移民の目に見えない階級組織、機能の衰退したギャングのにおい、この世に閉じこめられた幽霊に出くわす。夢見る乞食、現在と取り組むことをあきらめた人たち、スロット・マシーンと路傍の酒場《ロードハウス》の悪臭ふんぷんたる魔術。内部へ――はてしなく細分された町、無意味な空にのびるテレビのアンテナ。不老不死の家では若い連中の世話をして、わずかに残った生命の一部を吸いとる。若い連中だけが何かをもたらすが、彼らが若いのもあまり長い間ではない。（イースト・セントルイスの酒場のかなたには死んだ辺境開拓の川ボート時代が横たわっている。）イリノイとミズーリ、食糧の源をひれ伏して崇拝し、残忍醜悪な祭を催し、ムカデ神を何よりも恐れ、インディアン築山《マウンド》をきずいた太古の原住民の瘴気《しょうき》は、マウントビルからペルー沿岸の月の砂漠まで広がっている。

アメリカは若い国ではない。開拓者時代より前から、インディアン時代より前から老いぼれ、けがれ、悪に染まっている。邪悪はそこで待ちかまえていたのだ。

そしていつもポリ公だ――熟練した弁解口調でぺらぺらしゃべりながら、電子の目で人の車、かばん、服装、表情などを見まわす物やわらかな大学出の州警察官、歯をむき出してどなる大男の市警察の刑事、色あせたフランネル・シャツのような灰色の年とった目に何か険悪な威嚇的な光をたたえている物やわらかな口調の郡保安官……

そしていつも車のトラブル――セントルイスで四二年型のスチュードベーカーを下取りしてもらって（この車は田舎者《ルーブ》と同じように作りつけの技術的欠陥がある）、古いパッカードのリムジンを買ったが、オーヴァーヒートして、やっとのことでカンザス・シティまでたどりついた。それからフォードを買ったが、オイル・バーナーみたいにガスばかり食うので、それを売り払ってジープに替え、猛烈な勢いで吹っとばす（ジープはハイウェイを走るのには全然適していない）——やがて車の内部の何かを焼き切ってしまったらしくジープはがたがた音をたて始め、けっきょくまた古いフォードV‐8型にもどった。オイル・バーナーだろうと何だろうと、目的地へたどりつくにはこの車のエンジンにまさるものはない。

そしておれたちはこの世界のほかのどんなところとも異なるアメリカ特有の絶望に取り巻かれている。それはアンデス山脈よりも強烈だ。アンデスの高山地帯の町々、絵はがきそのままの山脈から吹きおろす寒風、窒息するような稀薄な空気、エクアドル河川地帯の町々、黒いステットソン帽の下の麻薬患者のようなマラリアの灰色、猟銃の弾丸が詰まった銃口、泥の街々をつつき歩くハゲタカなど——また、スウェーデンのマルモフェリー（船中ではジュースは免税）から降りたときに出くわすものは、安っぽい無税のジュースのことなどたちまち吹きとばし、人を完全にがっくりさせる。人びとは目をそむけるし、町のまん中には墓地がある。（スウェーデンではどこの町も墓地を中心に建設されているらしい。）そして午後には何もすることがなく、酒場もなければ映画館もない。おれはタンジール茶を飲みほして言った。「K・E、さあ、あのフェリーにもどろうぜ」

それでもアメリカの絶望ほどすごい絶望もない。それはだれにも見えないし、どこから出てくるのか、だれも知らない。あの細い路地の奥のカクテルラウンジをどれか考えてみよう——街のどこの区画《ブロック》にもかならず酒場があり、ドラッグストアがあり、マーケットがあり、酒屋がある。なかへ入って行けば、すぐに絶望。だが、それはどこから出てくるのだろう？

バーテンではないし、客でもない。バーの腰掛けに丸みをつけているクリーム色のプラスチックでもなければ、おぼろに光るネオンでもない。またテレビですらない。

そして、おれたちの麻薬常用癖はこの絶望と共に積み上がる。コカインの気が切れないうちに先へ先へと打っていくと、りっぱなコカイン中毒ができ上がるように。そして麻薬は欠乏しかけていた。さてそれから、おれたちはせき止めシロップしかない、このヘロインを切らした町で、そのシロップを吐き出して、どんどん車を走らせると、つめたい春風がひゅうひゅうぼろ車の中に吹きこみ、麻薬にこがれて冷や汗を流しながら震えているおれたちの身体をかすめ過ぎる。麻薬が切れるときまって風邪をひくんだ……　はがし取ったような風景が続く――路上にころがるアルマジロの死骸、沼の上空を舞うハゲタカ、イトスギの切り株。モーテル、代《ビー》用建材《バーボード》の壁とガス暖房器と薄いピンク色の毛布。

旅まわりの小物詐欺師やサーカスの麻薬の売人《ばいにん》はテキサスの医者たちを利用しつくしちまった……

そして正気の人間ならルイジアナの医者に手を出そうとする者はないだろう。州の麻薬法がこわい。

ついにヒューストンにたどりついた。ここには知っている薬屋がいる。おれは五年もごぶさたしていたのだが、薬屋は顔を上げると、すばやく視線を走らせておれを見わけ、軽くうなずいて言う。「カウンターで待ってろ……」

そこで、おれは腰をおろしてコーヒーを一杯飲む。やがて薬屋がやってきて、おれの横にすわって言う。「何がいる？」

「PG〔鎮痛剤、樟脳を加えたアヘン・チンキ。これから麻薬を抽出する〕を一クォートとネンビー百だ」

薬屋はうなずく。「三十分後にもう一度おいで」

こうして三十分後におれがもどってくると、薬屋は包みを渡して、こう言う。「十五ドルです……気をつけろ」

PGを注射するのはえらく面倒だ。まずアルコール分を燃やしてしまい、次に凍らせて樟脳を分離してから、この茶色の液体を注射器で吸い取らなければならない――そしてこの薬は血管に注射しなければならない。さもないと腫物ができる。通常どこへ打っても腫物ができることになる。一番いい手はパルビツール酸塩といっしょに飲むことだ……そこで、おれたちはこの薬をペルノーのびんにぶちこんで、ニューオーリンズに向って出発する――虹色の湖、オレンジ色のガスの炎、沼地、ごみの山、割れたびんやブリキかんの間をはいまわるワニ、ネオンの唐草模様のように連なったモーテル、通りがかりの車に向ってがらくたを捨てた島から卑わいな言葉を投げかける島流しにされたぽん引きなどの前を通り過ぎながら……

ニューオーリンズは生気のない博物館だ。おれたちはPGを吸いながら取引所のまわりを歩いて、すぐに売人《ばいにん》を見つける。小さな町で、警察ではいつだってだれが麻薬を売っているか、ちゃんと知っている。だから売人は何だってかまうものかと考え、だれにでも麻薬を売っている。おれたちはヘロインを仕入れ、メキシコへ引き返し始める。

ふたたびチャールズ湖を通過し、テキサス南端のさびれたスロットマシーン地帯を抜ける。黒んぼ殺しの保安官がおれたちを見まわし、車の免許証を調べる。国境をこえてメキシコへ入ると、何かが身体から離れて落ちる感じがして、にわかにあたりの光景が自分に密接なものになって迫ってくる。砂漠と山脈とハゲタカ——旋回する小さな点々もいれば、翼が空を切る音（かわいたぱさぱさするような音）が聞えるほど身近なのもいる。そのハゲタカどもは何か獲物を見つけると、青い空から、メキシコのすさまじいほど青い空から一気に殺到して黒いじょうご形の谷間へ突っこんでゆく……　夜通し車を走らせて、明け方に暖かい霧に包まれた町へ、犬がほえ、水の流れる音。

「トマスとチャリー」とおれは言う。

「なんのこと?」

「この町の名前。ここは海と同じ高さだ。ここから一気に一万フィートのぼるわけだ」おれは一発打って、後部席で眠り始める。彼女は優秀なドライヴァーだった。そういうことは相手がハンドルを握ったとたんにわかるものだ。

メキシコ・シティ——ルピタはアステカ人の地の女神のようにすわりこんで麻薬の小さな包みを惜しそうにちびちびと人に分けている。

「麻薬を売るってことは使うこと以上に中毒するものだよ」とルピタは言う。自分では麻薬を使わない売人《ばいにん》は人との接触中毒になる。これは抜け出すことのできない中毒だ。捜査官もこの中毒にかかる。たとえば、仕入係のブラッドレーだ。業界一の麻薬捜査官、だれでも彼に麻薬を売る。彼は売人《ばいにん》のところへ行って直接取引ができるほどだ。彼はまったく無名で、陰気な、幽霊のようにつかみどころのない存在なので、売人《ばいにん》は彼のことをすぐに忘れてしまう。そこで彼はかわるがわる売人の間を渡り歩く……

ところでこの仕入係がだんだん麻薬常用者《ジャンキー》のようになってくる。酒がダメになる。チンコが立たない。そして、歯が抜け落ちる。(妊娠している女が胎児に養分をとられて歯を失うように、常用者《ジャンキー》はヤク習慣を養うために黄色い歯が抜ける。)彼はいつも棒キャンディをしゃぶっている。とくに好きなのは「ベーブ・ルース」だ。「仕入係のやつがあの棒キャンディをぺろぺろなめまわしているきたならしい様子を見るとまったくげっそりするよ」とある警察官は言っている。

仕入係の身体は不気味な灰緑色をしてくる。実は彼の肉体は独特の麻薬に相当するものを自家製造しているのだ。仕入係は安定したコネを維持している。少なくとも自分ではそう思っている。「オレは部屋に引きこもってよう。あいつらみんなクソくらえ。売る側も買う側もカタギばっか。業界で完全なのはオレ一人だ」

しかし、強烈な黒い風が全身を駆けめぐるように、ある激しい欲望が彼に襲いかかってくる。するとと仕入係は一人の若い常用者《ジャンキー》を捜し出し、麻薬を一包みやって欲望をみたそうとする。

「ああ、いいぜ」とその少年は言う。「それで、あんたは何をやりたいって言うんだい?」

「おれはただ、きみとくっついてちょっとこすりたいだけだよ」

「うげっ……まあいいけど……　だけど、どうしてあんたは人間らしくふつうにあれをやれねえの?」

あとで、この少年は二人の仲間といっしょに、ウォルドーフ・アストリア・ホテルのロビーでパウンド・ケーキを飲物にひたして食べている。「あんないやなことをじっと我慢したのは初めてだよ」と彼は言う。「何だか知らないけど、あいつの身体がゼリーのかたまりみたいにすっかりぶよぶよになっちまって、おれのまわりに押し寄せてくるんだ。それがとてつもなくいやらしいんだ。それから、あいつは身体じゅうしめっぽくなって、緑色の泥みたいなねばねばした物に包まれちまった。そこで、何だかものすごいクライマックスになったんだろう……おれは身体じゅうにその緑色のねばねばをぐっしょりかぶっちまったよ。それにあいつは古い腐ったメロンのようないやなにおいがするんだ」

「まあそれでも物《ぶつ》のためなら楽なもんさ」

　少年は仕方がないというようにため息をついた。「まったくだ、どんなことだって慣れちまえるからな。あしたまた、あいつと会う約束になってるんだ」

　仕入係の中毒はどんどん悪化し続ける。彼は三十分おきに「充電」し直さなければならなくなる。ときどき彼は警察署をまわり歩いて留置場の見張りを買収し、常用者《ジャンキー》たちのブタ箱に入れてもらう。そしてついに、どんなにたくさんくっついて接触しても効かなくなる段階に達する。そうなったとき、彼は麻薬捜査の地区主任に呼び出される。

「ブラッドレー、きみのしてることは噂のたねになっている——私としてはきみのためにもそれが単なる噂に過ぎないことを望んでいるが——とにかく何とも言いようのないいやらしい噂で……つまりシーザーの妻などという……ま、その……要するにだな、当局としてはいかなる嫌疑も受けてはならない……きみが引き起こしたらしき嫌疑は、絶対に避けなければならない。

おまえはこの麻薬界全体の品位を下落させている。すぐに辞表を出してほしい」

仕入係は地面に身を投げ出し、地区監督官のほうへはいよる。「そんなことを言わないでくれ、ボス、そいつはこまるよ……この当局はおれの命のつななんですよ」

彼は地区主任の手に接吻して、その指を口の中に突っこみ（主任は歯のない歯ぐきの感触を味わうしかない）、自分が「職務のために」歯を失ったことを訴える。「おねがいですよ、ボス、あんたのけつだって拭きますよ。あんたのきたないコンドームを洗ってさしあげますし、鼻の頭に油をつけてあんたの靴をみがいても……」

「まったく、実にむかつきますな！　自尊心がないのかね？　非常に嫌悪を感じると言わざるを得んね。おまえには何か腐りきったところがある。堆肥の山のようないやなにおいがするぞ」主任は香水をつけたハンカチで顔をおおう。「さあ、今すぐここから出ていってもらおう」

「ボス、何でもしますよ、何でも」仕入係は緑色の顔をゆがめてぞっとするような微笑を浮かべた。「おれはまだ若いですぜ、ボス。血の気がのぼればまだまだ元気なもんですぜ」

地区主任は吐き気を催してハンカチの中に顔をうずめ、弱々しく手を上げてドアを指さす。仕入係は夢うつつの表情で主任を見ながら立ち上がる。彼の身体は水脈占い師の棒のように徐々に沈下し始める。彼は前方に流れはじめる……

「よせ！　よせ！」と地区主任は悲鳴を上げる。

「しゅぽっ……しゅぽっ、しゅぽっ」一時間後、地区主任の椅子の上でいい気分になっている仕入係が発見される。主任の姿はあとかたもなく消滅している。

判事「すべての状況は、おまえが何か言語に絶する手段によって地区主任を……その、つまり、同化してしまったことを物語っている。しかし、あいにくなことに証拠は何もない。私はおまえがどこかの施設に監禁され、と言うよりは収納されることを勧告したいが、おまえのような人間にふさわしい施設はまったく心当たりがない。それゆえ不本意ながら、おまえの釈放を命じなければならない」

「あいつは水族館に入るべきなんだ」と彼を逮捕した警察官が言う。

仕入係はこの麻薬業界全体に恐怖をまき散らす。麻薬常用者《ジャンキー》や捜査官は姿を消す。彼は吸血コウモリのように麻薬の悪臭を発散し、じめじめした緑色の霧をまき散らして犠牲者を麻痺させ、自分の前に現われる相手を痺《しび》れさせてどうすることもできなくしてしまう。そして、いったん欲求をみたすと、数日間は腹いっぱい獲物をつめこんだウワバミのようにどこかにもぐりこむ。そしてついに、彼は麻薬局長官を消化しているところを見つかって、火炎放射器で焼き殺される――査問会議では、仕入係は人間としての市民権を喪失し、そのために種を持たない生物になり、あらゆる点で麻薬産業をおびやかす存在になっていたという理由にもとづいて、この処置は正当と判定される。

メキシコでは、政府発行の処方箋を持った土地の常用者《ジャンキー》を見つけるのが取引の秘訣だ。彼らは毎月一定量の麻薬が買える。おれたちの売人《ばいにん》は人生の大半を合衆国で過ごしたアイクおやじだった。

「おれはアイリーン・ケリーといっしょに旅をしていた。この女は売春婦だった。モンタナ州のビュートでアイリーンはコカイン中毒の発作を起こし、シナ人のおまわりが肉切り包丁を持って追いかけてくると金切り声を上げながらホテルじゅうを走りまわった。またシカゴでは、そのおまわりなら知っている青い結晶体で出まわっているコカインを、くんくん吸いこんでいた。やつはそのうちに気がふれて、Gメンが追いかけてくると叫び始め、裏通りへ駆けこんで、ごみ捨てのかんの中へ頭を突っこんだ。そしておれが『何をやっているつもりなんだ?』ときくと、『向うへ行け、行かないと撃つぞ。おれはうまく隠れているんだ』と言うんだ」

おれたちは今度はRXかコカインを手に入れる。こいつを腕や足の血管にぶちこんでみるがいい。身体の中へ流れこんで行くときはにおいがして、鼻やのどの奥がすうーっとする。それからまじりっけのない快感がもろに頭へ押し寄せてきて、あのコカイン結線にぱっと明りがともる。頭は白い爆発を起こして、みじんに砕ける。十分後、もう一発打ちたくなる……そこで町を歩いて、もう一発分買いに行くことになる。しかし、コカインが買えなかったら、食べて眠って、そんなことは忘れてしまえばいい。

これは頭だけの渇望だ。感情もなく肉体もない要求だ。この世から出られない幽霊のような要求、老いぼれ中毒者《ジャンキー》が気分のさえない朝せきをしたりつばを吐いたりしながら掃《は》き捨てる腐ったエクトプラズムだ。

ある朝、目をさまし、コカインとモルヒネの混合薬を打つと、皮膚の下側を虫がはうような感じがするだろう。黒い口ひげをはやした一八九〇年代の警官たちがドアを封鎖し、かがみこんで窓からのぞき、青と金の浮彫り細工のバッジから口をゆがめてどなり声を上げる。常用者《ジャンキー》たちはイスラム教徒の葬送歌を歌いながら部屋の中をねり歩き、注射の傷痕がやわらかな青い炎を出して光るビル・ゲインズの死体を運ぶ。てきぱきした精神分裂病の刑事たちは室内便器のにおいをかぐ。

これがコカイン中毒の発作だ……　椅子に深くかけて、じっくりと落着き、GIのモルヒネをたっぷり打つことだ。

死者の日――おれは空腹発作に襲われ、ウィリー坊やのシュガー・スカルを食べた。坊やは泣き出したので、別のやつを買いに出かけなければならなかった。カクテル・ラウンジの前を通り過ぎた。そこはやつらがハイアライの賭け屋を射殺したところだ。

ケルナバカか、それともタクスコだったか。ジェーンはぽん引きのトロンボーン奏者と知り合い、もうもうとたちこめるマリファナたばこの煙の中に消える。このぽん引きは例の振動占いと食餌療法の芸術家の一人だ――彼はこのようなろくでもないことを自分の女たちに無理やりに受け入れさせることによって女性の価値を下落させる。彼はたえず自分の理論を拡大していた……いつも女に質問を浴びせかけて、その女が、論理および人間のイメージに対する彼の最新の破壊的発明のあらゆる細部を記憶していなければ、さっさと立ち去りそうにしておどかした。

「いいかね、きみ。ぼくはここに与えるものを持っている。だけど、きみがそれを受け取ろうとしないなら、ぼくにはどうしようもないわけだ」

彼は非常に儀礼的なものにこだわるマリファナ喫煙者で、マリファナ常用者の一部によく見られるように、普通の麻薬に対してはきわめて禁欲的な態度をとっていた。マリファナはすばらしい酔い心地の重力場に触れさせてくれると主張していた。彼はどんな問題にも意見をもっており——下着はどんな種類のものが衛生的であるか、水はいつ飲むべきか、尻はいかにふくべきかというような問題にまで及んだ。彼はてかてか光る赤い顔をして、大きなあぐらをかいた、すべすべした鼻をもっていた。そして、小さな充血した目は、女を見るとぱっと輝き、そのほかのものを見るときには光を失った。彼の肩幅は異常に広く、奇形じみた感じがした。彼はまるでほかの人間は存在しないかのようにふるまい、レストランや商店への注文は、店員が男だと女を中継ぎにして伝えられた。そして、荒廃した彼の秘密の部屋に入った者はまだ一人もいなかった。

こんなわけで、彼は麻薬には手を出さず、マリファナにおぼれている。おれはマリファナを三服ほど吸ってみたが、ジェーンは彼を見るとからだに鳥肌が立った。おれは「こわくなったよ！」と叫んでとびあがり、その家から走り出た。寄木細工のカウンターとサッカーの得点表と闘牛のポスターのある小さなレストランでビールを飲み、町へ行くバスを待った。

一年後、タンジールにいるとき、ジェーンが死んだと聞いた。

■ベンウェイ

それからおれはベンウェイ医師をイスラム・インコーポレイテッドに雇い入れる役目をすることになった。

ベンウェイ医師は、自由恋愛と頻繁な水浴をする者たちに与えられた地域——フリーランド共和国の顧問として招かれていた。ここの住民たちは順応性に富み、協力的で、正直かつ寛大、とりわけきれい好きだ。しかし、ベンウェイが呼び寄せられたということは、表面は衛生的に見えるが内部ではすべてが良好というわけではないことを暗示している。ベンウェイは記号体系の操作・調整者で、尋問、洗脳、統制などのあらゆる面に精通している。おれはベンウェイが併合国《アネクシア》を急に立ち去ったとき以来、彼には会っていない。あそこでの彼の任務はT・D——完全道徳頽廃——だった。ベンウェイが最初に行なったのは、収容所や集団逮捕を廃止し、限られた特別の場合を除いては、拷問の採用をやめることだった。

「私は野蛮な行為は嘆かわしいことだと思う」と彼は言った。「そんなものは効果がない。これに反して、肉体的暴行を伴わない虐待を長期間にわたって巧妙に与えれば、不安をひき起こし、特殊な罪の意識を生じさせるようになる。その場合、二、三の留意すべき規則というよりは指導的原理がある。第一に、その対象者にはその虐待が反人間的な敵による自分に対する計画的な攻撃であることをさとらせてはならない。彼らには自分には何か(決して明確にはされない)ひどく悪い点があるのだから、どんな取扱いを受けても当然だと感じさせなければいけない。コントロールに中毒した連中のむき出しの欲求は、気まぐれで複雑な官僚制度によって適当におおい隠し、対象者が自分の敵とじかに接触できないようにしなければいけない」

併合国《アネクシア》の住民は折りかばん一杯ほどの証明書類の下付を申請し、いつもそれを携行するように命ぜられていた。彼らはいつ何どき街頭で呼びとめられるかわからなかった。そして検査官(彼らは私服姿かもしれないし、いろいろな制服を着ているかもしれない。しばしば海水着かパジャマを着用していることがあるし、ときには左の乳首にピンでとめたバッジを別にすればまる裸のこともある)は書類を一枚一枚調べてスタンプを押した。住民は次回の点検のさいには、きちんと押された前回の点検スタンプを示さなければならなかった。検査官は大人数のグループを呼びとめたときには二、三人の証明書を調べてスタンプを押すだけだった。そして、残りの者たちは、書類に正しくスタンプが押されていなかったという理由で、逮捕されることになった。逮捕は「仮拘留」だった——つまり、正しく署名捺印した釈明供述書が釈明裁決補佐官の承認を得た場合には、釈放されることになっていた。しかし、この役人はほとんど役所へ出てこなかったし、釈明供述書は本人が提出しなければならないものだったので、釈明者たちは椅子もなければ洗面所の設備もないさむざむとした事務所で何週間も何カ月も待ち続けた。

公布される書類は消えるインクで印刷されていて、文字が消えると古い質札に変った。絶えず新しい書類が必要になった。住民たちは狂気のように役所から役所へと駆けまわって、とうてい間に合うはずのない締切期限に間に合わせようとした。

市中のすべてのベンチは取り除かれ、噴水はみな給水をとめられ、草花や樹木は一本残らず根絶された。どこのアパート住宅（だれも彼もアパート暮しだった）も屋根の上に大きな電気ブザーがあり、十五分おきに鳴りひびいた。しばしばその震動によって人びとはベッドからたき起こされた。そして夜どおしサーチライトの光が町じゅうを照らして動きまわった。（シエード、カーテン、シャッター、ブラインドなど光をさえぎる物の使用は許可されなかった。）

どんな目的のためにも（性的なものであろうとなかろうと）だれかにしつこい要求をすること（言葉に頼ろうと頼るまいと）は、法律できびしく禁止されていたので、だれもほかの人間をよく見たことがなかった。コーヒー店や酒場はことごとく閉鎖された。酒は特別な許可をとらないかぎり手に入らなかった。そのようにして入手した酒は、ほかのだれにも売ったり与えたりして、譲渡することはけっしてできなかった。部屋の中にだれか他人がいれば酒類譲渡共謀罪の明白な証拠と見なされた。

自分の部屋のドアにかんぬきをかけることはだれにも許されず、警察は市中のあらゆる部屋の合鍵を持っていた。警官たちは読心術師を連れてだれかの住居に乱入し、「証拠捜し」を始める。

読心術師は何でも人が隠したいと思うもの——チューブ入りワセリン、灌腸器《かんちょう》、精液のついたハンカチ、武器、許可を受けてないアルコールなど――のところへ警官を導いてゆく。そして、警官たちはいつも、容疑者を裸体にして、この上なく屈辱的な身体検査を行ない、嘲笑や侮蔑《ぶべつ》の言葉を投げかけた。多数の人が尻にワセリンを押しこまれ、ホモ扱いされて拘束衣で運び出される。さもなければ警官たちは何でも手当たり次第の品物にとびつく。ペンふきだろうと、靴の木型だろうと。

「では、こいつは何に使うというんだ?」

「それはペンふきです」

「ペンふきだなんて言ってやがる」

「どんなことを言おうともう驚かないさ」

「これだけで十分だろう。さあ、くるんだ」

こんなことが二、三カ月続くと、住民は神経症にかかったネコのように畏縮して人目につかないところでいじけて立っていた。

もちろん併合国《アネクシア》の警察はスパイ行為、サボタージュ、政治的偏向などの容疑がある捜査官を流れ作業式に告発していた。容疑者の尋問について、ベンウェイは次のように述べている――「私はふつう拷問の使用は避けているが――拷問は敵対者をはっきり暴露することになり、かえって抵抗力を強める――その反面、拷問によっておどすことは、相手の心に適当な無力感を引き起こし、拷問を差し控えたさいに尋問者に対して感謝の気持をいだかせる効果がある。また拷問は、その対象者が自分の受けている処置ですっかりまいってしまい、刑罰をとうぜんのものとして受け入れるようになったときに、罰としてうまく利用することができる。この目的のために私はいくつかの懲罰手段を案出した。その一つはスイッチボード法と呼ばれた。これは、電気ドリルをいまにも始動するようにして対象者の歯に固定しておく。そして対象者自身に配電盤を操作させて、ベルとランプの信号に応じて接続線をソケットにさしこむように命じる。彼がさしこみを間違えるたびにドリルは二十秒間だけ回転する。信号の点滅は次第に速くなり、動作は応じきれなくなる。この配電盤操作を三十分も続けると、対象者は充電しすぎた人工頭脳のように参ってしまう。

「人工頭脳の研究は、内省的な方法による以上に頭脳について多くのことを教えてくれる。西欧の人間は機械装置の形で人間というものを外部化しようとしている。コカインの静脈注射をやったことがあるかね？　あの効果はもろに頭へきて、まじりけのない快感帯を刺戟する。モルヒネの快感は内臓にくる。注射のあと、自分の身体の内部に耳をすますような感じだ。しかし、コカインは頭の中を電気のように駆けまわる。コカインの渇望は頭だけの渇望で、肉体や感情のない欲求だ。コカインのまわった頭脳は、青や赤の光を点滅させて、猛り狂うピンボール・マシーンのような電気的興奮を起こす。コカインの快感は、いやらしい昆虫の生命の最初のうごめきとして、人工頭脳にもはっきりと感じられる。コカインに対する渇望は、コカイン回路が刺戟を受ける二、三時間のあいだだけしか続かない。もちろんコカインの効果は、電流でコカイン回路を活動させることによって生み出すことができる……ところで、しばらくすると回路は血管と同じようにすりへってきて、中毒者は新しいのを見つけなければならなくなる。血管は遅かれ早かれもとどおりになるものだし、常用者《ジャンキー》はアヘン中毒でないかぎりは、巧みに血管を替えてゆくことによって不自由しないでやってゆける。しかし、脳細胞はいったんだめになったらけっして回復しない。脳細胞を使いはたした中毒者は恐るべき窮地に陥ることになる。

燃え上がる白い炎の中で、裸の白痴たちが古い骸骨や排泄物やさびた鉄の上にしゃがみこんでいるパノラマは、遠い地平線まで広がる。完全な沈黙――彼らの言語中枢は破壊されている――ただ彼らが背骨の上下に電極を押し当てるときに火花の飛び散る音と肉の焦げる音がするだけだ。肉の焼ける白い煙が無風の空中に浮かぶ。一団の子供たちが、一人の白痴を有刺鉄線で棒ぐいに縛りつけ、その両脚の間で火を燃やして、炎がももをなめるのを残忍な好奇心にかられて見まもる。白痴の肉体は火中で苦悶する昆虫のようにぴくぴく痙攣《けいれん》する。

相変らず私は脱線するようだな。とにかく、頭脳のエレクトロニクスについてもっと正確な知識が得られるまでは、尋問者が対象者の人格に攻撃を加えるのに絶対に必要な道具は、依然として麻薬なのだ。もちろん、バルビツール酸塩などは事実上なんの役にも立たないと言える。つまり、こんな薬で音《ね》をあげるような人間なら、アメリカの警察で使われている子供っぽい方法でも陥落するというわけだ。スコポラミンはしばしば反抗心を取り除く効果を示すが、それと同時に記憶力をそこなう。スパイは自分の秘密を打ち明ける気になるかもしれないが、かんじんの秘密をさっぱり思い出せない。あるいは秘密情報をしゃべったところで、でたらめが入り混じっていてどうにも解きほぐしようがない。メスカリン、ハルマリン、LSD6、ブフォテニン、ムスカリンなどは多くの成功例がある。ブルボカプニンは緊張型精神分裂症によく似た状態をひき起こし……無意識的服従の症例が観察されている。ブルボカプニンは後脳抑制剤で、視床下部の運動中枢の働きを妨げるらしい。そのほかの実験的精神分裂症を生み出した薬——メスカリン、ハルマリン、LSD6——は後脳興奮剤だ。精神分裂症においては、後脳の刺戟と抑制がかわるがわるに起こる。緊張病のあとにはしばしば興奮と運動神経活動期が続き、そのあいだ気ちがいは病棟内を駆けまわって、まわり中の人間を苦労させる。悪化した分裂症患者はときどきかならずしも動こうとせず、ベッドの中で寝て暮す。視床下部の調整機能障害は、精神分裂症の『原因』(因果律に頼っていては代謝作用のプロセスは正確に表現できない——現代言語の限界)と見なされている。LSD6とブルボカプニン——クラーレで効力を強めたブルボカプニン——を交互に投与すると、最高の無意識的服従を生み出す。

「そのほかにも手段はある。大量のベンゼドリンを数日間投与すれば深い抑制状態にすることができる。また、大量のコカインまたはメペリジンの連続投与か、バルビツール酸塩の長期投与後の急激停止によって精神異常を誘発することができる。さらにジヒドロオキシ・ヘロインに中毒させたのち、禁断状態にしてもよい。(この化合物はヘロインの五倍も中毒力があり、禁断症状もそれに比例して激烈になる。)

また、さまざまな『心理的方法』があるが、その一つは強制的精神分析だ。被実験者には毎日一時間ずつ(特に急を要しない尋問の場合)自由連想をさせる。『さあ、さあ、しりごみするんじゃない。おとうさんがこわいおじさんを呼んでるよ。スイッチボードのあたりを歩きまわるんだ』

自分の真実の正体を忘れて偽装の経歴に溶けこんでしまっている女スパイ——併合国《アネクシア》では彼女はなおセックスが売物だ——の場合にはまた別の手を使う。スパイは偽装の経歴を主張して本当の正体を否認する訓練を受けているものだ。それなら、心理的ジュージッツを使って、相手と調子を合わせればいい。たしかにおまえは主張するとおりの（偽装どおりの）人間で、それ以外の何者でもないと暗示をかければいいのだ。そうすればスパイの本当の正体は無意識なものになり、抑制できなくなる。そこで薬と催眠を使って掘り出すことができる。この考え方によれば、まともな異性愛の人間を同性愛に変えることができる……つまり、ふつうの潜伏している同性愛傾向に対する拒絶をいっそう補強して援助する——それと同時に相手の周囲から女を取り上げ、同性愛的刺戟を受けるようにする。それから薬と催眠を使えば——」ベンウェイは弱々しい手首をちょっと振ってみせた。

「多くの対象者は性的屈辱にはきわめて弱い。それゆえ裸体や、催淫薬の刺戟を利用し、また、たえまなく監督の目を光らせて当惑させ、マスターベーションによる息抜きを妨害する。（たとえば催眠中に興奮して硬直すれば、自動的に大きな振動電気ブザーが鳴り出して対象者をベッドから冷水の中へ投げこむ仕掛けになっている。こうして夢精を最小限度におさえる。）神父にヤクを使って催眠術にかけ、神の小羊と位格的結合を成就するところだとふきこむ——そして好色な老いぼれ羊にカマを掘らせる。これで尋問官は完全な催眠コントロールが可能となる。対象者は、開けゴマとさえ言えば、笛に従ってやってくるし、床におすわりもする。言うまでもないことだが、性的屈辱は明白な同性愛者には適用できない。（本筋から注意をそらすのはよそう。昔ながらの公式見解を忘れないようにしたいと……なにせ壁に耳あり。）ある少年などは私の顔を見るとくそをするように仕込んだものだよ。それで私はその子の尻を洗ってやり、一発掘る。非常にオイシイ仕事だったね。その子もなかなか美男だったし。それに、対象者によっては、掘られたときにどうしても射精してしまうので男泣きに泣いたりするしね。まあ、はっきりわかってもらえたと思うが、可能性は途方もなく大きな美しい庭園の曲りくねった小道のように、はてしなく続いているのだ。私はその美しい表面をちょっとひっかいただけというところで、とんまな連中に追い出された……　まったく、『これが人生ってもんだ』よ」

おれはフリーランドに到着する。ここはとてつもなくきれいで退屈だ。ベンウェイはR・C（再条件化更生センター）を管理している。おれが立ち寄ると、「だれそれはどうなった？」という話が始まる──「〝密告屋〟のシディ・イドリス・スミザースは、親方に長命酒をねだったよ。老いぼれた女役のホモみたいなばかはないな」「レスター・ストロガノッフ・スムーン──〝エル・ハセイン〟──はA・O・P（無意識的服従操作）を完成しようとして自分からラタになった。業界の殉教者だ……」（ラタは東南アジアで見うけられる精神病の一つ。ほかの点では正気だが、ひとたび他人が指をはじいて鳴らしたり鋭い声で叫んだりするのに注意をひきつけられると、あらゆる動作をまねしないではいられなくなる。強制的無意識催眠の一形態。ときには一度に数人の動作をまねしようとして自分の身体を傷つけることもある。)

「この原爆的秘密の話を前に聞いたことがあったらそう言ってくれ」

ベンウェイの顔は閃光電球がきらめくようなほんの一瞬間だけその外形を保つが、たちまち何とも言いようのない分裂や変形を起こし始める。焦点が合ったりぼやけたりする映画のようにたえずちらちらと揺れ動く。

「きたまえ」とベンウェイは言う。「R・Cの中を案内しよう」

二人は長い白い廊下を歩いて行く。ベンウェイの声はどこからともなくおれの意識の中に流れこんでくる…… ときには大きくはっきりと響き、またときには風の吹きまくる街を流れる音楽のように、ほとんど聞きとれなくなる肉体から離脱した声。

「ビスマーク諸島の原住民のような完全に孤立したグループがある。彼らの間には、はっきりした表向きの同性愛傾向は少しも見られない。いまいましい女家長制なのだ。女家長制というやつはみな反同性愛的で、遵法的で、散文的だ。女家長制の国にきたときには、国境へゆっくりと向かうようにして。決してあわてて走ってはいけない。。走ったりすれば、どこかの欲求不満の潜在的同性愛の警官に撃たれたりするのがおちだ。すると、西ヨーロッパやアメリカのような未開発の分野に同質性の橋頭堡《きょうとうほ》を打ち立てたいと思っている者がいるというわけか?

マーガレット・ミードにはわるいが、それでまた新しくいまいましい女家長制ができるってわけか…… あそこはめんどうな騒ぎの起こる場所だ。手術室で同僚とメスを振りまわしてケンカしたし、私のヒヒ助手は患者にとびかかってずたずたに引き裂いたよ。ヒヒはけんかのときにはいつも一番弱い相手を攻撃する。なかなか正しい戦術だ。われわれ人間は輝かしい類人猿からの遺産を忘れてはいけない。ブラウベック医師はパーティの内側の人間だったんだ。人手不足のときに再び狩り出された隠退堕胎医兼麻薬密売者だった。（本当は獣医だった。）この医者は午前中は病院の炊事場で看護婦たちの尻をつついたり、石炭ガスとクリムをたらふく飲んだりしていた――そして手術の直前になるとこっそりナツメッグを二発打って元気をふるい起こした」

（英国とりわけエジンバラでは、人びとは石炭ガスで泡だてたクリム――腐った油脂のような味のするひどい粗製粉末ミルク――を飲んで、それを麻薬として使用する。彼らはガス代を払うためにあらゆるものを質入れし、料金が払えなくなってガス会社の人間がガスをとめにやってくると、数マイル離れたところまで聞えるような悲鳴を上げる。彼らはこの麻薬にかつえてくると、「どかんときやがった」とか「古いストーブが背中をはい上がってきた」と言う。ナツメッグ。『イギリス中毒学会誌』の自分の論文（補遺参照）から引用すると、「囚人や船乗りはときどきナツメッグを用いる。茶さじ一杯ぐらいを水といっしょに飲みこむ。効果はマリファナに似たようなものだが、副作用として頭痛と吐き気をともなう。南アメリカのインディアンの間では多種類のナツメッグ系の麻薬が使用されている。通常、この植物の乾燥粉を鼻から吸いこんで服用する。まじない師たちはこれらの有毒物を服用して発作状態になり、その痙攣《けいれん》やつぶやきに予言的な意味があると見なされる」）

私は私でヤーへ（南米産つる状植物、アルカロイドを抽出、ヤゲイン）の酔いが残っていて、とうていブラウベックのご託を容認するような状態ではなかった。まず第一に彼は、切開は前からでなく背面から始めるべきだと私に言って、胆嚢《たんのう》を確実に切り取ることについて何か勝手な文句のたわごとをつぶやいた。私はこの男は百姓でニワトリでも料理していたのだろうと思った。勝手にオーブンにでも頭を突っ込んでくたばりやがれと私が言うと、彼は厚かましくも患者の大腿部の動脈を切断している私の手を押した。血が勢いよく噴出して麻酔係の目をつぶした。麻酔係は悲鳴を上げて廊下を走りまわった。ブラウベックは私のまたぐらをひざで蹴上げようとした。私はメスで彼のひざの腱を切ってやった。ブラウベックは床をはいまわりながら私の足を刺した。ヴァイオレット――これが私のヒヒ助手で、私が少しでも関心を持ったと言える唯一の女だが――はすっかり有頂天になった。私はテーブルの上によじ登り、両足をそろえてブラウベックの上にとびおりて踏みつぶそうと身がまえた。そのときに、警官たちがとびこんできた。

まあ、この手術室の騒動、長官の言う『この言語道断な事件』は相当の修羅場だったと言えるだろう。オオカミの群れは殺しの最後の仕上げをするために迫っていた。はりつけ、としか言いようがない。もちろん、私はあちこちで少しはいい稼ぎをしないでもなかった。みんなやってることだ。私と麻酔係の二人でエーテルを全部飲んでしまったところへ患者をもちこまれたことがあった。私はコカインにサンフラッシュをまぜたと非難された。本当はヴァイオレットがやったのだ。だが、もちろん彼女を守ってやらなければならなかった……

こうしてとどのつまり、われわれはみな業界から放逐された。とはいえヴァイオレットはもともと本当の医者ではなかったし、その点ではブラウベックも同じだった。そして私自身の免許にまで疑いがかけられた。しかし、ヴァイオレットはメーヨー診療所の連中以上に医学を知っていたし、すばらしい直観と強い義務感を持っていた。

こうして私は、医師免許もなく放り出された。商売替えをすべきだろうか？　とんでもない。医者稼業は親ゆずりの好きな道だ。私は地下鉄のトイレットで割引料金の堕胎手術をやって何とか自分の習慣を維持した。そして、街頭で妊婦をくどいたりするところまで身を落とした。まったく不道徳だった。それから大物に出会った――後産《あとざん》業界の巨頭プラセンタ・フワンだ。戦時中に半産子牛商売でもうけたのだ。（半産子牛というのは胎盤と細菌の付着した、一般的に非衛生的で食用に適さない未成熟の子牛のことである。子牛は六カ月の最低年齢に達するまでは、食用として売ることを許されていない。その期限前は半産子牛として類別される。半産子牛の売買は厳重な処罰をうけることになっている。）ところでフワニトは、やっかいな制限法規を避けるために、アビシニア船籍で登録してある貨物船の船隊を動かしていた。彼はこれ以上きたない船は海を走っていないだろうと思われる商船フィリアリシス号の船医の口を私にくれた。私は片手で手術をしながら、もう一方の手で患者の身体の上を走るネズミをたたいた。ナンキンムシやサソリが天井からばらばらと降ってきた。

だれかが世界を同種族で固めようってんだな。できないことはないが、金がかかる。いい加減いやになってきた……さあ、きたぞ……　絶望小路に」

ベンウェイが片手で空中に何かの模様を描くと、ドアがくるりと開く。二人が中へ入ると、ドアはしまる。長い病棟はステンレス鋼と白タイルの床とれんが状のガラスの壁に輝いている。ベッドは一方の壁に沿って並んでいる。たばこを吸っている者も、本を読んでいる者も、しゃべっている者もいない。

「さあ、よく見たまえ」とベンウェイは言う。「だれの邪魔にもなりはしないよ」

おれは前へ進み、ベッドにすわっている一人の男の前に立って、その目を見つめる。その目からはだれも、何も、見返してこない。

「IND」とベンウェイは言う。「つまり不可逆性神経損傷だ。解放過多症と言ってもいい……この産業の障害の一つだ」

おれは男の目の前で片手を動かす。

「そうだ、反射運動はする。これを見たまえ」ベンウェイはポケットからチョコレート・バーを取り出すと、包み紙をとって男の鼻先につきつける。男は鼻をくんくんいわせる。あごが動き始める。両手で物をつかむ身ぶりをする。つばが口からしたたり落ち、長いよだれになってあごから垂れ下がる。胃がごろごろと音を立てる。全身が蠕動《ぜんどう》を起こしてくねくねと曲る。ベンウェイは後退して、チョコレートを上方にかざす。男はひざまずき、頭をうしろへそらして犬のようにほえる。ベンウェイはチョコレートを投げる。男はそれに食いつこうとして受けそこない、よだれを流す音をたてながら床の上をはいずりまわる。そして、ベッドの下へはいこんでチョコレートを見つけ、両手で口の中に詰めこむ。

「やれやれ！　このIDどもときたらまったく品のないやつらだ」

ベンウェイは、病室の突き当たりで腰をおろしてJ・M・バリ〔スコットランドの小説家・劇作家。一八六〇―一九三七〕の戯曲集を読んでいる付添人に呼びかける。

「このIDの畜生どもをここからほうり出せ。もううんざりだ。観光事業には向いていない」

「やつらをどう始末したらいいでしょう？」

「そんなこと、知るもんか。私は科学者だ。純粋の科学者だ。こいつらをほうり出せ、二度と顔を見ないでもいいようにな。ただそれだけだ。こいつらはアホウドリだ」

「しかし、どうします？　どこへやります？」

「適当な手順があるだろう。地区調整官とか何とかいうやつに電話をかけろ……毎週肩書を変えてるやつだ。ほんとにいるのかどうか怪しいもんだが」

ベンウェイ医師は戸口で足をとめて、INDたちのほうを振り返る。「こいつらはわれわれの失敗だ」と彼は言う。「まあ、これも仕事のうちだ」

「いったいやつらは回復しますか？」

「しないね。回復しようともしないよ。いったんあの状態になったらね」とベンウェイはものやわらかに歌うように言う。「さて、この病室にはもっと面白いものがあるぞ」

患者たちはあちこちに群れをなして立ち、しゃべったり床につばを吐いたりしている。空中には灰色のもやのように麻薬の煙がたちこめている。

「心暖まる光景だ」とベンウェイは言う。「あの常用者《ジャンキー》たちはあんなふうにして売人《ばいにん》がくるのを待っているのだ。六カ月前、連中はみんな精神分裂病患者だった。何年間もベッドから離れたことがない者もいた。だが、それがごらんのとおりだ。私は長い医者稼業を通じて、精神分裂症の常用者《ジャンキー》を見たことは一度もない。常用者《ジャンキー》はたいてい肉体分裂型なのだ。だれかの何かを治したかったら、その何かを持っていない人間を見つけ出すことだ。では、精神分裂を持っていないのはだれだ？　常用者《ジャンキー》が持っていないではないか。そうだ、ついでに言えば、ボリビアには精神病の全然ない地域がある。あの山岳地帯にまったく正気の連中がいるのだ。こういう土地が読み書きの能力、広告、テレビ、ドライヴ・インなどという代物《しろもの》にだいなしにされないうちに行ってみたいものだよ。そして、飲食物、麻薬やアルコールの使用、セックスなどの代謝作用を精密に研究したい。彼らが考えていることなどはどうでもいい。どうせ、だれもが考えるような愚にもつかないことばかり。

さて、どうして麻薬常用者《ジャンキー》は精神分裂症にならないのか？　それはまだわかっていない。精神分裂症患者は、食物を与えなくても空腹に気づかないで餓死してしまう。だが、ヘロインの中断に気づかないでいられる者はいない。麻薬中毒という事実そのものが接触を余儀なくしている。

だが、これは一面的な見方にすぎない。メスカリン、LSD6、質の悪いアドレナリン、ハルマリンなどはほぼ精神分裂症に近い状態を生み出すことができる。一番いいのは分裂症患者の血液から抽出した薬だ。それゆえ精神分裂症はたぶん麻薬の精神病なんだ。そこには内部の人とも言える代謝関係因子ができる。（興味のある読者は補遺を参照されたい。）

精神分裂症の末期には後脳の働きが永久に不振に陥り、前脳はほとんど無内容になる。前脳は後脳の刺戟に応えて活動するだけだからだ。

モルヒネは精神分裂質に似た後脳の刺戟の解毒剤になる。（禁断症候群とヤーへやＬＳＤ６の中毒との類似点に注意。）麻薬使用の最終結果は――とくに、常用者が大量に手に入れることができるヘロイン中毒の場合には――永久的な後脳の活動不振を招いて、末期精神分裂症に非常によく似た状態に陥り、感情の完全欠如、自閉症が起こって、事実上脳活動が停止してしまう。常用者は壁を見つめたまま八時間も過ごすことができる。自分の周囲の状態は意識しているのだが、それには感情的な意味が少しもなく、従って興味も全然ない。ひどい耽溺期のことを思い出すのは、前脳だけで経験した出来事の録音テープを再生するようなものだ。外面的な出来事の味もそっけもない陳述。『その店へ行って赤砂糖を少し買った。うちへ帰って、箱の半分ぐらいまで食べる。三グレーン〔約〇・一九グラム〕の注射を打った』というような具合だ。このような記憶にはノスタルジアというものがまったく欠けている。しかし、麻薬の摂取量が平均以下に落ちるや否や、禁断症状を起こすものが全身にみなぎる。

すべての快楽が緊張状態から解放されることであるなら、麻薬は精神エネルギーと性的衝動《リビドー》の中枢である視床下部をばらばらに切断することによって全生命過程からの解放をもたらす。

私の仲間の学者のなかには（無名のやつらだが）、麻薬の陶酔効果はオルガスム中枢の直接刺戟から出ていると言っている連中がいる。だが、麻薬は緊張、解放、休息の循環を全部停止するというほうが理屈にあいそうだ。中毒者《ジャンキー》のオルガスムは活動しない。中毒者は緊張が解放されていないことを常に示す退屈感に悩まされることは絶対にない。八時間も自分の靴を見つめているとができるのだ。奮起するのは麻薬の砂時計が止まったときだけだ」

病室の向う端では付添人が鉄のシャッターを押し上げ、拡声器を通して大声で叫ぶ。中毒者《ジャンキー》たちはぶうぶう鼻を鳴らしたり、きいきい泣き声を上げたりしながら殺到する。

「りこうなやつさ」とベンウェイは言う。「人間の尊厳なんてまるっきり眼中にないんだ。さあ今度は軽度の逸脱・犯罪者病棟を案内しよう。そうだ、ここでは、犯罪者は軽度の逸脱者なのだ。彼らはフリーランドの規約に従うことを拒みはしない。ただ、ある種の条項の裏をかこうとするだけだ。ふらちなことだが、たいして重大ではない。この廊下だ……二十三、八十六、五十七、九十七号室はとばすことにしよう……それから実験室も」

「同性愛の連中も逸脱者にはいってるのですか?」

「いや、はいってない。ビスマーク群島のことを思い出したまえ。あそこには公然たる同性愛はなかった。機能を効果的に働かせている警察国家は警察を必要としない。同性愛はだれにとっても表向き口に出せる行為にはなっていない……　同性愛は女家長制の社会では政治犯罪だ。いかなる社会もその基本的教義を公然と拒否するのを黙認しはしないからな。ここでは女家長制ではない。アラーは偉大なり！　そら、例のネズミの実験があるだろう。雄ネズミたちは雌を見てちょっと動いただけで、電気ショックを受けて冷水の中に落ちるようになっている。すると、このネズミたちはみんな同性愛のネズミになる。病原学というのはこうしたものだよ。そして、こういうネズミが『ぼくはホモだ、あれがスキスキ』とか、『二つ穴の変り者さん、だれがあんたの大事なものをちょん切ったんだい?』なんてまともなネズミに向って言うだろう。私が精神分析学者として――社会的関心を持った唯一の時代だったが――比較的短い経験を積んでいた間に、一人の患者はグランド・セントラル駅で火炎放射器をもって暴れまわり、二人は自殺した。そして、もう一人は長椅子の上でジャングル・ネズミのように死んだ。（ジャングル・ネズミは急に絶望状態に直面すると死んでしまう傾向がある。）すると、その患者の親類たちが文句を言ってきたので、私はこう言ってやった。『これもこういう仕事にはありがちなことでね。この死体をここから出してくれ。生きている患者たちの気分をめいらせるから』――ところで私は、同性愛の患者たちがみんな強い無意識の異性愛傾向を示し、異性愛の患者たちがみんな無意識の同性愛傾向を示すことに気がついた。ややこしくて目まいがしそうだろう？」

「それからどんな結論が出てくるんです？」

「結論だって？　そんなものは何もない。そのときどきの観察の一つにすぎない」

おれたちがベンウェイの事務室で昼食を食べていると、医師に電話がかかってくる。

「なんだと？……驚異的だ！　すばらしい！……そのまま進めて、待っていろ」

ベンウェイは電話を切った。「私はイスラム・インコーポレイテッドの任務を今すぐ引き受けることにする。電子頭脳が技術師と六次元のチェスをやっているうちに狂って暴れだし、R・Cの患者たちをことごとく外へ出してしまったらしい。さあ、屋上へ行こう。ヘリコプター作戦が入要だ」

Ｒ・Ｃの屋上から、おれたち二人は前代未聞の恐怖の光景を見わたす。ＩＮＤたちはレストランのテーブルの前を取り巻いて、あごから長いよだれをたらし、胃をごろごろいわせている。また、女たちの姿を見て射出する者もいる。ラタどもはサルのようなみだらな身振りで、通行人の動作をまねしている。麻薬中毒者はドラッグストアの略奪をやって、いたるところの街角で注射を打ち…… 緊張病患者は公園の装飾物になり…… 興奮した精神分裂症患者は、人間ばなれのしたわけのわからぬ叫び声を上げて、街路を走りまわっている。Ｐ・Ｒたち——部分的修理更生者——の一団がホモの観光客たちを取り巻いて、その下にある北欧人の頭蓋骨を二重露出であらわにしながら、ぞっとするような知ったかぶりの微笑を送っている。

「なんの用だい？」と女役のホモの一人がどなる。

「あんたたちを理解したいんだよ」

泣きわめくサル病患者の一隊が、シャンデリアやバルコニーや木にぶらさがってとびまわり、通行人の頭上に大小便の雨を降らしている。（サル病患者——この病気の学名は忘れたが——は自分がサルか類人猿のようなものだと思いこんでいる。これは軍隊特有の病気で、除隊によって治癒する。） 殺人狂患者は暴れまわって人の首を切りながら、夢見心地で半分笑いかけ、愛嬌のある放心の表情を浮かべる…… 初期の興奮状態にある住民たちは、自分のペニスを握って観光客に助けを求める…… アラビア人の暴徒は、金切り声やどなり声でわめきちらしながら、人びとをつかまえて、去勢したり、はらわたをえぐり取ったり、ガソリンの炎を浴びせたりする…… 少年の踊り子たちは内臓を取り出すストリップをやり、女たちは切断されたジエンタルをカントに刺しこみ、まわし、ぶつけてから気に入りの男をめがけてはじき飛ばす……狂信者たちはヘリコプターから群衆に向って熱弁をふるい、人びとの頭上から無意味な文句を刻みつけた石の板をばらまく……ヒョウ男たちはせきをしたり、鼻を鳴らしたりしながら鉄の爪で人びとをずたずたに引き裂く……クワーキゥーツル食人組合の新入会員たちは鼻や耳をかみきっている……

食糞症者が皿を要求し、その上に糞をたれてそれを食べ、「うーん、おれの豊かな排泄物よ」と唱える。

手のつけられない乱暴な主張で人をうんざりさせる連中の一隊が、かもを捜して街路やホテルのロビーをうろつきまわる。一人のインテリ前衛派――「もちろん、今日考察に値する著作は科学的報告書や定期刊行物の中にしか見あたらないよ」――はだれかにブルボカプニン注射をして、「多発変性肉芽腫の治療におけるネオ・ヘモグロビンの使用」に関する報告を読んで聞かせようとしている。(もちろん、この報告書は自分ででっち上げて印刷したちんぷんかんぷんな代物《しろもの》だ。)

彼の出だしの文句――「お見うけしたところあなたはインテリのようだ」(これはいつでも不吉な言葉なのだ……このせりふを聞かされたら、ぐずぐずしないで、さっさと立ち去ることだ。)

一人のイギリスの植民地生活者が五人の若い警察官の助けを借りてクラブの酒場で一人の患者を引きとめている。「おい、モザンビークを知っているか?」イギリス人はそう言って、自分のマラリアの話をだらだらと際限なくしゃべり始める。「すると医者は私にこう言った。『私にはこの土地から離れなさいと忠告することしかできません。さもなければ、あなたを埋葬することになるでしょう』とね。この医者のやつは内職に葬儀屋もやっているんだ。損をしないように埋め合わせをやり、たまにちょっとした商売をするってわけさ」こうして三杯目のピンク色のジンを飲みほすと、その男は相手と親しくなり、今度は下痢の話をしはじめる。「とても変った排泄物だ。いくぶん白っぽい黄色で細い筋が入ってる感じなんだ」

防暑ヘルメットをかぶった探検家が吹き矢筒からクラーレを塗った毒矢を飛ばして一人の住民を射倒す。探検家は片足で人工呼吸をほどこす。（クラーレは肺を麻痺させて人を殺す。だが、それ以外の毒性はないから、厳密に言えば毒物ではない。人工呼吸をほどこせば被害者は死なずにすむ。クラーレは腎臓の働きによってきわめて迅速に除去される。）「あれは牛疫がはやった年で、何もかもが、ハイエナまでが死んでしまった……　そして私はヒヒノケツ川の水源地帯でK・Yをすっかり切らしてしまった。それが空中投下によって届いたときのありがたさは何とも言い表わしようがなかった……　実際のところ、この話はだれ一人として他人には洩らしたことはないんだ」――彼の声は、赤ビロード、ゴムの木、金泥、彫像などに飾られた一八九〇年代様式の大きな人気《ひとけ》のないホテルのロビーじゅうに響きわたる――「私はあの悪名高いアグーティ部落にはじめて入りこんで、彼らのとんでもない風習を目撃し、それに参加したたった一人の白人だった」

（アグーティ部落はチムー族のフィエスタに出席した。［古代ペルーのチムー族は、ソドミーとともに、しばしば演出される棍棒による血まみれの戦闘に非常に入れこんでいて、午後のうちに数百人もの死傷者を出すのだった。」若者たちはにやにやしつつ、棍棒でつつきあいながら集団で競技場に出る。さあ、戦闘開始だ。

心優しき読者諸君、この見せ物の醜悪さときたら、筆舌に尽くし難いほどだ。すくみあがって小便をもらす臆病者でありながら、同時に尻が紫のマンドリルのように悪意に満ち、この二種類の惨めな状態を立ちあい漫才のように切り替えられるなんて！　倒れた敵の上に糞をたれ、その敵は、死にかけているくせにその糞を食べて喜びで叫ぶなんて！　弱い受身の相手を絞首刑にして、その精液をいまわしい犬みたいに口で受けるなんて！　心優しき読者諸君、本来なら喜んでこうした光景を眼にふれないよう気づかうわたしではあるが、わがペンは、かの老水夫のごとき意志を持ちあわせているのだ。おお神よ、なんという光景だろう！　こんな醜聞は筆舌をもって描きつくせるものではない。獣のような若いならず者が対戦相手の目玉をくりぬき、その脳を犯している。「この脳はもう萎縮しちゃってるよ、おばあちゃんのまんこみたいにカラカラだ」

彼はロックンロールならず者に変身する。「おれは老いぼれまんことコーマン——クロスワードパズルみたく結果が結果してもおれには関係ない。おやじがすでにそれとも？　おまえは犯せないよジャック、おまえはおれの親父になりかけてて、できればまっとうにおまえののどをかき切ってお袋とコーマンしたほうが、親父を犯したり、それとは逆に、あるいは必要な変更を加えて親父に犯されたり、お袋ののどをかき切ったりするよりいい。あの聖なるまんこめが、もっともそうしたほうが彼女の言葉の荒馬を馴らして資産を凍結するにはいいんだけど。つまり、つまり、切り替えんとこでとっつかまった野郎は、『大パパ』にケツを提供すべきか、それともオバハンに胴体仕事をやってやるべきかってな話。まんこ二つに鉄のペニスをくれたらあんたの薄汚ねえ指をおれの甘いケツからどけな、おれをなんだと思ってやがる、ジブラルタルから来て早速紫の尻の受付係をやってる亡命者じゃねえんだぜ。男も女も去勢された彼に。両性の区別がつかないやつがいるか？ おめえのどをかき切ってやる、この白人クソ野郎。表に出ろ、おれの孫みたく、汝が生まれざる母親と疑わしい戦闘でご対面。混乱は彼の傑作を犯す。おれが用務員ののどをかき切ったのはまったくのかんちがいからで、あいつが例の親父みたく最悪のマンコ野郎だったもんで。それに石炭置場じゃどのペニスも似たようなもんだし」だからおれたちを後に手負いの競技場に戻ろう。ある若者が同志を貫き、別の若者がそのペニスのふるえる保険金受取人のもっとも誇らしい部分を切断して真空を埋めるために訪ねてくる仲間のプロジェクトが嫌悪して射精する先のアマゾンの沼地では血気にはやるピラニアがかじりつくすおまえの子供はまだ生まれていないし——ある確立した事実関係から見て——生まれる見込みもない。）

またひとり別の人をうんざりさせる男が、トロフィー、メダル、カップ、飾りひもなどで一杯のスーツケースを持ってやってくる——「さて、これはヨコハマで催された精巧性具コンテストで優勝して獲得したものだ。（だまらせろ、彼はやけくそになっている。）天皇はこれをみずから私に授与したが、その日には涙が光っていた。そして優勝を逃がした連中はみなハラキリのナイフで自分を去勢してしまった。それから、この勲章リボンはテヘランの匿名ジャンキー会議で行なわれた堕落コンテストで獲得したものだ」

「妻のM・Sを打ちつくしたら、妻はホープ・ダイヤモンドぐらいの大きさの腎臓結石ができて寝こんだ。そこでベガニンを半分やって、こう言う。『あまり楽にはならないよ。……いいから黙ってろ。薬を楽しませてくれ』と答えた」

「おばあさんのお尻からこっそりアヘン座薬を失敬したのよ」

そのヒポコンデリー患者は通行人を投げなわで捕えて、拘束服を着せると、自分の腐りかけている隔膜のことをしゃべり始める――「ひどいうみがどんどん出てくるんだ……ちょっと待てよ、今すぐに見せてやるから」

彼は手術の傷痕をむき出しにして、気の進まない犠牲者の指を誘導する。「その股の化膿しふくらんでいるところにさわってみろ、リンパ肉芽腫だ……　それから内痔核にさわってみてくれ」

(進行性リンパ肉芽腫「風土性よこね」エチオピア特有のウィルス性病。「われわれがけがれたエチオピア人として知られているのは、いわれのないことじゃないんだ」と、あるエチオピア人の傭兵《ようへい》はエジプト王とソドミーを行なったとき、コブラのように毒々しく嘲笑している。古代エジプトの古文書にはこのけがれたエジプト人のことが始終出てくる。

そんなわけで、この病気はジャージィ・バウンスと同じようにアジス・アベバから発生した。だが、現代は、世界は一つの時代だ。いまでは風土性よこねはシャンハイ、エスメラルダ、ニユーオーリンズ、ヘルシンキ、シアトル、ケープタウンに広がっている。しかし、故郷をこがれるのは、どんなものでも同じらしく、この病気は黒人を特に好む傾向を持っているようで、白人絶対の天下における白髪少年のように、白人には触らない。だが、マウマウ団のブーズー教のまじない師たちは、白人たちのために本当の性病を作っているそうだ。もっとも今だって白人は免疫というわけではない。ザンジバルでは五人のイギリス人水夫がこの病気にかかった。そしてアーカンソー州のデッド・クーン郡では「「アメリカでいちばん腹が黒いのはいちばんまっ白なやつ——黒んぼよ、日没を見るまで生きのびられると思うな」」、郡検屍官が前も後ろもよこねにやられた。検屍官がよこねにやられていることが露顕すると、近隣の連中が結成した自警委員会は弁解がましく郡役所の屋外便所で彼を焼き殺した。「なあ、クレム、自分が口蹄疫にかかった牝牛だと思ってみろよ」「それとも、鳥禽ペストにかかった腰抜けか」「おい、みんな、押し合って近づきすぎるな。彼の腸が火の中で爆発するおそれがあるぞ」この病気はペニス検査によると、ダニやヤブ蚊の腹の中や、砂漠の月の下で死んでゆくジャッカルが流す銀色のよだれの中で、目的を果たさずに力を失ってゆくある種の不運なウィルスと違って、うまく目的を達成する秘密の仕掛けをもっている。感染時の初期障害が終ると、病気は鼠蹊《そけい》部のリンパ腺に移り、その部分がはれて化膿した裂瘡《れっそう》になり、何日も何カ月も何年も血と腐ったリンパ液がしまになって入りまじるねばねばしたうみを流し続ける。しばしば生殖器の象皮病を併発し、また、壊疽《えそ》の症例として、患者の腰から下をまっ二つに切断することが必要になり、しかもほとんど無益といった場合が記録されている。女性は通常、肛門の二次感染におかされる。弱い、すぐに尻を紫色にするヒヒのように、すでに感染しているパートナーの言いなりになって受動的な性交に身をゆだねる男性もこの小さな来訪者を育成するかもしれない。初期の直腸肛門炎と膿の排出——日常の動きの中に見落とされることもある——に続いて、リンゴしん抜き器か、それに似た外科用具の世話にならなければならない直腸狭窄《きようさく》が起こる。ごく最近まで、満足のゆく治療法が全然なかった。「治療は症状次第」——つまり医者仲間では何も治療法がないということだ。今では多数の患者がオーレオマイシンやテラマイシン、およびある種のもっと新しいカビを使う集約的治療法によって回復している。それでもマウンテン・ゴリラのようにがんこな難治症例がある程度残っているのが目につく……だから、少年たちよ、IBMのI・B・ワトソンが言っているように、考えろ。興奮してあえぐのをやめて、さわってみることだ……そして、もしよこねにさわったら、身を引いて、つめたい鼻にかかった泣き声でこう言うのだ。「ぼくがあんたの恐ろしい病気に接触したがってるとでも思ってるのかい? ぼかぁ、ぜんぜん興味ないよ」

ロックンロールに熱狂する若者の愚連隊が、すべての国の街路を急襲。彼らはルーヴル美術館に乱入し、モナリザの顔に酸をぶっかける。動物園や気ちがい病院や刑務所を開放し、水道の本管を空気ハンマーで破裂させ、旅客機の洗面所の床をぶち抜き、灯台を銃撃し、エレベーターの鋼索にやすりをかけて細い針金のようにしてしまい、下水管を給水管につなぎ、水泳プールの中にサメやアカエイや電気ウナギや吸血ナマズ（カンディル）をほうりこむ。（カンディルは体の直径四分の一インチ長さ二インチぐらいの小さなウナギかウジ虫のような魚で、大アマゾン盆地の悪名高い河川に生息する。この魚は人間の陰茎や肛門やはては膣の中にさえとびこみ、鋭いとげを立ててそのまま居すわるが、何のつもりでそんなことをするのかは、カンディルの元の生息場所での生活過程を観察した者がいないのでわかっていない。）また、彼らは船乗りの服を着こんでクィーン・メリー号を全速力でニューヨーク港に衝突させ、白衣をまとい、ノコギリやオノや長さ三フィートもあるメスを携えて病院に突入し、麻痺患者を人工肺から引きずり出し（彼らが窒息するさまをまねして床の上をころげまわったり、目をぎょろつかせたりし）、自転車用の空気ポンプで注射をし、人工腎臓を切り離し、二人びきの外科用ノコギリで女がまっ二つになるのをながめ、悲鳴をあげるブタの大群を場外市場に追いこみ、国連会議場の床に糞をして、条約や協定や同盟の書類で尻をふく。

飛行機、自動車、馬、ラクダ、象、トラクター、自転車、蒸気ローラー車、徒歩、スキー、そり、松葉づえ、ばねつき竹馬などを利用して観光客たちが国境に押し寄せ、頑強きわまる態度で「フリーランドに跋扈《ばっこ》している言語道断な状態」からの隠れ場を要求する。商工会議所はこの総くずれ的事態を食いとめようとして、むなしい努力をする――「どうか落着いてください。暴動を起こしたのは狂った場所からきた少数の狂った人間だけなんです」

■ホセリト

そして、へたな階級意識のある詩を書くホセリトはせきをし始めた。ドイツ人の医者は、長いデリケートな指で、ホセリトのあばら骨をなでて簡単な診察をする。この医者は医者であるとともにオーケストラのヴァイオリン奏者、数学者、チェスの名人で、ハーグの洗面所での営業免許を持つ国際法理学会のメンバーだった。医者はホセリトの褐色の胸の向う側に、きびしい冷淡な視線をひょいと向けた。彼はカールを見つめて微笑し――教養のある人間同士の微笑を――まゆを上げて言葉を使わずに言う。

「それにまた、こんな愚かな田舎者に対しては、言葉の使用を避けなければならないのではないか？　さもないと彼は恐ろしさのあまり大便をもらしてしまう。コッホとスピットはどちらもいやらしい言葉なんだろう？」

彼は大声で言った。「肺尖カタルだ」

カールは外の狭いアーケードの下で医者に話しかけた。路面からはね返る雨にズボンをぬらしながら、どんなに多くの人びとにこの言葉を語ったことかと考える。向うの医者の目に映じる世界の階段、ポーチ、芝生、ドライヴウェイ、廊下、街路……　風通しの悪いドイツ風の壁の切込み部屋、天井までとどくチョウの標本箱、ドアの下から音もなくもれてくる尿毒症の不吉なにおい、水まき装置の音がする郊外の芝生、すべてはハマダラ蚊の沈黙の羽の下の静かなジャングルの夜に包まれていた。（注―これは言葉のあやではない。ハマダラ蚊は本当に音を立てない。）厚いカーペットを敷きつめた、落着いた感じのケンシントンの私立療養院――固い金らんの椅子と一杯の紅茶、スウェーデン風のモダンな居間には黄色い水盤に入った水栽培のヒヤシンス――外には青く澄みきった北国の空と流れる雲、死にかけている医学生のへたくそな水彩画の風景だ。

「フラウ・アンダーシュユニットの症例ですがね」

医者は自分の前にチェスの盤を置いて、電話に向ってしゃべっていた。「まったくひどい障害だと思うよ……もちろんX線透視鏡を見ないでだ」彼はナイトを取り上げ、考えこんでから、もとのところにもどす。「そう……両肺とも……そのとおりだ」彼は受話器を置いて、カールのほうを向く。「私はここの連中があきれ返るほど早く、感染もあまり起こさずに回復するのを見てきた。ここではいつも肺だ……肺炎、それにもちろんおなじみの忠実な病気」医者はカールのコックをにぎり、粗野な百姓のようにげらげら笑いながら空中に飛び上がる。彼のヨーロッパ風の微笑は、子供や動物の無作法は不問に付す。そして、その気味の悪いほど抑揚のない、肉体から離脱したような英語をすらすらとしゃべり続ける。「おなじみの忠実なコッホのバチルス」医者は靴のかかとをかちっと合わせて、頭を下げる。「こいつがいなかったら、連中はあのまぬけな田舎者じみた尻をとてつもなくふやしてしまうんじゃないか？」彼は金切り声を上げて、自分の顔をカールの顔の中に突っこむ。カールは横に身を引き、灰色の雨の壁を背にする。

「どこか彼の治療をしてもらえるところはないでしょうか？」

「サナトリウムのようなところがあると思うよ」彼は妙にはっきりしないいやらしさを見せて、サナトリウムという言葉を引きのばす。「場所は地方首都だ。所番地を書いてやろう」

「化学治療ですか？」

医者の声は単調になり、しめっぽい空気の中で重苦しくなる。

「そんなことわかるものか。連中はみんなまぬけな田舎者だ。その田舎者の中で最も手に負えないのは、いわゆる教養のあるやつだ。このような連中は、読むことを覚えさせないようにするだけでなく、話すことも覚えさせないようにすべきだ。考えることを妨げる必要はない。それは自然がやっている」

「さあ、所番地だ」医者は唇を動かさないでささやく。

彼は紙をまるめてカールの手の中に落とした。その垢《あか》光りのしているきたならしい指がカールの袖を押さえた。

「私の報酬の件が残っているよ」

カールはまるめた紙幣を一枚、医者に握らせた……医者は老いぼれ中毒者《ジャンキー》のようにみすぼらしく、こっそりと灰色の夕闇の中に消えていった。

カールは、専用浴室とコンクリートのバルコニーのついた、明るく輝く大きな清潔な部屋の中でホセリトを見つめた。この冷たい、からっぽの部屋では何もしゃべることがなかった。黄色い水盤の中で育つ水栽培のヒヤシンスと澄みきった青空と流れる雲、彼の目の中で恐怖の色が明滅する。彼が微笑すると、その恐怖はこまかい光の粒になって飛び散り、部屋のすみの高く涼しいところに謎のように潜伏する。そして、自分の身のまわりに死が迫るのを感じ、眠りの前に訪れる小さなばらばらに砕けたイメージが、心の中にわだかまっているときに、何を言うことができようか？

「ぼくはあした新しいサナトリウムへ送られるんだ。会いにきてくれよ。一人ぼっちになるからな」

彼はせきこんで、コデイン剤を取り出す。

「先生、私の知っているところでは、つまり読んだり聞いたりした話では――もちろん私は医師ではないし――医師のふりをするわけでもありませんが――サナトリウム治療という概念は、だいたい化学治療にとって代わられている、少なくとも補われているのは確かだそうです。先生もそうお考えでしょうか？　つまり先生、私が言いたいのは、おたがいに一個の人間として、何もかも本当のことを聞かせてもらいたいということです。先生は化学治療対サナトリウム治療の問題をどうお考えですか？　先生は特殊な主張の持ち主ですか？」

医者の肝臓病のインディアンのような顔は、カードの配り手の顔のように無表情だった。

「ごらんのとおり、まったくモダンだよ」医者は血のめぐりの悪い紫色の指で部屋のほうを指し示す。「風呂……水……花。何でもある」彼は得意げなにやにや笑いをしながらロンドン英語で最後に言った。「きみに手紙を書くよ」

「手紙を？　サナトリウムに？」

医者は、黒い岩石と大きな虹色に光る茶色の沼の国からしゃべっていた。「家具は……モダンで気持がいい。むろん、そう思うだろう？」


空を背景にして恐ろしく不気味な感じで日が暮れるのを待ちかまえている入り組んだネオンサイン……それを頂上にのせた緑の化粧漆喰《しっくい》の飾り壁のために、カールにはサナトリウムが見えなかった。サナトリウムはだれの目にもそれとわかるように巨大な石灰岩の岬《みさき》の上に建てられ、その上を花盛りの木やブドウのつるが打ち寄せる波のように蔽っていた。花の匂いが空中に重くただよっていた。

所長はブドウ棚の下の細長い木製の架台に腰かけていた。彼はまったく何もしていなかった。カールが差し出した手紙を受けとると、小声でつぶやきながら目を通し、左手で自分の唇にさわって読みとった。所長はトイレットの上方にある大くぎにその手紙を突き刺した。それから数字でいっぱいの原簿から何やら写し始めた。彼はせっせと書き続けた。

ばらばらに砕けたイメージが、カールの頭の中で静かに爆発した。そして、彼はさっと音もなく自分の身体から抜け出していた。遠く離れたところからくっきりと明白にランチルームにすわっている自分の姿を見た。ヘロインの盛り過ぎ。母親が彼をゆすぶり起こし、熱いコーヒーを鼻先に突きつける。

外では、サンタクロースの服を着た老いぼれ中毒者《ジャンキー》がクリスマス・シールを売っている。「みなさん、結核と戦いましょう」と彼は肉体からばらばらになったようなジャンキーの声でささやく。

誠実な、同性愛のフットボール・コーチたちの救世軍聖歌隊が歌う――「イン・ザ・スウィート・バイ・アンド・バイ」

カールは吹き流されるようにふたたび自分の身体の中にもどる。世俗的な麻薬の幽霊。

「むろん、やつは買収できるさ」

所長は一本の指でテーブルをこつこつたたきながら、「ライ麦の中を通って」をハミングする。それは霧笛のようにはるか遠方だったかと思うと急に近くなり、その一瞬後には、すさまじい音を立ててくずれ落ちる。

カールはズボンのポケットから紙幣を半分引っぱり出していた……所長はロッカーや保管箱がずらりと立ち並ぶそばに立っていた。彼はカールを見た。その病気の動物のような目は光を失って、奥のほうで死にかけ、絶望の恐怖が死の表情をうつし出していた。花のかおりに包まれて、ポケットから紙幣を半分出しかけたとき、弱さがカールを襲って、その呼吸を止め、血の流れをさえぎった。彼は動かない一つの黒点のほうに勢いよく回転していく巨大な円錐体の中にいた。

「化学治療か?」その金切り声は彼の身体から飛び出すと、がらんとしたロッカー室、兵舎、時代遅れの観光ホテル、結核患者サナトリウムのうつろな、せきの音のひびく廊下、簡易宿泊所や老人ホームのつぶやき声やせきばらいやネズミ色の皿洗いの水のにおい、大きなほこりだらけの税関の物置小屋や倉庫をすり抜け、また、こわれた柱廊やよごれた唐草模様、無数の男性ホモの小便で紙のようにすりへった鉄製便器、ふたたび土にもどった糞のかび臭いにおいがする捨てられた雑草の茂る屋外便所、風に吹かれる木の葉のように悲しげな死すべき人びとの墓の上に直立する木製の男根像をかすめ過ぎ、そして、すべての樹木が枝に緑色のヘビをからませたまま水に浮かび、悲しげな目つきのキツネザルが広大な水面のかなたの岸を見つめる(かわいた空気の中ではハゲタカの羽が落ちる)大きな褐色の河を横切る。その道筋には、夏の太陽に照らされて、骨粉のようにひからびた破れたコンドームやヘロインのからのカプセルやK・Yのチューブが点々と散らばっている。

「わしの家具」所長の顔は閃光のきらめくような一瞬のうちに金属のように赤く燃え立った。その目の光が消えた。ぷうんとオゾンのにおいが漂ってきて部屋の中を流れ過ぎた。「見習い尼」は片すみのろうそくと祭壇の上でぶつぶつ言った。

「何もかもトラクだ……モダンで、すばらしい……」彼は白痴のようにうなずき、よだれをたらしている。黄色いネコがカールのズボンの片足を引っぱり、コンクリートのバルコニーに飛び出す。雲が流れて行く。

「おれの預金はとりもどせるだろう。どこかでちょっとした商売を始めるか」彼は動く玩具のようにうなずいて微笑する。

「ホセリト!!!」少年たちは街頭のボール遊びや闘牛や自転車競走を中止して顔を上げる。その名前を呼ぶ声は、汽笛のように尾を引いて、次第に消えてゆく。

「ホセリト!……　パコ!……　ペペ!……　エンリケ!……」哀れっぽく訴える少年の叫び声は暖かい夜の闇に流れてゆく。トラク信号は夜行性の獣のように動きまわり、爆発して青い炎になる。

「おれたち友だちね？」

靴みがきの少年は、ホモ商売用の微笑を浮かべて顔を上げ、船乗りの生気のない、つめたい、海の底のような色をたたえた目をのぞきこんだ。それは思いやり、欲情、憎しみなど少年がこれまでに自分で経験したり他人に認めたりした感情の痕跡が少しもない、つめたくてしかも激烈な、無性格でしかも略奪的な目だった。

船乗りはかがみこみ、少年の片腕のひじの内側を指で押した。そして、中毒者《ジャンキー》らしい重苦しい声でささやいた。

「そんな上等な血管をもってたら、おれだったらずいぶん楽しむんだがな！」

彼は笑った。コウモリの鳴き声のように、何かひそかに方向測定の役目でも果たしている感じの、黒い昆虫的な笑いだ。船乗りは三度笑った。笑うのをやめると、そのまま動かなくなって、自分の内部の音にじっと耳をすますような格好をした。麻薬の無音の周波をとらえたのだ。彼の顔は高いほお骨の上まで、黄色いワックスのようになめらかだった。彼は巻たばこを半分吸う間だけ待った。この船乗りは待ち方を心得ていた。だが、その目はぞっとするような渇望に燃えていた。彼は緊張を押し殺した表情でゆっくりと顔を半回転させ、今しがた店に入ってきたばかりの男を注意深く観察した。でぶのターミナルは腰をおろして、無表情な潜望鏡のような目で、コーヒー店の中を見渡した。その視線が船乗りの前を通過したとき、彼にきわめてかすかにうなずいた。それは麻薬中毒者のむき出しの神経でなければ動作とは感じとれない動作だった。

船乗りは靴みがきの少年に小銭を渡した。そして水面をただようような足取りででぶのテーブルへ行き、腰をおろした。二人は長い間すわったまま何もしゃべらなかった。このコーヒー店は、峡谷のような高い白い石壁のすそにある、石の傾斜路の片側をくりぬいて建てられていた。都会《シティ》のさまざまな顔は悪の耽溺や昆虫の欲望にけがされながら魚のように黙々と流れ込んで行く。この明るい灯のともったコーヒー店は、ケーブルが切れて暗黒の海底に腰をすえた釣鐘型の潜水器だった。

船乗りは粗い格子じまの服のえりの折り返しで爪をみがいていた。黄色く光る歯の間からは軽い口笛の音がもれた。

彼が身動きをすると、かび臭いにおいがその服からたちのぼった。使われていないロッカー・ルームのにおいだ。船乗りは燐光を発するような強いまなざしで自分の爪を見つめた。

「うまい仕事だぜ、でぶ。おれは二十渡せる。もちろん前金が要る」

「信用して渡せと？」

「タマゴ二十もしょいこまされちゃかなわんからな。ゼリーになったコンソメだぜ。一発ミスればおしまいだ」船乗りは海図でも調べるかのように爪を見つめた。「おれはいつだって渡してるだろ」

「三十にしろ。そしてチューブ十本前払い。あしたのこの時間だ」

「いま一本いるんだ、でぶ」

「散歩してこい、都合する」

船乗りはふらふらと広場へさまよっていった。街の少年が一人、船乗りの顔に新聞を押しつけて彼の万年筆にのばした手を隠していた。船乗りは歩きつづけた。彼は万年筆を抜き出し、太い繊維質の桃色の指でクルミのように割った。そして鉛のチューブを引き出した。彼はそのチューブの一方のはしを小さな曲ったナイフで切った。黒い霧が流れ出て、沸き立つ湯あかのように空中に浮かんだ。船乗りの顔は溶け始めた。彼の口は長いチューブの上に乗り出して波のように起伏し、黒いふわふわした霧を吸いこみ、超音波的震動を起こしながら無音のピンク色の爆発の中に消滅した。やがて彼の顔はふたたび現われ、この上なく鮮明な輪郭を示して浮かび上がった——無数の悲鳴を上げる中毒者《ジャンキー》の灰色の尻を焦がす麻薬の黄色い烙印《らくいん》を燃え立たせながら。

「これでひと月もつだろう」と船乗りは見えない鏡に話しかけるように言った。

市のすべての街路は、次第に深くなる峡谷の間を下って、まっ暗な巨大な腎臓の形をした広場に到達している。街路や広場の壁には点々と住宅用小部屋やコーヒー店がくいこみ、そのなかにはわずか数フィートの奥行きのものもあるし、深く見えないところまで広がって部屋と廊下の網状組織を作っているものもある。

空中・陸上いたるところで橋や狭い通路やケーブルカーが交錯している。目の粗い麻布のぼろをまとって女の格好をした緊張病の青年たちは、重なり合った打撲傷や真珠色の骨まで達する傷の模様の上に、明るい色の紅や白粉をごってりとぞんざいに塗りたくった顔で通行人にぶつかって行き、無言でべたべたとしつこくからみつく。

ブラック・ミート、すなわち黒い岩の間や虹色に光る茶色の沼に生息する巨大な——ときには全長六フィートにも達する——水生の黒いムカデの肉を売る連中は、この肉を食う人間にしか見えない広場のカムフラージュされた穴場で麻痺した甲殻類動物を陳列している。

エトルリア語でいたずら書きをする時代遅れのとてもありそうもない商売の信奉者、まだ合成されていない麻薬の常用者、第三次世界大戦のやみ商人、テレパシーによる感受性をもった収税吏、精神の整骨療法家、おとなしい偏執病の西洋将棋さしが告発した違反の調査者、破瓜病的速記で書かれた言語道断な精神毀損《きそん》を告発する断片的な令状の執行者、設立されていない警察国家の役人、麻薬中毒者の感光力のある細胞でテストされ意志の原料と物々交換される優美な夢とノスタルジアのブローカー、夢の半透明のこはくの中に封じこめられた重い流動体を飲む人。

「ミート・カフェ」は広場の片側の、炊事場、レストラン、小寝室、あぶなっかしい鉄のバルコニー、地下の風呂場に通じる建物の基部などが迷路のように錯綜《さくそう》している一角にある。

白いサテンにおおわれた腰掛けには裸体の大立て者たちがすわり、雪花石膏のストローで半透明の色つきシロップをすすっている。大立て者たちには肝臓がなく、甘い物だけで滋養をとっている。薄い、青紫色の唇がカミソリのように鋭い黒い骨のくちばしをおおい隠している。彼らはしばしば客をめぐる争いで、このくちばしを使って、たがいにずたずたに切り裂き合う。また、この連中は勃起したコックから中毒性の液体を分泌し、これが新陳代謝を緩慢にして寿命をのばす。(実際、あらゆる長寿物質の延命効果は、その中毒性と正確に比例している。)大立て者液の中毒者は爬虫類の名で知られている。しなやかな骨と黒みがかったピンク色の肉をもったこれらの動物は、椅子の上からぐったりと体をはみ出させている。それぞれの耳のうしろからは扇形の軟骨が飛び出し、爬虫類が液を吸うのに使う中空の直立した毛におおわれている。ときどき見えない流れに触れて動くこの扇形の軟骨は、爬虫類だけにわかる通信機関の役目も果たしている。

未熟な騒々しい夢の警察が市を襲撃する二年に一度の恐慌期間には、大立て者たちは壁の一番深い割れ目に避難して粘土の小部屋に閉じこもり、数週間のあいだ冬眠状態を続ける。この灰色の恐怖の時期に、爬虫類は次第に早く走りまわり始め、その柔軟な頭を昆虫の苦悶から生まれる黒い風にはためかせながら、超音速のスピードで金切り声を上げて仲間とすれちがう。

夢の警察は老いぼれ中毒者《ジャンキー》が吐き気のする朝せきをしたり、つばを吐いたりしながら掃き捨てる腐ったエクトプラズムのようにとろけて分解する。大立て者は液の入った雪花石膏のかめを持って現われ、爬虫類はおとなしくなる。

空気はふたたび静かになり、グリセリンのように透明になる。

船乗りは自分の爬虫類を見つけた。彼はふらふらと近づき、緑色のシロップを注文した。爬虫類は褐色の軟骨でできた小さな円盤のような口と、まぶたの薄い膜にほとんどおおわれた無表情な緑色の目をもっている。船乗りは一時間待った。そしてようやく、この生き物は船乗りの存在に気がついた。

「でぶにやるタマゴはないか?」と船乗りはきいた。彼の言葉は爬虫類の扇形の耳の毛をかきわけた。

爬虫類が黒いむく毛におおわれた三本のピンク色の透明な指を上にあげるのに二時間かかった。

ブラック・ミート食いが数人、へどを吐きながら横たわり、動く力も失っていた。(ブラック・ミートは腐ったチーズのように非常に美味だが吐き気を催させるので、食べる連中は食べては吐き、吐いては食べして疲れきって倒れるまで続ける。)

厚化粧の若者が一人すべりこんできて、大きな黒い爪の一つをつかみ、甘くむかつくにおいをカフェ中に渦まかせる。

■病院

中毒治療ノート。禁断初期の偏執病《パラノイア》…… 何もかもが憂鬱に見える…… 活気のない、生パンのような、しおれた肉体。

禁断時の悪夢。鏡張りのカフェ。だれもいない…… 何かを待っている…… 横のドアから一人の男が現われる…… 褐色のモロッコ服を着た、痩せ形の背の低いアラビア人、白髪《しらが》まじりのあごひげと鉛色の顔……おれの手の中には泡立つ酸の入った水差しがある…… とつぜん爆発する発作に駆り立てられて、水差しをアラビア人の顔に投げつける……

だれも彼もが麻薬中毒患者のように見える……

病院の内庭《パチオ》を少し散歩する…… おれのいない間にだれかがおれのはさみを使ったらしく、赤茶色の血のりがついている…… あの売春婦が麻薬に使うぼろぎれを切ったにきまっている。

ひどい様子のヨーロッパ人どもが足音荒く階段を登り、おれが薬が必要だというのに看護婦の仕事を邪魔し、おれが顔を洗うというのに洗面器の中へ小便をあけ、何時間もぶっ続けにトイレを占領している。たぶん尻の穴に隠したダイヤモンド容れの指サックを引っぱり出しているのだ……

事実、ヨーロッパ人ばかりの一団がおれの隣りの病室に入りこんでいる……　老いぼれた母親が手術を受けていると、その娘が婆さんがしかるべき処置を受けているか確かめるためすぐに越してくる。親戚同士らしい奇妙な見舞客たち……　その一人は宝石を調べるときに目に嵌《は》めこむ例の道具を眼鏡のようにいつもかけている……　おそらく落ち目になったダイヤモンド研磨工だろう……　スロックモートンのダイヤをカットしそこなって、業界から放逐された男……　この宝石職人というやつはみなフロック・コート姿でダイヤモンドを取り囲み、大物に奉仕している。一インチの千分の一ほどの誤りを犯しても、そのダイヤは完全に台無しになり、アムステルダムからこうしたご仁を輸入して仕事をやらせなければならなくなる……　そして宝石職人は大きな空気ハンマーを持って底抜けに酔っぱらい、ダイヤモンドを微塵《みじん》に打ち砕く……

この連中の正体をつきとめようとも思わない……アレッポの麻薬販売人か？……　ブエノスアイレスのいかさま商人か？……　ヨハネスブルグの密輸ダイヤのバイヤーか？……　ソマリランドの奴隷商人か？　少なくともスパイか情報売り……

とめどない麻薬の夢——おれはアヘンが手に入る場所を捜している……　黒いステットソンの帽子をかぶった酒類密輸入者たちが近東のある酒場を教えてくれる……　その店の給仕の一人がユーゴスラヴィアのアヘンの売人《ばいにん》なのだ……

ベルトつきの白いトレンチコートを着たマレー人のレズからヘロインを一包み買う……　博

物館のチベット区画でその麻薬を手に入れる。女はそれを盗み返そうとし続ける……　おれは注射をする場所を捜している……

禁断期間中の最大の危機が訪れるのは激しい吐き気が起こる初期の段階ではなく、麻薬という媒介物と縁を切る最後の段階だ……　全身の細胞が恐慌を起こし、生命が二つの存在方式の間で宙に迷う悪夢のようなひとときがある……　このとき、麻薬を求める心は最後の激烈な渇望となって凝集し、幻想を生む力を獲得するらしい――患者を自由自在に操れる時期……　古顔の麻薬販売者、刑務所の看守、麻薬を処方する医者などの顔が浮かぶ……

人間の皮の制服を着た一人の看守――カリエスに蝕まれた黄色い歯のボタンのついた黒人の皮の上着、つややかな北米土人の皮で作った伸縮性のあるプルオーバー・シャツ、青春期の北欧人の日焼けした皮のスラックス、若いマレー人農夫の硬くなった足の裏で作ったサンダル、首に結ばれたシャツの中へ押しこまれた灰褐色の皮のスカーフ。(この灰褐色は褐色の皮膚の下に灰色があるような色彩である。黒人と白人の混血児にときどき見られる皮膚の色で、その混血があまり成功せず、二つの色が水の上の油のように分離している……)

この看守はたいへんなめかし屋だ。何もすることがないから給料を全部ためこんで上等な衣裳を買いこみ、ばかでかい拡大鏡の前で一日に三度も着替えをしている。彼は眉墨で描いたような優美な口ひげと、空虚でただ貪欲な、空想力のない昆虫の眼のような小さな黒い眼をもったラテン系のすべすべした端麗な顔をしている。

おれが境界線のところまで出て行ったとき、この看守は木製の枠に入った鏡を首からぶら下げたまま乞食小屋から急いで飛び出してきた。彼は首から鏡を取ろうとしていた……　こんなことが起こったのは初めてなのだ――これまで境界線まで出てきた者は一人もいなかったのである。看守は鏡の枠をはずそうとして喉頭部を傷つけた……　彼は声が出なくなった……　彼は口をあけた、その口の中で舌が跳ねまわっているのが見える。すべすべした無表情な若い顔と、舌の動きまわるぽかんと開いた口はまったく胸が悪くなるほどいやらしい。看守は片手をあげた。彼の全身は痙攣的に禁断症状を示した。おれはかまわずに前進し、道を遮断している鎖をはずした。鎖は金属音を響かせて敷石の上に落ちた。おれは通り抜けた。看守は霧の中に立ったままおれのあとを見送っている。それから鎖をかけ直して乞食小屋の中へ引き返し、口ひげを抜き始めた。

今しがた例のランチというやつが届いたところだ……　殻をとった堅ゆでの卵は未だかつて見たことがないような代物《しろもの》だ……　おそろしく小さな黄褐色の卵……　たぶんカモノハシが生んだものだ。黄身の中には大きな蛆虫が入っていて、その他にはほとんど何もなかった……　この蛆虫のやつはまさにいの一番に黄身の中に入りこんで占領してしまった……　エジプトには人間の腎臓の中に入りこんで、とてつもない大きさに成長する蛆虫がある。最後に腎臓は蛆虫を包む薄い皮にすぎなくなってしまうのだ。勇猛果敢な美食家たちはこの蛆虫の肉を他のどんなものにもまさる珍味と考えている。何とも言いようのないうまさだそうだ……　アーメッド検屍官として知られているあるインターゾーンの検屍官はこの蛆虫を売って一財産を作った。

　おれの部屋の窓の向い側にフランス人学校があり、おれは八倍の双眼鏡を使って少年たちを物色している……　彼らは手を伸ばせば触れそうなくらい間近に見える……　肉体から離脱した肉欲に悩まされる朝の陽光の中の幽霊……　少年たちは半ズボンをはいている……　春の朝の冷たい空気にふれて少年たちの足に鳥肌が立っているのが見える……　おれは自分自身を双眼鏡ごしに道の向うへ投影し、幽体離脱した欲望にひき裂かれた朝日の中の幽霊となる。

　マーブとおれがアラビア人の少年二人に六十セント払って、ねじこみっこをさせたときのことは話したかな？　おれはマーブにきいた。「こいつらやると思うか？」

　するとやつは言った。「たぶん。がつがつしているからね」

　そこでおれが言う。「そうこなくっちゃ」

　おかげで下劣な老いぼれのような気分になった。しかし、ソベルバ・デ・ラ・フロールが若い女を撃ち、死体をバー・オー・モテルに運んで犯した一件で警官にどやしつけられたときに、「生きてゆくために必要なんだ《ソン・コーサス・デ・ラ・ビーダ》と言ったようなものだ……「女は死んでたんだ。おれがやるわけはねえ」（ソベルバ・デ・ラ・フロールは数件の無意味とも言うべき殺人で有罪となったメキシコの犯罪者。）

　洗面所は三時間もぶっ通しに閉鎖されている……　手術室がわりに使われているのだろう

……

看護婦「先生、脈がみつかりません」

ベンウェイ医師「指サックにでもつめてまんこに隠してあるんじゃないのか」

看護婦「先生、アドレナリンは？」

ベンウェイ医師「夜警のやつが面白半分に全部打ってしまったのだ」医師はあたりを見まわし、水洗便所の障害物を除くのにゴムの真空カップがついた棒を取り上げる…… 医師は患者のほうに歩み寄る…… 「切開したまえ、リンプフ先生」と医師は胆をつぶしている助手に言う…… 「私は心臓をマッサージしよう」

リンプフは肩をすくめ、切開に着手する。ベンウェイは吸込みカップを便器の中でゆすいで洗う……

看護婦「先生、消毒しなくてはいけないのではありませんか？」

ベンウェイ医師「まあそうだが、時間がない」彼は籐椅子のような吸込みカップに腰をおろし、助手が切開を行なうのを見守る…… 「きみたち青二才は自動排膿管と縫合装置のついた電動メスがなければにきびも切開できやしない…… そのうちにわれわれはリモート・コントロールによって患者を見ずに手術を施すようになるだろう…… われわれは単なるボタンの押し手にすぎなくなる。あらゆる手腕は手術には不要になるのだ…… すべてのノウハウや工夫などは……そうそう、私が錆びたイワシのかん詰のあきかんで虫垂切除をやってのけたときの話をしたことがあったかな？ それにいつだったか、何も道具を持っていないのに急患がやってきて、子宮の腫瘍を歯で食いちぎったこともある。あれはエフェンディ上流だった、それにまた……」

リンプフ医師「切開しましたよ、先生」

ベンウェイは吸込みカップを切開口に押しこみ、上下に動かす。血が噴出して医者や看護婦や壁に飛び散る……　カップは気味の悪い吸引音をたてる。

看護婦「先生、死んだようです」

ベンウェイ医師「まあそれも仕事のうちだ」彼は部屋を横切って薬品戸棚に歩み寄る……「だれかいまいましい麻薬患者のやつがコカインにサニフラッシュを混ぜやがった。看護婦、子供を使いにやってこのＲＸを早く補充させといてくれ」

ベンウェイは学生で一杯の大講義室で手術をしている――「さて諸君、きみたちがこの手術が行なわれるのを見る機会はめったにないと思う。それには理由がある……　実を言えば、この手術には医学的な価値が全然ないからだ。だれもそのもともとの目的を知らない上に、そもそも目的があったのかどうかすらわからない。私はたぶん、初めから純粋に芸術的な創造物だったのだと思う。

「ちょうど闘牛士が自ら望んだ危険に対してその技量と経験によって切りぬけるように、この手術では執刀医が意図的に患者を危険にさらし、それから最後のぎりぎりの一瞬に、驚くべき迅速さと正確さで患者を死から救いだすのだ……　諸君の中にテトラツィーニ医師の実演を見たことのある者がいるだろうか？　私がことさらに実演という言葉を使うのは、彼の手術が演技であるからだ。彼はいつもまず手術室の入口から患者に向ってメスを投げつけ、それからバレエ・ダンサーのような身振りで入ってくる。その手術の迅速さはまったく信じられないくらいだ——『患者たちに死ぬひまは与えないぞ』彼はそう豪語した。腫瘍を見ると彼は激怒の発作に襲われる。『慎しみのないクソ細胞どもが』と顔をしかめてナイフで戦う男のように腫瘍めがけて進撃してくるのだ」

若い男が一人、手術教室のまん中に飛び出し、外科用メスを抜き放って患者のほうへ突進し始める。

ベンウェイ医師「エスポンタネオだ！　そいつをつかまえろ。私の患者をめちゃくちゃにさせるな！」

（エスポンタネオは闘牛用語の一つで、観客席から、闘牛場に飛び出し、隠し持ったケープを取り出して牛を相手に二、三度すりぬけを試みた後、闘牛場から引きずり出される人間のこと。）

病院の雑役夫たちはこのエスポンタネオと取っ組み合いを演じたすえ、やっと講義室から追い払う。麻酔係はどさくさまぎれに、患者の口中から大きな金の充填物をもぎとる……

昨日追い出された十号室の前を通る……　患者は妊婦らしい……便器は大陸を汚染するに足るほどの血、生理綿、名前もわからない女性用品で一杯だ……もしだれかがおれをたずねてこの元の部屋へやってきたら、おれが何か怪物を生んで、国務省がそれを極秘裡にもみ消そうとしているところだと思うだろう……

「わたしはアメリカ人」の旋律……外交官のような縞のズボンにモーニングコート姿の初老の

男が、アメリカ国旗に飾られた壇上に立っている。老衰してコルセットをつけたテナー歌手が――とつぜんダニエル・ブーン時代の服装で飛び出してきて――完全編成のオーケストラの伴奏で「星条旗よ永遠なれ」を歌っている。少し舌のもつれる歌声……

外交官（足もとに伸びてこんがらがってゆくティッカー・テープの巻き物を読みながら）「そしてわれわれは断乎として否定する――アメリカ合衆国のいかなる男性市民も……」

テナー歌手「おお、声高らかに、われら歌わん……」歌声は一気に調子を上げて高い裏声になってゆく。

調整室では技師が重炭酸ソーダを調合し、片手で口を押さえながらげっぷをする。「あのいまいましいテナー歌手はいんちき芸術家だ！」彼は苦々しげに呟く。「マイク！　そいつを切っちまえ」その叫び声の最後はげっぷになった。「やつはもう馘《くび》だ……　あの性転換をしたリズという運動選手を入れろ……　あの女なら少なくとも専門のテナーだ……　衣裳だって？　何だそんなことおれが知るものか？　おれは衣裳部のおかまデザイナーじゃないんだぞ！　何だ、と？　衣裳部の連中は全部危険人物として閉じこめられた？　いったい、おれを何だと思ってるんだ、タコだとでも思っているのか？　まあ、そうだな……　インディアン・スタイルはどうだ？　ポカホンタス〔開拓者ジョン・スミスを処刑から救ったと伝えられる北米インディアンの少女〕か、ハイアワサ〔ロングフェローの詩の主人公〕は？……　いや、そいつはうまくないな。アメリカをインディアンにかえしてやれと皮肉を言うやつが出てくる……　南北戦争の軍服はどうだ？　ふたたび一体になったことを表わすように上着を北軍にしてズボンを南軍にしたら？　バッファロー・ビルかポール・リヴィア〔移住民に英軍進撃の急を馬で知らせたことで有名な米国の愛国者〕のスタイルだっていいぜ。それとも兵士《ジーアイ》か、歩兵か、無名戦士か……　そうだ、これが一番いい手だ……　アメリカを記念物で蔽い隠してしまえ、だれも彼女を見なくてもすむように……」

張り子の凱旋門の中に隠された同性愛の女は、大きな肺を一杯に膨らませ、物すごいどなり声を張り上げる。

「ああかの星条旗は永遠にはためき……」

凱旋門にひびが入り、上から下までまっ二つに裂ける。外交官は片手を額に当てる……

外交官「アメリカ合衆国のいかなる男性市民もインターゾーンあるいは他のどんな場所でも子孫を作った場合……」

「じゆうううの国の上空にぃぃぃぃ……」

外交官の口は動いているが、その声はだれにも聞えない。技師は両手を耳の上に充てがい、「何ということだ!」と金切り声を上げる。彼の義歯はビヤボンのように震動しはじめ、とつぜん口から飛び出す……　技師はじれったそうに義歯をつかもうとして、つかみそこない、片手で口を覆う。

凱旋門は音高く崩れ落ちてこっぱ微塵に砕け、ばかでかい乳パッドとヒョウの皮のサポーターを身につけただけで台の上に立っている同性愛の女が姿を現わす……　彼女は突っ立ったまま間の抜けた微笑を浮かべ、筋肉をもり上げる……　技師は義歯を捜して調整室の床の上を這いずりまわり、わけのわからぬ命令をどなりちらす。「ふが、ふが、ふがふがふがふが」

外交官（額の汗をふきながら）「いかなる種類のいかなる生物に対しても……」

「そして勇者の故郷」

外交官の顔は蒼白になる。彼はよろめき、テープにつまずいて手すりに寄りかかり、眼と鼻と口から血を流して脳出血で死にかける。

外交官（ほとんど聞きとれない声で）「当局は否定……非アメリカ的な……破壊されている……つまり、それは決して……絶対……」外交官は死ぬ。

調整室では、計器盤が破裂し始める……巨大な電光がぱちぱち音を立てて部屋じゅう駆けめぐる……　技師は裸になり、全身黒焦げになって、『神々の黄昏』（ワグナーの楽劇『ニーベルンゲンの指環』の最終幕）の登場人物のようによろよろ歩きまわりながら叫ぶ。「ふがふがふが!!　ふがふが!!!」最後の爆発が起こり、技師は黒い燃えがらになってしまう。

わが国旗なお健在なりしを
夜を徹して証しせり

習癖ノート。二時間おきにユーコダル注射。おれの身体には針を正確に血管にすべりこますことができる一点がある。そこはいつも赤い化膿した口のように開いたまま猥褻な感じに腫れ上がり、注射のあとはじくじくと血《ち》膿《うみ》が溜まる……

ユーコダルはコデインの一種、ジヒドロオキシ・コデインだ。

この薬はモルヒネよりはコカインに似た作用をする…… コカインを血管に注射すると、たちまち純然たる快感が頭に突き上げてくる…… 十分後もう一発打ちたくなる…… モルヒネの快感ははらわたに沁みこむ…… 注射のあと自分の身体の奥底に耳を傾ける感じだ…… しかし、静脈に注射されたコカインは電気のように頭の中を駆けまわって、その快感帯を活発に刺戟する…… コカインには禁断症状はない。それは脳だけの要求——肉体も感情もない要求だ。現世的な幽霊の要求だ。コカインに対する渇望は脳のコカイン回路が刺戟を受ける二、三時間のあいだ続くだけだ。その後は忘れてしまう。ユーコダルはジャンクとコカインを組み合わせたようなものだ。あのドイツ人ってやつはまったくとてつもない代物《しろもの》をでっち上げる才にたけてやがる。ユーコダルはコデインの六倍の強さだし、ヘロインはモルヒネの六倍の強さだ。ジヒドロオキシ・ヘロインはヘロインの六倍の強さになるはずだ。一度打ったら生涯中毒するほど強い習慣性をもつ麻薬が開発されることも十分に可能なのだ。

続・習癖ノート。注射器を取り上げると、無意識のうちに左手が腕を縛る紐に伸びる。おれはこれを、左腕に注射の打てる血管があることを示す証拠と考えている。(腕を縛る動作は通常、紐を取り上げた腕を縛ることになる。) 針は皮膚の硬い胼胝《たこ》になった部分の端に滑りこむ。おれは血管をさぐりまわる。とつぜん細い血柱が注射器の中へ噴き上がり、一瞬、丈夫な堅い赤い紐のように見えた。

どの血管に薬を打つことができるかは肉体そのものが知っている。この知識は無意識な動作で注射の準備をしているうちに伝達される……　ときとして注射針は水脈占い師の占い棒のようにぴたりと目的物を指し示す。また、お告げがあるまで少し待たなければならないこともある。しかし、お告げがあればいつも必ず血管に行き当たる。

注射器《ドロッパー》の底に赤いランの花が咲いた。彼はたっぷり一秒間ためらってからバルブを押し、薬液がまるで血の無言の渇きに吸いこまれるかのように血管の中へ急激に流れこんでゆくのを見つめた。注射器の中には虹色の薄い血の膜が残り、白い紙製のカラーは包帯のようにべっとり血がしみこんだ。彼は手を伸ばし注射器に水を満たした。その水を噴出させたとき、注射の効果が腹へやってきた。やんわりとした心地よい打撃。

おれは垢じみた汚ないズボンを見おろす。もう何カ月も着替えたことがないのだ……　月日は長い血の糸をひく注射器に結ばれたまま知らぬ間に過ぎ去ってゆく……　おれはセックスその他のあらゆる強烈な肉体の快楽を忘却している――灰色の麻薬に縛られた幽霊だ。スペイン人の少年たちはおれのことをエル・ホムブル・インヴィジブル――つまり「透明人間」と呼んでいる……

毎朝腕立て伏せ二十回。麻薬を使用すると、筋肉はほとんどそこなわれないで脂肪が除去される。中毒者は肉体組織が常人より少なくてすむものらしい……　脂肪を除去する分子だけを麻薬から抽出できないだろうか？

ドラッグストアのノイズは、だんだん増していく。はずれた電話の受話器から聞えてくるような抑制された呟き声……終日時間をつぶして、午後八時にユーコダル二箱を手に入れる……血管がなくなり、金がなくなってゆく。

麻薬を打ち続ける。昨夜、だれかに手を締めつけられる感じがして目を覚ますと、犯人は自分のもう一方の手だった……本を読みながら眠りこむと、言葉に暗号のような意味がある感じになってくる……暗号にとりつかれて……人間は次々に病気にかかり、それが暗号文になっている……

D・Lの前で一発打つ。よごれた素足の血管をさがす……中毒者《ジャンキー》には羞恥心がない……他人に嫌悪されても何とも感じないのだ。性的衝動《リビドー》のない人間に羞恥心がありうるものか、まったく疑わしい……中毒者《ジャンキー》の羞恥心は、性と無関係な、だが同じく生命衝動《リビドー》からくる社交性とともに消失する……麻薬常用者は自分の肉体を、生きてゆくための溶媒である麻薬を吸収するための単なる道具と見なし、自分の肉体組織を馬商人のように冷然と値ぶみする。「そこは注射を打っても無駄だな」死んだ魚のような眼は荒れはてた血管を無感動に見過ごす。

ソネリルという新型の催眠薬を服用……普通の眠気を催す感じはない……途中経過なしにいきなり睡眠に変り、急転直下、夢のまっ只中に飛びこんでゆく……もう何年も捕虜収容所にいて栄養失調にかかっている夢……

大統領は中毒者なのだが、その地位のために麻薬に直接手を出せない。そこで、おれを媒体にして麻薬を吸収する……　二人はときどき接触し、おれは彼に麻薬を補充する。このような接触はちょっと見ると同性愛行為のように見えるが、実際の興奮はもともと性的なものではなく、クライマックスは補充が終って身体が離れてから起こる。接触は勃起したコックによって行なわれ——少なくともわれわれは最初のうちこの方法を用いたが、接触部分は血管と同じように磨滅してくる。だから今ではときどき、おれのコックを彼の左まぶたの下に挿入しなければならない。もちろん皮下注射に相当する浸透補充によって麻薬を与えることはいつでもできるが、それでは敗北を認めることになる。浸透補充は大統領を何週間もむしゃくしゃした気分に追いこみ、一気に原爆の大修羅場を現出することにもなりかねない。大統領はこの間接中毒者はありとあらゆる主観的恐怖、無言の原形質的な激怒、ぞっとするような肉体的苦悶を経験する。緊張が次第に高まり、情緒的なものを含まない純粋のエネルギーはついに中毒者を高圧線に触れた人間のように振りまわして、その身体の中をかけまわる。もしその麻薬補充者との関係が切れれば、間接中毒者は全身の骨がばらばらになるような激烈な痙攣を起こす。そして、肉の重みに耐えかねて這い出し、一直線に近くの墓地に走って行こうとする骸骨とともに死んでしまう。

間接中毒者と麻薬補充者との関係はあまりにも激しい緊張に満ちているので、たがいにたまに短時間のあいだだけしか一緒にいることには耐えられない——これは私的交際が補充行為だけになってしまう会合は別にしての話だ。

新聞を読む……　パリのメルド街に起こった三重殺人について何やら出ている――「証拠物件を照合中」……　おれの心はいつしかさまよい続ける……「警察がつきとめた張本人は……ペペ・エル・クリト……やさしい小人、とんまのちび助」本当にそんなことが書いてあるのか?……　おれは新聞の活字を見つめようとする……活字はばらばらになり無意味なモザイク模様を描く……

■ラザロ帰れ

大きく口を開いた割れ目やお尻の穴から瘴気のたちこめるものうげな灰色の裂孔地域、この麻薬供給の辺境で色あせた絆創膏をいじりまわしながら、リーは悟った――午前十時におれの部屋に立っているこの若い中毒者《ジャンキー》は二カ月間麻薬をやめてコルシカでスキン・ダイビングをやった後またもどってきたのだ……

「元気になった身体を見せびらかしにきたんだな」とリーは麻薬患者の朝の不快感で身震いをしながら考えた。ミゲルというんだったな、ありがとうよ――彼は目に浮かべることができると思った――三カ月前メトロポールにすわって、二時間後にネコを毒殺させるはずの古くなった黄色いエクレアを前にして居眠りをしていたっけ、十時にミゲルと会う約束を守るという努力は、過ちを矯《ただ》すという我慢のならない仕事がなくとも――（「まったく、くそったれた農場でもあるまいに」）そうとう厭《いや》なものだったが、いまやミゲルはスーツケースの上に腰かけて、何か具合のわるい大きな獣のような格好をしているのだ。

「すばらしく元気そうだな」とリーは言って、ぐしゃぐしゃのナプキンでもっと明白な嫌悪の痕跡をふきとり、ミゲルの顔に灰色の麻薬の分泌物がにじみ出ているのを見ながら、まるで人間と衣服が宇宙ステーションの話もなしに時間の裏通りを何十年も動きまわったようなぼろ服を仔細《しさい》に観察した……

（それに、おれが過ちを矯すことができるまでに……　ラザロは帰れ……　警官に金を払って家に帰れ……　おれがおまえの借りものの死にぞこないの肉体を見たがる必要がどこにある？）

「だがまあ、おまえを見送るっていうのはすてきなことさ……　すこしは自分を可愛がれよ」

ミゲルはやすで魚を刺す手つきをしながら部屋の中を泳ぎまわっていた……

「あっちにいる間は馬（ヘロイン）のことなんかてんで考えないな」

「このほうが身のためだよ」リーはそう言って、夢見るようにミゲルの手の甲の針の傷痕を愛撫し、すべすべした紫色の肉の渦巻模様をたどって指先をゆっくりとくねらせた……

ミゲルは自分の手の甲を掻いた……　彼は窓の外を見た……　麻薬チャンネルに灯がともり、彼の身体は電気が流れたように小きざみな痙攣を起こし始めた……　リーはすわったまま待った。「なあ、一度だけならだれも逆もどりしやしないぜ」

「自分のやっていることはわかっているよ」

「みんないつだってわかっているのさ」

ミゲルは爪磨きやすりを手に取った。

リーは目を閉じた。「退屈すぎるんだ」

「ありがとう、素晴らしかったよ」ミゲルのズボンは足もとに落ちた。彼は朝の光の中で褐色から緑色に変り、さらに色あせてぼやけてゆく不格好な肉のコートを着て突っ立ち、やがてアイスクリーム・サンデーのように床の上に崩れ落ちた。

リーの物体じみた顔の中で目が動いた…… 小さな、冷やかな、灰色の振動…… 「掃除しろよ」と彼は言った。「もう不潔なのはたくさんだ」

「ああ、やるとも」ミゲルは妙な手つきで塵取りをまさぐった。

リーは麻薬の包みをしまった。

リーはいつでも三日目の興奮状態とでも言うべき状態にあった。もちろん、彼の黄、ピンク、茶のゼラチンのような血の中を焼きつくしてゆく火炎を補給するために必要な休憩時間はおいているが。最初、リーの肉体はとても柔らかだった。あまりにも柔らかくて、細かい塵の粒子や気流や他人のオーバー・コートとの触れ合いなどが骨の髄まで入りこんでしまうくらいだった。そのくせ、ドアや椅子にじかに接触しても何も苦痛は起こらないらしかった。彼の柔らかな、不安定な肉にできた傷は決して治癒しなかった…… 真菌類の長い白い巻きひげが露出した骨に巻きついた。萎縮した睾丸の黴《かび》のにおいがぼやけた灰色の霧になって彼の身体を蔽った……

彼が最初このひどい伝染病にかかったとき、検温器が沸騰して水銀の弾丸を看護婦の頭に撃ちこみ、看護婦は絹を裂くような悲鳴を上げて倒れて死んだ。医師はその様子をひと目見るなり、鋼鉄の緊急用シャッターを閉じた。そして燃えているベッドとその占有者をただちに病院の構内から出させた。

「あの男は自分でペニシリンを作るだろう！」と医師はどなった。

だが伝染病は黴《かび》を焼きつくした…… リーは今度はさまざまな程度に変化する透明状態の中で生きた…… 姿が見えないというわけではないが、少なくとも見えにくかった。彼の存在はあまり目立たなかった…… 人びとは将来の計画を討議することによってお茶をにごし、反省の具として簡単に後を片づけた。「まあ何かの照明装置か、ネオン広告のようなものだろう」

今やリーはかの信頼篤き凍傷の地盤鳴動を感じた。彼はミゲルの精神を、優しく力強い巻きひげで廊下に押し出す。

「神さま！ おれ、いかなきゃ！」とミゲルは駆け出す。

ヒスタミンのピンクの炎が、輝くリーの核から噴出してむきだしの辺境部分をおおった。(部屋は耐火造で、鉄の壁にはクレーターがぼこぼこ開いている。) リーは大量に一発打って、スケジュールを偽装する。

同僚のNGジョーを訪ねることにする。ホノルルでのバングトット発作中に中毒になったやつだ。

(注—バングトット。文字どおりの意味は「目をさまそうとして、うめくこと……」悪夢にうなされている間にふりかかる死…… 東南アジア系の男性に起こる状態…… マニラでは毎年およそ十二例のバングトット死が記録されている。

死を免れて回復したある男は「ちっぽけなやつ」が自分の胸の上にすわりこんで絞め殺そうとしていたと語っ

た。

犠牲者はしばしば自分が死にかけているのをさとり、自分のペニスが身体にはいりこんで殺されるという恐怖にかられる。彼らはときどき、ヒステリー状態になって悲鳴を上げて助けを求めながらペニスをつかみ、それを身体に突入させまいとする。ふつう睡眠中に起こるような勃起はとくに危険で、致命的な攻撃を招きやすいと見なされている…… ある男は睡眠中の勃起を防ごうとしてループ・ゴールドバーグ式の怪しげな仕掛けを案出した。それでも彼はバングトットで死亡した。

バングトットの犠牲者の死体を綿密に調べても身体的な死因はもう何も判明しない。しばしば「原因不明の」窒息の徴候が見られ、また、ときどき膵臓《すいぞう》と肺臓に軽度の出血が見うけられるが――死を招くほどのものではないし、原因も不明である。筆者には、死因は性的エネルギーが見当違いの方向にそそがれて肺臓の勃起となり、その結果として窒息が起こるもののように思われる……［一九五五年十二月三日の「サタデー・イヴニング・ポスト」所載のニルス・ラーセン医師の論文「死の夢につかれた人びと」、また、「トルー・マガジン」に発表されたアール・スタンリー・ガードナーの論文参照。］

NGは絶えず勃起を恐れ続けて暮らしていたので、彼の中毒も倍々ゲームを繰り返した。（注―周知の退屈な事実であり、圧倒的にうんざりするほどくだくだしい事実だが、なんであれある疾患のために中毒になるやつは、麻薬不足や麻薬切れのときには［お楽しみが過ぎるってなこともあるわけで］極端に誇張されて幾何級数的に拡大して増殖したその疾患に襲われることになる。）

睾丸の片方に接続した電極が一瞬光り、NGは肉の焦げるにおいで目をさまして麻薬入り注射器に手をのばした。そして胎児のようにからだを丸めると背骨に針をさしこむ。針をぬいて小さな喜びのため息をついたところでリーが部屋にいるのに気がつく。長いナメクジがリーの右目からニョロニョロと這い出し、虹色の粘液で壁に書く。「船乗りが町にいて時間を稼いでるぞ」

おれはドラッグストアの前で九時に店が開くのを待っている。二人のアラビア人の少年がごみ入れのかんをころがして、白塗りの壁に囲まれた背の高い重い木製のドアのところまでやってくる。ドアの前のほこりには小便の流れたすじがついている。少年の一人が重いかんをころがしながらかがみこむと、ズボンがぴんと張ってすっきりした若々しい臀部が浮き上がる。彼はけだもののような中性的なおだやかな目つきでおれの顔を見る。おれはその少年が現実の存在だったことのショックに目をさまし、きょうの午後会うことになっていた約束を果たさなかったような衝撃を感じてわれにかえる。

「われわれはいっそうの均等化を期待している」と検査官はわが報道記者との会見で語る。「さもないと」検査官は典型的な北欧人の身振りで片足を持ち上げる。「潜函病が発生するんじゃないかね？　だが適当な減圧室を用意してあげられるかもしれないんだよ」

検査官はズボンの前ボタンをはずし、ケジラミをさがしながら小さなつぼから取り出した軟膏をつける。明らかに記者会見は終ったわけだ。「まだいるのか？」と検査官は叫ぶ。「ところで、ある判事がもう一人の判事にこう言ったそうだ――『公正であれ。そして公正でありえない場合には勝手にやれ』とね。いつもの猥談《わいだん》がやれなくて残念だよ」検査官はいやなにおいのする黄色い軟膏だらけの右手をさし出す。

わが報道記者はさっと駆け寄り、その汚れた手を両手で握りしめる。「結構でした。何とも言えないくらい結構でしたよ」と記者は言って、手袋をはぎとり、それをボールのようにまるめて紙くずかごの中へ投げ入れる。「必要経費に入ってますからね」記者は微笑する。

■ハッサンの娯楽室

金箔《きんぱく》と赤いビロード。淡紅色の貝殻をはりつめたロココ風のバー。部屋の空気は腐った蜜のような甘く邪悪なものに満ちあふれている。夜会服姿の男女が雪花石膏のチューブで五色の酒をすすっている。近東の大立て者が桃色の絹におおわれたバーの腰掛けに裸ですわっている。彼は長い黒い舌で水晶の台つきコップから温かいハチ蜜をなめている。彼の性器は、割礼を受けたコックといい、黒くつややかな毛といい、申し分のない格好をしている。唇は薄く、コックの先端のように青紫色をしていて、目は昆虫のように冷静で無表情だ。大立て者には肝臓がなく、もっぱら甘い物から滋養をとって生きているのだ。大立て者はきゃしゃな体格の金髪の若者を長椅子に押しやり、巧みな手つきで服をはぎとる。

「立って、むこうを向け」彼はテレパシーで象形文字を伝達して命令する。そして赤い絹のひもで少年をうしろ手に縛り上げる。「今夜は徹底的にやろう」

「いやだ、いやだ！」と少年は悲鳴を上げる。

「どうしてもやるぞ」

コックは射出して無言の「承諾《イエス》」を示す。大立て者が絹のカーテンを開くと、明るく照らされた赤い火打ち石のスクリーンの前に立っているチーク材で作られた絞首台が現われる。絞首台はアステカ・モザイク模様の壇の上に立っている。

少年は「ああ、ああ、あ——」と長い悲鳴を上げてくずれ落ちるようにひざまずき、驚愕のあまり大小便をもらす。彼はもも の間にうんこのぬくもりを感じる。熱い血潮の波が唇やのどに押し寄せる。身体はちぢこまって胎児のような姿勢になり、熱い液が顔にほとばしる。大立て者は雪花石膏のはちから香水入りの湯をくみ取って黙々と少年の尻やコックを洗い、やわらかな青いタオルでふく。暖かい風が吹いてきて少年の身体をなぶり、毛をそよがせる。大立て者は少年の胸の下に片手を入れて、引き起こし立たせる。そして縛り下げた腕の両ひじを押さえながら少年を前へ歩かせ、階段を登って輪なわの下へ連れて行く。大立て者は少年の前に立ち、両手で輪なわをつかむ。

少年は大立て者の目をのぞきこむ。その目は黒曜石の鏡、黒い血の池、最後の勃起に迫るトイレットの壁の喜悦の穴のように無表情だ。

中国の象牙のように肌目のこまかい黄色い顔をした年寄りのごみ集め人足がへこんだフレンチ・ホルンを吹き鳴らして、コックを硬直させているスペイン人の売春業者の目をさます。堕胎した胎児、破れたコンドーム、血まみれタンポン、色刷りの漫画新聞にくるんだ糞などの荷物をかかえて、売春婦がほこりと糞と散乱する小ネコの死骸の中をよろよろと出て行く。

虹色の水をたたえた広い静かな港。けむる水平線のかなたでは捨てられた天然ガスの井戸が燃え上がっている。鼻をつく石油と下水汚物の臭気。病気にかかったサメは黒い水の中を泳ぎながら、げっぷをして腐りかけた肝臓から硫黄を吐き、血まみれの瀕死のイカルス〔ろう付けの翼で空を飛び、太陽に接近しすぎたためにろうが溶けて海に落ちたギリシャ神話の人物〕には見向きもしない。裸体のミスター・アメリカがナルシシズムで狂ったように興奮して絶叫する——「おれの尻の穴にくらべたらルーヴル美術館だってくそくらえだ！　おれのおならは不老不死の妙薬、おれのうんこは純金のかたまりだ！　おれのコックは朝日の中にやわらかいダイヤモンドを噴き出すのだ！」彼は盲目の灯台からまっさかさまに飛び込み、黒い鏡にまっこうからぶつかって接吻すると、見え隠れするコンドームや寄木細工のように散らばる無数の新聞紙とともに水におぼれた赤れんがの都市の中へ斜めにすべりこみ、ブリキかんやビールびん、コンクリート詰めのギャング、いやらしい弾道学の専門家どもに梅毒のコックをひねくりまわすような検査をされないようにめちゃくちゃにたたきつぶされた拳銃といっしょにまっ暗な泥の中に沈んでゆく。そして浸食作用によって化石の腰が徐々にむしられてゆくのを待つ。

大立て者は少年の頭にするりと輪なわをかけ、左の耳のうしろでやんわりと結び目を締める。少年のコックは収縮し、睾丸は硬く引き締まる。彼はまっすぐ前方を見つめながら深く呼吸する。大立て者は少年の肛門を操作したり、わけのわからぬことを言って生殖器をなぶったりしながら、少年のまわりを横に歩く。彼は少年の背後にまわりこみ、腰を使ってコックを操作する。そしてそこに立ったまま旋回運動を始める。

客たちはたがいに話し声を制し、ひじでこづき合って、くすくす笑う。

とつぜん大立て者は少年の体を宙に突き飛ばして自分のコックから解放する。そして両手を少年の座骨に当てて揺れないように押さえ、象形文字のような動きをする手を首に当て、首の骨を折る。戦慄が少年の全身を駆け抜ける。彼のコックは骨盤を上に向けて、大きく三度ぴくぴくとはね上がり、たちまち射出する。

彼の目の奥で緑色の火花が散る。甘美な歯痛が首筋を矢のように流れて背骨から鼠蹊《そけい》部まで達し、歓喜の発作で身体を収縮させる。彼の全身はコックによって締めつけられる。最後の発作が起こり、多量の精液が赤いスクリーンの向う側まで流星のように噴出する。

少年はやわらかく吸い込まれるように、ゲームセンターとエロ写真の迷路を抜けて落下する。堅いくそが勢いよくすぽんと尻からとび出す。放屁がきゃしゃな身体を震わせる。大きな川の向うの緑の茂みの中からのろしが上がる。薄暗いジャングルの中にモーターボートの音がかすかに聞える……　マラリア蚊の沈黙の羽の下で。

大立て者は少年を自分のコックの上に引きもどす。少年はやすに突き刺された魚のように身もだえする。大立て者は少年の背中で身体をゆすり、少年の身体はくねくねと波を打ってちぢこまる。少年の死の色に包まれて愛らしくすねたような感じの半分開いた口からあごを伝わって血が流れ落ちる。大立て者はすっかり満足して急にばたっと倒れる。

窓のない青い壁の小部屋。汚ないピンク色のカーテンがドアを覆う。壁をナンキン虫が這いずり、隅にかたまっている。部屋のまん中で裸の少年が二弦のウードをつまびき、床のアラベスク模様をなぞる。もう一人の少年がベッドにもたれてキフを吸い、自分の勃起したコックに煙を吹きつける。二人はベッドの上でタロットカードをやり、どっちがどっちを犯すかを決める。イカサマ。けんか。床でころげまわり若い獣みたいに歯をむきつばを吐く。負けた方がひざにあごをのせて床にすわり、折れた歯をなめる。勝ったほうはベッドで丸くなり、寝たふりをする。もう一人が近づくたびに蹴りつける。アリはその足首を片方つかんで脇の下に抱えこみ、ふくらはぎを締めつける。少年は必死でアリの顔めがけて蹴りつける。残りの足首も固定される。アリは少年の足を上げさせる。彼のコックは腹にそって伸び、宙で自由に脈打つ。アリは彼の頭に手を置く。コックにつばをかける。アリがコックをすべりこませると、相手は深くため息をする。二人の口は血をにじませながらむさぼるように口づけをする。貫かれた肛門のすえたにおい、ニムーンはくさびのように入りこみ、相手のコックから長く熱い液を噴出させる。（著者の観察によるとアラブ人のコックは幅広でくさび型をしていることが多い。）

アクアラングをつけた半獣神と裸のギリシャの若者が透明な雪花石膏製の途方もなく大きいつぼの中でバレエのような鬼ごっこをやる。半獣神は正面から若者をつかまえ、その身体をぐるぐるまわす。彼らは魚のようにはねまわる。若者は口からぶくぶくと銀色のあわを吐く。白い液が緑色の水の中に射出され、からみ合う肉体のまわりにふわふわと漂う。

ニグロはすばらしく美しいシナ人の少年をそっと抱き上げてハンモックにのせる。少年の両足を頭の上まで押し上げ、自分はハンモックにまたがる。少年のすらっとした引き締まった尻にコックをすべりこませる。そして静かにハンモックを前後にゆする。少年は抑えきれない歓喜を爆発させて気味のわるいかん高い悲鳴を上げる。

石灰岩の人間の尻の形をしたくぼみにすえられた派手な装飾つきのチーク製回転椅子に腰かけているジャワの舞踊家が、赤毛の明るい緑色の目をしたアメリカの少年を引き寄せて、儀式めいた動作で自分のコックの上にのせる。少年は突き刺されたまま舞踊家と向い合い、舞踊家は椅子を流動させながら、旋回運動を始める。「ひい——！」と少年は悲鳴を上げ、液を噴き上げて舞踊家のやせた褐色の胸にかける。そのしぶきが一滴、舞踊家の口のはしにつく。少年はそれを指で押しこんで笑う。「おお、これぞ吸いこみってやつさ！」

二人のけだものじみた顔をしてアラビア女が、小さな金髪のフランス少年のパンツをはぎ取っている。彼女たちは赤いゴムのコックを少年の体内に押しこむ。少年は歯をむき出してうなったり、かみついたり、けとばしたりしたあげく、泣きくずれながら硬直したコックから射精する。

ハッサンの顔に血がのぼってはれ上がる。唇は紫色になる。彼は紙幣で作ったスーツを脱ぎ、扉の開いているドーム形の地下室へ投げこむ。地下室の扉は音もなくしまる。

「諸君、ここは自由の殿堂だぞ！」と彼はにせのテキサスなまりで叫ぶ。まだテンガロン・ハットとカウボーイの長靴を身につけたまま、「液化主義者のジッグ」を踊り始め、最後は「彼女は情熱的になりだした」の曲に合わせたグロテスクなカンカン踊りになった。

「好きにやってくれ！　何でもありだ‼」

人工の翼つきの奇怪な装具をつけた男女が、空中で交わりながらカササギのような金切り声を上げる。

空中曲芸師はただ一度の確実な接触でたがいに空間で射出し合う。綱渡り芸人はあぶなっかしいポールのてっぺんや宙に傾く椅子の上でバランスをとりながら器用になめ合う。あたたかい風が霧のたちこめた深淵から川とジャングルのにおいを運んでくる。

何百人もの少年たちが天井から落ちてきて、ロープの先端で身を震わし足をばたばたさせる。少年たちはさまざまな高さに吊られ、天井近くに浮いている者もあれば、床から数インチのところまで垂れ下がっている者もある。すばらしく美しいバリ島人やマレー人、荒々しい無邪気な顔と鮮明な赤い歯ぐきをもったメキシコ・インディアン。ニグロ（歯も指も足の爪も陰毛も金色に塗られている）、陶磁器のようになめらかな白い肌をした日本の少年、チチアン好みの金褐色の髪をしたヴェニスの若者、ブロンドや黒の巻き毛を額にたれさがらせているアメリカの若者（客たちはその巻き毛をやさしくかき上げる）、けだもののような茶色の目をした、むっつり顔の金髪のポーランド少年、アラビアやスペインの売春少年、ブロンドの陰毛がほのかな影を落とすピンク色のきゃしゃな身体をしたオーストリアの少年、青い目を輝かせてせせら笑うドイツの若者は足もとの踏み板が落ちるとき「ハイル・ヒットラー！」と叫ぶ。ソルビ〔アラビアの不可触賤民〕の若者は糞をし、すすり泣きする。

成上がり者は作り笑いを浮かべるブロンドのおかまたちに囲まれてフロリダの海辺に寝そべりながら、いやらしい、みだらな顔つきで葉巻をかむ。

「この先生はインドシナから輸入したラタを持っていたが、そのラタの首を吊って、友人たちにクリスマスのテレビ・ショーを見せようともくろんだ。そこで二本のロープ——その一本はのびる仕掛けのあるやつ、もう一本は本物のロープ——を用意した。ところがラタが夜中に恨みを抱いて起き出し、サンタクロースの服を着こんでロープを取り替えてしまった。そして夜が明けた。先生はロープを首に巻き、ラタはラタらしく、もう一つのロープを首にかけた。踏み板が落ちると、先生はほんとうに首を吊ってしまい、ラタは仕掛けのあるのびるロープで無傷だった。まったく、あのラタは全身をぴくぴくさせて見事に痙攣をまねてみせた。三度いったよ。

「この頭のいい若いラタはいつも抜け目がない。おれはこの男を仕事を促進させる係としてれの工場の一つで働かせることにしたよ」

アステカ人の聖職者たちが裸体の若者の青い羽の衣裳をはぎとる。彼らは石灰石の祭壇の上に仰向けに若者を押しつけ、その頭の上に前後二つの半球に分れた水晶の頭蓋骨をかぶせて、水晶のねじくぎでしっかりとめる。その頭蓋骨の上に滝が流れ落ち、若者の首をへし折る。彼はのぼる太陽の前にかかる虹のかたちに射精する。

精液の強い蛋白質のにおいがあたり一面にたちこめる。客たちはぴくぴく動く少年たちの身体をなでまわし、コックを吸い、吸血鬼のように背中にしがみつく。

裸の水泳場救護人たちが身体の麻痺した若者でいっぱいの人工肺を運び入れる。

めくらの少年たちが大きなパイの中から手探りではい出し、病状の悪化した精神分裂病患者どもがゴムの膣からとび出す。そして、恐ろしい皮膚病にかかった少年たちが黒い池の中から顔を出す。（のろのろと動く魚どもは水面に浮かぶ黄色い糞をちびちびかじる。）

礼装用ワイシャツに白ネクタイをしめ、腰から下には黒いガーターのほか何もつけていない男がエレガントな口調で女王バチに話しかけている。（女王バチというのは大勢の女役の男性ホモに自分のまわりを「ミツバチの群れ」のように取り巻かせている年とった女のこと。不気味なメキシコの慣習。）

「しかし、あの影像はどこにあるのでしょう」と男は顔の片側だけでしゃべり、もう一方の側は百万の鏡の拷問にゆがんでいる。彼は荒々しく自慰を行なう。女王バチは会話を続け、何も気づかない。

長椅子や腰掛け、そして床全体が震動し始め、ゆさぶられる客たちの姿は、コックに束縛されてもだえながら悲鳴を上げる灰色の幽霊のようにぼやけてゆく。

鉄橋の下でマスターベーションをやっている二人の少年。列車が激しい震動をまき起こして二人の身体を突き抜け、二人を射精させて、遠い汽笛の音をひびかせて消えてゆく。カエルが鳴く。少年たちはやせた褐色の腹から精液を洗い落とす。

列車のコンパートメント。レキシントンへ行く途中の二人の病気の若い麻薬中毒者《ジャンキー》が肉欲の発作にかられてズボンを引きはがす。一人がコックに石けんをつけ、コルク抜きをねじこむようにもう一人の後ろに立ち向う。「う、う――！」二人は立ったままで同時に飛び出させる。そして、たがいに相手から離れ、ズボンを引き上げる。

「マーシャルの老いぼれ医者はチンキ剤とオリーヴ油を処方しているぞ」

「年老いた母親のいぼ痔が金切り声をあげてとび出し、黒い汚物を求めて血を流す……先生、かりにそれがあなたのおふくろで、身体中をうようよとヒルが這いまわっているのだとしたら……その骨盤をすこし静かにさせといてくれ、お母さん、あんたは嫌悪を催させる」

「途中下車して医局にやつを連れて行こう」

列車はどんよりと煙ったネオンの輝く六月の夜を突っ切って疾走する。

男と女、少年と少女、けだもの、魚、鳥の姿態、万物の交換のリズムが部屋じゅうを流れる。生命の大きな青い潮流。震動する深い森の無音のうなり声——都会の突然の静寂、麻薬中毒者《ジャンキー》がもがきまわり、何度目かの刑務所暮しをしているやつまでが渡りをつけたがってコレステロールの詰まった血管をぶんぶんいわせるときだ。

ハッサンが金切り声で叫ぶ。「A・J、これはおまえの仕業《しわざ》だぞ！　私のパーティをだいなしにしやがって！」

A・Jは石灰岩のようによそよそしい顔つきでハッサンを見つめる。「何をいいやがる、このでれでれサルめ」

気ちがいじみた肉欲にたけりたったアメリカ女の大群がどっと走りこんでくる。農場、観光用牧場、工場、売春宿、カントリー・クラブ、屋上住宅、郊外住宅、モーテル、ヨット、カクテル・バーなどからやってきた女たちは、乗馬服、スキー服、イヴニング・ドレス、ブルー・ジーンズ、茶会服、プリント服、スラックス、海水着、キモノを脱ぎ捨てる。彼女たちは金切り声や泣き声やうなり声を上げて、さかりのついた狂犬病の雌犬のように客たちにとびかかる。そして首を吊られた少年たちにしがみついて悲鳴を上げる。「おかまめ！　このばか畜生！わたしをやって！　やって！　やって！」客たちは悲鳴を上げて逃げ出し、吊られた少年たちの間をすり抜け、人工肺につまずいて転倒する。

Ａ・Ｊ――「こん畜生め、私の人造コックを出動させろ！　この雌ギツネどもを私に近づけるな！」

Ａ・Ｊの秘書ハイスロップ氏は読みふけっていた漫画本から顔を上げる。「人造コックはもう溶けてしまいました」

（溶解というのはだれかほかの人間の原形質的存在に吸収されて蛋白質が分裂し液化することを意味する。この場合はおそらく名うての液化主義者ハッサンが吸収者に違いない。）

Ａ・Ｊ――「ペテン師の吸取り野郎め！　人造コックなしに男がどうしてやっていける！諸君、われわれは追いつめられている。いまやわれわれのコックが危機に瀕しているのだ。さあ、くいとめる用意をしよう、ハイスロップ君、みなさんに小型の武器をくばれ」

Ａ・Ｊは幅の広いそり身の短剣を引き抜いて、アメリカ女たちの首を切り始める。そして元気よく歌う――

死者の胸には十五人
ヨーホーホー　それ酒のびん

飲めや飲め　あとは悪魔が片づけた
ヨーホーホー　それ酒のびん

ハイスロップ氏はうんざりしながら、あきらめている。

「ああ、なんてこった！　また始めた」彼は熱のない様子で海賊旗を振る。

A・Jは完全に包囲され、圧倒的な大軍を敵にまわして戦いながら、頭をのけぞらせて大声をはり上げる。たちまち、顔をはれ上がらせ、目を血走らせて唇を紫色にした無数のさかりのついたエスキモー人がうなり声やきいきい声を上げてなだれこみ、アメリカ女たちに襲いかかる。

（エスキモー人には発情期があり、その短い夏の期間に各部族が集まって底ぬけ騒ぎをやって楽しむ。そのとき彼らの顔はふくれ上がり、唇は紫色に変る。）

長さ二フィートの葉巻をくわえている私立探偵が壁の外へ頭を突き出している。「ここには動物園があるのかね？」

ハッサンは自分の手をもみしぼって悲憤の声を上げる。「まるで屠殺場だ！　けがらわしい屠殺場だ！　アラーの神にかけて、こんなにむき出しのけがらわしいものは見たことがない！」

ハッサンはA・Jのほうへつっかかって行く。A・Jは肩にオウムをのせ、片目に黒い眼帯をかけて、行李の上にすわりこみ、取手つき大コップでラム酒を飲んでいる。そして大きな真鍮製の望遠鏡で水平線を念入りに見渡す。

ハッサン「このけちくさい俗物の畜生め！　出て行け、二度と私の娯楽室のしきいをまたぐな！」

■インターゾーン　大学の構内

首は目の少年たちが懸命に押す商品運搬車……その少年たちの目は首吊り人の舌のように飛び出し――動物的な憎悪に血走ってぴくぴく脈打っている。羊やヤギやつのの長い牛の群れが学生たちと演壇の間を通過する。学生たちは、さびた公園用ベンチ、石灰岩のかたまり、離れ家の腰掛け、荷造り用の木わく、ドラムかん、ほこりだらけの皮ぶとん、かび臭い体操用マットなどに腰をおろしている。彼らは、ジーンズにジャラバ姿……昔のきっちりしたダブレット上衣に金具の留め金のついた細身のズボン・スタイルを思わせる格好で、つけ物用ガラスびんからとうもろこしウィスキーを飲み、ブリキかんからコーヒーをすすり、包装紙や富くじ札で巻いたマリファナたばこをふかし……　安全ピンと点滴器で麻薬を打ち、出馬表や漫画本やマヤ語の古い写本を研究している……

教授は牡牛の頭をいくつかひもでつないだものを持って自転車に乗ってやってくる。そして背中を手でおさえながら演壇にのぼる。（その頭の上では起重機が大声で鳴く牝牛をぶらぶらさせている。）

教授「昨夜、サルタン軍にまんまとやられた。私はうちの住込み情婦にサーヴィスしているうちに背中の関節をはずしてしまった……あの助平な古ギツネはどうしても追い出すことができない。免許を受けた電気技師が、あの女の神経細胞連接部を一つずつ切り離し、外科医の執行吏が内臓を取り出して歩道にほうり出さなければだめだ。かみさんがおかまに手を出すと、おかまは熱をあげて、大事なホモの下宿人をだめにしてしまう……」

教授は一九二〇年代の歌を口ずさみながら牡牛の頭を見つめる。「そのノスタルジアの発作はおれたちに移り、もやもやと広がってゆく……少年たちはピンク色の綿菓子を食べながら移動カーニバルの中央通路を歩き……のぞきからくりの小屋でアスホールを操作し合い……回転観覧車で空にのぼって、川むこうの鋳物工場の上に昇る赤いくすんだ月をめがけて精液を飛ばす。古い裁判所の前では一人のニグロが首をつられてハコヤナギの木からぶら下がっている……すすり泣きする女たちは膣の歯の間で彼のスパームを受けとめる……（夫はにくらしげにすりかえられた幼児を見つめ、色あせたねずみ色のフランネルのシャツのような皮膚の色を気にする……『先生、この子はニグロではないでしょうか』

医師は肩をすくめる。『そいつはよくあることだよ。エンドウ豆はどの貝殻の下でしょう……今はここですはいもう見えません……』）

そしてパーカー医師はドラッグストアの奥の部屋で一発三グレーン〔〇・一九二グラム〕のヘロインを打って――『強壮剤だ』とつぶやく。『いつも春のような気分になる』

ベンソン・タウンの性的倒錯者は学校の便所をクェレンシアにしている。（クェレンシアは闘牛用語。牡牛は闘牛場の中に自分の好きな場所を見つけて離れなくなるので、闘牛士はそこへ入って行って牡牛と戦うか、徐々にうまくさそい出すか、二つに一つを選ばなければならない。）Ａ・Ｑ郡治安官〝一文なし〟のラーセンは『なんとかしてやつをあのクェレンシアからおびき出さなければいけない』と言っている……　そしてロティかあちゃんは十年間死んだ娘といっしょに眠り、病院の厄介にならずに薬からのがれ、東部テキサスの夜明けに震えながら目をさます……　黒い沼の水とイトスギの切り株の上を舞うハゲタカ……

さて紳士諸君――まさか男装趣味のご婦人はここにいらっしゃらないでしょうな――へっへっへ――そして諸君はみんな、国会決議によって紳士たるべく定められ、男性自身の確立を唯一の存在理由としてここにおいでなわけでして、つまりいかなる方向へのどんな移行もこのまっとうな講堂では許されんわけです。紳士諸君、ペニス検査ですぞ。常に自分の武器を潤滑にしておき、後ろから前からありとあらゆる戦闘に備えておくことの重要性については、説明をうけておるはずですな」

学生「ひょー、聞いたかよ！」彼らはめんどうくさそうにチャックを開ける。一人は盛大に勃起している。

教授「ところで諸君、どこまで話したかな？　ああ、そうだ、ロティかあちゃん……かあちゃんが震えながら目をさましたおだやかなピンク色の夜明け、小さな女の子のバースデイ・ケーキに立っているろうそくのようなピンク色、綿菓子のようなピンク色、海の貝のようなピンク色、のろうべき赤い灯に照らされてぴくぴく動いているコックのようなピンク色……　ロティかあちゃん……あーあ……　この長ったらしいおしゃべりを打ち切らないことには、かあちゃんは老衰にたおれて、蟻酸アルデヒドづけの娘の仲間入りをしてしまうだろう。詩人コールリッジの『老水夫行』……　私は老水夫自身の象徴的意味に諸君の注意をうながしたい」

学生「老水夫自身だとさ」

「それには彼自身の人好きのしない性格に注意を向けることだ」

「それは意地が悪いですよ、先生」

百人の少年犯罪者たち……　飛出しナイフがかみ合う歯のようにかちかち音をたてて教授に迫る。

教授「こりゃひどい！」彼は必死になって黒いハイヒールをはきパラソルを持った老婦人に変装しようとする……「もしこの腰の痛みがなくて、ちゃんとかがむことさえできれば、ヒヒがやるように私のおけつをさし出して彼らの気をそらすのだが……　弱いヒヒは強いヒヒに攻撃されると、(a) 自分のエヘン、臀部《ファニー》——たしかそう言ったね、諸君、へっへっ、そいつをさし出してさからわないで性交をやらせる。(b) また、もっと外向的な融通のきくヒヒの場合は、自分よりもっと弱いヒヒを見つけて——そんなやつが見つかればだが——攻撃のほこ先をそいつに向けさせるようにする。とにかく、このどちらかなんだ」

見る影もない一九二〇年当時の服装をした女漫談家、ものさびしいネオンの輝くシカゴの街をうろついていたとき以来ずっとこの服を着たまま寝ていたようだ……　いとしい過ぎ去った日々そのものの重みが、浮世の執着をたちきれない幽霊のように宙にさまよっている。女占い師「いちばん弱いヒヒを見つけろ」

辺境の酒場。少女の青いドレスを着た同性愛のヒヒが、「アリスの青いガウン」のメロディに合わせてあきらめきった声で歌う。「おいらはいちばん弱いヒヒ」

貨物列車が教授と若者たちの間を分断して疾走する…… 列車が通過するとき、若者たちは腹がふくらみ、責任の重い地位を獲得する。

学生「ロティを出せ!」

教授「諸君、それは他国のことだったのだ…… 前に言ったように私は自分の多重人格の一つによって激しく侵《おか》された…… まったく手に負えない畜生だ…… 『老水夫』は、南米土人が毒矢に塗るクラーレや投げなわや拘束服のことはぬきにしても、彼は聴衆をつかまえることができる…… 彼の秘密のトリックは何か? 彼は、彼は、彼は?…… 彼は、今の芸術家といわれる連中のように、たのまれもしないのに退屈をおしつけ、やたらに苦労させたりはしない…… 彼が袖を引きとめるのは、『水夫』(どんなに老いぼれていようと)と『結婚式の客』の間にすでに存在する関係のためにおとなしく耳を傾けざるをえない連中なのだ……『水夫』が実際に言っていることは重要ではない…… 彼の言葉はとりとめがなく見当違いで、粗野で乱暴な老人のたわごととさえ言えるかもしれない。しかし、『結婚式の客』には、もし起こるとすれば精神分析において起こるような何かが起こっている。ちょっと余談にわたるが…… 私の知人のある精神分析医は、患者ががまん強く聞こうが聞くまいが、自分のほうからさかんにしゃべりまくっている……　彼は記憶をかき集め……　下品な冗談（古めかしいやつだが）をとばして、郡役所の書記には思いもよらない白痴的行為の対位法を作り上げる。彼は言葉の段階では何も成就しえないということを相当くわしく例証しているのだ……　彼は聞き手（分析医）が患者の心を読みとっていないのを観察してこの方法に到達した……　患者（話し手）が精神分析医の心を読んでいたのだ……　精神分析医のほうは完全に前脳の働きによって患者と接触しているのに、患者は超感覚的知覚によって分析家の空想やたくらみを見抜いてしまう……　多数の分析医がこの方法を採用しているが、彼らはうんざりするほど長ったらしい話をし、聞き手としてへたなことで評判になっている……

諸君、真珠のように貴重なことを教えよう――聞くよりも、話すことによってある人間についていっそう多くのことを発見することができるものだ」

ブタどもはいっせいに押し寄せ、教授はバケツに入った真珠を飼料槽の中へ流しこむ……

「おれは彼の足を食べる資格はないよ」と一番ふとったブタが言う。

「どっちみち泥でできた人間の体だね」

■A・Jの例年のパーティ

A・Jは客のほうに向きなおる。「マンコども、チンコども、そして境界線上のみんな！　今宵《こよい》ご紹介するのは——国際的に有名なエロ映画と短波テレビの興行主、並ぶものなき第一人者、大スラッシュタヴッチ！」

彼は高さ二十メートルの赤いビロードのカーテンを指さす。いなずまが走り、上から下までまっ二つにカーテンを引き裂く。大スラッシュタヴッチの立ち姿が現われる。彼の顔はチム〔コロンビアの町、財宝のかくされた墓が発見された〕の骨つぼのように無限と不動の美にあふれている。彼は夜会服姿に青いケープをまとい、青い単眼鏡《モノクル》をかけている。大きな灰色の目に、針を吐き出すような感じがする小さな黒い瞳孔。（彼の凝視を受けとめられるのは「同格の事実主義者」だけである。）彼が怒ると、その勢いで単眼鏡《モノクル》が部屋の向う側まで吹きとぶ。多数の星まわりの悪い俳優たちはスラッシュタヴッチのかんしゃく玉をくらって、その爆風の氷のような冷たさを味わっている——「このけちくさい成上がり者の大根役者め、おれのスタジオから出て行け！　いかさまオルガスムがおれに通用すると思ったのか！　大スラッシュタヴッチだぞ！　ほんとうにいったかどうか足の親指を見ればわかるんだ。ばかめ！　とんまのごくつぶし‼　無礼なあばずれ‼　自分のケツを売りに出してみろ。そしてスラッシュタヴッチのために働くのには、誠意と献身が必要だということを覚えてこい。見かけ倒しのぺてんじゃだめなんだ。へまなよがり声や、ゴムのくそや、耳の中に隠したミルクびんや、こっそり入れたヨヒンビンじゃだめなんだ」（ヨヒンビンは中央アフリカに生える木の幹からとれ、最も安全で効果の高い催淫剤である。作用としては、表皮近い血管を、特に性器周辺でふくれあがらせる。）

スラッシュタヴッチは単眼鏡《モノクル》を噴射する。単眼鏡《モノクル》は空中を飛んで見えなくなったかと思うと、ブーメランのようにもどってきてふたたび彼の目に収まる。スラッシュタヴッチはバレエ・ダンサーのようなつま先旋回をして、液体空気のように冷たい青い霧の中に消える……溶暗……

スクリーン上。少しそばかすのあるまっ白な皮膚をした赤毛の緑色の目の少年が……スラックス姿のやせたブルネットの娘にキスをしている。彼らの服装や髪型はここが世界中の都市にある実存主義者のバーであることを暗示している。二人は白い絹におおわれた低いベッドにすわっている。娘はやさしい手つきで少年の、小さな非常にかたいコックを探し求める。その先端には潤滑油が一滴、真珠のように光っている。娘は王冠をやさしく愛撫する。「脱ぎなさいよ、ジョニー」少年はすばやい、てきぱきした動作で服を脱ぎ、コックをぴくぴくさせながら彼女の前に立つ。娘が身振りで少年に向きを変えるように合図すると、少年はモデルのまねをして踊るように床の上を旋回する。娘は自分のシャツを脱ぐ。彼女の乳房は小さくこんもりと盛り上がり、乳首が硬直している。彼女は急いでパンティを脱ぎ捨てる。彼女の下腹部は黒く光沢がある。少年は彼女の横に腰をおろし、乳房に手を伸ばす。娘はその手を押さえる。

「ねえ、なめてあげたいわ」と彼女はささやく。

「いや、まだだめだよ」

「お願い、そうしたいの」

「まあいいや。じゃお尻を洗ってくる」

「ううん、あたしが洗うわ」

「ええいクソッ、そんなに汚なくはないって」

「あら汚ないわよ。いらっしゃい、ジョニー坊や」

メァリーは風呂場に案内する。「さ、出して」ジョニーはひざをついてからだを前に倒し、バスマットにあごをのせる。「アラーよ」彼は娘のほうを向き、にやりと笑う。彼女は少年の肛門に指を突っこみ、石けんとお湯で洗う。

「痛い?」

「いいぃいぃいぃいぃいや」

「じゃあ、きて」娘は先に立って寝室へ入って行く。少年はあお向けに横たわり、両足を頭の上まで上げて、ひざの裏側に腕をまわして抱きしめる。娘はひざまずいて少年のももの裏側を愛撫し、次第に指を永遠の境界線に沿って走らせる。彼女は二つのまるい肉を押し開くと、かがみこんで、ゆっくりと円を描くように頭を動かしながら肛門を操作しはじる。肛門の横を押し、次第に奥深く求める。少年は目を閉じて身もだえする。娘は永遠の境界線をさまよう。小さな硬く張りきった二つのボール。むき出しの筒先に大きな真珠の粒が浮かんでいる。娘の口は緑色の王冠をおおって閉じる。彼女はリズミカルに顔を上下に動かし、上へ行くたびにちょっと息をついで円を描くように頭をまわす。その手はやんわりとボールをもてあそんで下へのび、中指は肛門にふれる。彼女は深々と相手を吸いこみながら、一方では前立腺をくすぐる。少年はにやにや笑って放屁する。娘は今ではもう熱狂して少年をしゃぶっている。少年の身体が収縮し始め、あごのほうへ引きつけられる。収縮の時間は一回ごとに長くなる。「ひい——！」少年は全身の筋肉を緊張させて叫び、全力をこめて爆発する。娘は熱いもののほとばしりを感ずる。少年は足をばたんとベッドの上へもどす。背中を弓なりにそらし、あくびをする。

メァリーは、ゴム製のコックを身体にくくりつけている。「ヨコハマからきたじょうぶな鋼鉄チンコ三号よ」と彼女は言って、シャフトをなでまわす。噴出して部屋の向う側まで飛ぶ。「ミルクは殺菌することにしてくれ。炭疽《たんそ》熱だの鼻疽《びそ》だの口蹄疫なんていうようなおっかない牛の病気をおれにうつさないでくれよ……」

「あたしがシカゴで女装趣味のリズだった頃、害虫駆除業者をやってたわ。男としてぶちのめされるスリルを求めて、きれいな男の子にモーションかけるわけ。そのうち男の子を一人捕まえて、レズの禅僧から習った超音波柔道で圧倒してやった。縛り上げてカミソリで服を切り裂いて、鋼鉄チンコ一号で犯してやったわ。去勢されるんじゃないってわかったら、その子すっごい安心して、誇張ぬきであたしのダニ・スプレー一面にぶちまけたもんよ。一号はレズの男役にまっ二つに引き裂かれたの。あたしの味わった中じゃ最高の膣圧の持ち主ね。鉄パイプをつぶせたくらい。それがその娘の演《だ》し物だったの」

「それじゃあ鋼鉄チンコ二号は？」

「バブーンアスホール上流で、飢えた吸血ナマズにかじられて粉々よ。それと今度は『ひい――！』なんて言わないでよ」

「どうして？　男の子っぽくていいだろう」

「裸足の少年よ、マダムにその石頭を見せてごらん」

少年は両手を頭のうしろにまわし、体をぴくぴくさせながら天井を見つめる。「どうだろう、笑いながら同時にいかすってことはできるものだろうか？　戦争中カイロのジョッキー・クラブでのことだけれど、おれとアナ友だちのルウ、二人とも議会の取決めで紳士になったんだ……そんな取決めでもなけりゃ、二人とも絶対にそんなものになれやしない……　それでおれたちは笑いだし、あんまりひどく笑ったもので、二人とも小便をもらしてずぶぬれになり、給仕のやつに『このとんでもないハッシシ野郎、出て行け！』と言われたよ。つまり、笑いながら小便が出せるのなら、笑いながら精液も出せるはずだってことさ。だから今度おれがこらえきれなくなったら、何かうんとおかしいことをしゃべってくれ。前立腺のところが必ず震えだすからわかるはずだ……」

メァリーはレコードをかける――金属的なコカイン・ビーバップ。彼女は身につけた道具に油を塗り、少年の足を頭の上に押し上げると、やわらかい腰の回転運動を繰り返しながら相手に向って行動を起こし始める。彼女はシャフトを軸にしてゆっくりと円を描く。硬直した乳首を少年の胸にこすりつけ、首筋やあごや目に接吻する。ジョニーは女の背にまわした両手を下へすべらせて尻をかかえ、彼女の身体を引き寄せる。メァリーの回転運動はだんだん速くなる。少年の身体がぴくっと動き、痙攣を起こしたようにもがき始める。「早くして。ミルクがさめかけてるわ」と娘は言う。ジョニーにはその言葉が聞えない。メァリーは口を彼の口に押しつける。二つの顔が一つになる。液が女の胸にほとばしり、やわらかく熱く流れる。

戸口にマークが立っている。タートルネックの黒いセーターを着ている。自己陶酔者的な、ひややかな美貌。緑色の目と黒い髪。彼は頭をちょっとかしげ、両手を上着のポケットに入れて優雅な不良青年スタイルを見せながら、人をこばかにした顔つきでジョニーを見つめる。彼が急にひょいと頭を動かすと、ジョニーは先に立って寝室へ入って行く。メァリーもあとに従う。「いいわ」彼女はベッドを見渡す位置にある淡紅色の絹張りの壇に裸のまま腰をおろしながら言う。「やりなさいよ!」

マークはなめらかな動作で服を脱ぎ始め、腰をくねらせ身もだえしてタートルネックのセーターを取り去り、ふざけたベリー・ダンスを踊りながら美しいまっ白な上半身をあらわにしていく。ジョニーは無表情な凍りついたような顔で、呼吸を速め、唇をかわかす。そして服を脱ぎ、床の上に落とす。マークは片方の足首の上へパンツを落とす。その足をコーラス・ガールのようにけり上げ、パンツを部屋の向う側へ飛ばす。そしてついにコックを精いっぱいに緊張させて全裸で立つ。彼はゆっくりとジョニーの身体を見まわす。それから微笑して、唇をなめる。

マークは片ひざをつき、ジョニーの片腕をつかんで背負い投げのような格好で引き寄せる。そのまま立ち上がり、ジョニーの身体を六フィートほど離れたベッドの上へ投げ飛ばす。ジョニーはあお向けに落ちて、はね返る。マークは急いで立ち上がり、ジョニーの両足首をつかんで自分の足をジョニーの頭にかける。マークの唇はきりきりとよじれて、歯をくいしばる。彼は油をさした機械のようにゆっくりと着実に身体を引き締め、コックをジョニーに押し当てる。ジョニーは大きなため息をつき、恍惚として身もだえする。マークはジョニーの肩のうしろに手をかけて身体を引きおろし、コックを完全にジョニーの中に埋没させる。大きな口笛のような音がジョニーの歯の間からもれる。マークは顔をジョニーの顔にこすりつける。彼のありったけの液がジョニーの震える体内に流れこむにつれて、よじれた唇はほどけ、無邪気な子供っぽい顔になる。

列車が汽笛を鳴らして轟然と彼の体内を走り抜ける……油の浮いた沼の上空に、汽笛、霧笛、ロケット花火が上がる……安っぽいゲームセンターはごたごたしたエロ写真の迷路につながる……港で礼砲がとどろく……白い病院の廊下に悲鳴が流れ……シュロの並木の間の広いほこりっぽい道を抜け……砂漠を横切って弾丸のように飛んでゆく。(乾燥した空中ではハゲタカの翼がぬける。) 屋外便所、さむざむとした公立学校のトイレット、屋根裏部屋、地下室、木の上の小屋、観覧車、あき家、石灰岩の洞穴、ボート、ガレージ、納屋、石ころだらけの風の吹きまくる郊外の泥の壁（ひからびた糞のにおい）のうしろなどで無数の若者たちがいっせいにクライマックスに達する……やせた銅色の身体に吹きつける黒いほこり……ひび割れて血の流れ出る素足の上に落ちたぼろぼろのズボン……（ハゲタカどもが魚の頭を取り合って争う地域）……ジャングルの沼沢地では、毒々しい魚が黒い水面に漂う白い精液にぱくっと食いつき、スナバエが銅色の尻を刺し、ホエザルは風のように樹間を飛ぶ。（広大な褐色の河川地帯――ここではすべての木が水に浮かび、鮮明な色彩のヘビが枝にからみつき、物思わしげなキツネザルが悲しそうな目つきで川岸を見つめている。赤いプラタナスは青地の空にアラベスク模様を描き、ガラガラヘビはしっぽを鳴らし、コブラはかま首をもち上げ、さっと体をのばして白い毒液を吐く。そして真珠とオパールのかけらがゆるやかな音のない雨になってグリセリンのように透明な空気の中を落下する。）時間がこわれたタイプライターのように飛躍して、少年たちは老人になる。発作を起こしてぴくぴく震える若い尻はぐったりと締まりがなくなって、屋外便所の腰掛けや公園のベンチ、南国の日の当たる石の壁や、へこみっぱなしでバネのきかなくなった家具付き部屋のベッド（窓の外には透明な冬の日ざしを浴びる赤れんがのスラム街）の上を覆う……きたならしい下着姿で身体をぴくぴく震わし、麻薬患者のわびしい朝に血管をさぐりまわし、アラビア人のコーヒー店でぶつぶつ言いながらよだれを流す――アラビア人たちは「メドジウブ」とささやき、こそこそ立ち去ってゆく――（メドジウブはイスラム教徒の特殊な狂人のこと……しばしばてんかん患者である場合が多い。）「イスラム教徒たちは血と精液をもっているに違いない……　キリストの血が精液に流れ込んでいくじゃないか、みろよ」

……　彼は悲鳴を上げて立ち上がる。最後の勃起から黒い血のかたまりが噴き出す。それは青白い彫像のように立つ。まるで巨大な柵を、無邪気に落着きはらってよじ登ってきたかのように……魚釣り禁止の池の魚をとろうとして柵をよじ登る少年のように無邪気に落着きはらって――たちまち少年は大きなナマズをつかまえる――熊手を持った老人がののしり声を上げて黒い小屋から飛び出してくる。少年は笑いながらミズーリの野原を走って逃げる――途中で彼は美しいピンク色のアローヘッドの花を見つけ、走りながら若い柔軟な身体をさっとかがめてその花をつかむ――（少年の骨は野原に溶けこむ。彼は木柵のそばでショットガンを傍に死んでいる。凍った赤い土に流れた血はジョージアの冬の刈り株にしみこんでゆく）……　ナマズは少年のうしろで大きくのたうつ……　少年は柵のところまでくると、ナマズを血の縞のついた草の中に投げ出す……ナマズはもがいて悲鳴を上げ――柵をとびこえる。少年はナマズをひっつかみ、風の強い秋の日暮れには赤茶色の葉を散らし、夏の夜明けには朝露のしたたる緑に輝き、晴れた冬の日には黒々と空に浮かぶカシやカキの木の間のかたい石の散らばる赤土の道に姿を消す……老人は少年を追いかけて大声でののしる……その口から歯が飛び出し、空を切って少年の頭の上をこえて行く。老人は首筋を鋼鉄のたがのように緊張させて懸命に前進する。黒い血が一つのかたまりになって噴き出して柵をとびこえ、牧草やイバラがあばら骨を突きぬけてはえてくる。老人の小屋では窓がわれ、黒いパテのこびりついたほこりまみれのガラスが銀色に飛び散る――ネズミどもは床を走りまわり、少年たちは夏の午後の暗いかび臭い寝室で自慰にふけり、自分の身体から生長してくるイチゴの実を食べて、口のまわりに赤紫色の汁を塗りたくる……

老いぼれ中毒者《ジャンキー》は血管をさぐりあてる……注射器の中で水中花のような血の花が咲く……彼がヘロインをたっぷり打ちこむと、五十年前に自慰をやっていた少年が破壊された肉体をすり抜けてしみ一つない輝かしい姿で現われ、屋外便所を若い雄の欲望のあまい木の実のような匂いでいっぱいにする……

この血染めの注射針に引きずられてどれだけの歳月が流れたことだろう？　両手をだらりとひざの上に置いてすわったまま、麻薬患者の光の消えた目で窓の外の冬の夜明けを見つめる。チャパルテペック公園の石灰岩のベンチに腰かけている老いぼれホモは、インディアンの若者二人がたがいの首と脇腹に腕をまわし合って通り過ぎてゆくのを見て身もだえし、死にかけている肉体を精いっぱいに緊張させて若い尻やもも、引き締まった睾丸や精液を噴出するコックを自分のものにしようとする……

マークとジョニーは向き合って振動椅子に腰かける。ジョニーはマークのコックに突き刺されている。

「いいか、ジョニー？」

「はじめろ」

マークはスイッチをいれ、椅子は振動し始める……　マークは頭をかしげてジョニーを見上げる。その顔はよそよそしく、冷やかな、あざけるような視線をジョニーの顔にそそぐ……ジョニーは悲鳴を上げ、すすり泣く……　彼の顔はまるで内部から溶けだしたようにぐにゃぐにゃになる……体育館のような部屋……　床はフォーム・ラバーで白い絹におおわれ……　壁の一方はガラス……　のぼる太陽が部屋全体をピンク色に染める。ジョニーは両手を縛られて、メァリーとマークの間にはさまれて連行される。ジョニーは絞首台を見て、大声で「あ――！」と叫びながらあごをコックのほうへがっくり落として身体を曲げ、両ひざを折って崩れ落ちる。精液がほとばしり、彼の目の前でほとんど垂直のアーチを描く。マークとメァリーは急にがまんができなくなって、すっかり興奮する……　二人はジョニーの身体を前へ押して、かび臭いサポーターや厚地のセーターが散らばる絞首台の壇の上にのぼらせる。マークは輪なわを調節する。

「よし、さあ行くぞ」マークはジョニーの身体を押して壇から突きはなそうとする。

「待って。わたしにやらせて」とメァリーが言う。彼女は両手をジョニーの腰にまわして抱き締めると、額を彼の額に押しつけて相手の目に微笑を送りながら後退し、ジョニーの身体を壇からはなして宙に引き出した……　ジョニーの顔は赤くふくれ上がる……　マークは柔軟な動作でさっと身体をのばし、ジョニーの首を折る……ぬれたタオルで棒切れをたたき折ったような音。大きな身震いがジョニーの身体を駆け下り……わなにかかった鳥のように片足をばたばたさせる……　マークはぶらんこに身体をまきつけ、ジョニーの痙攣の格好をまねしてみせ、目を閉じて舌を突き出す……　ジョニーの体がはね上がる。メァリーはそれを自分の方に誘いこむと、踊るように腹をくねらせて相手にしがみつき、歓喜のうめきをもらし金切り声を上げる……その身体を汗が流れ落ち、顔にはぬれてなわのようになった髪が垂れ下がる。「切り落として、マーク」と彼女は叫ぶ。マークは飛出しナイフを持った手を伸ばしてロープを切り、落ちるジョニーを受けとめて、そっとあお向けに寝かせる。その間もメァリーはくし刺しになったままもがき続ける…… 彼女はジョニーの唇や鼻を食いちぎり、すぽんと目玉を吸いとる…… 続いて頰《ほお》から大きな肉片をかみきり…… 今度は彼の先端を食べ始める…… マークがメァリーのほうへ歩み寄ると、彼女は食べかけの性器から口をはなして上を見る。その顔は血にまみれ、目は燐光を放つ…… マークは片足をメァリーの肩に当て、けとばしてあお向けに転がす…… そして飛びかかり、狂気のように犯し始める……二人は部屋の端から端までごろごろ転がり、火輪花火のようにぐるぐるまわり、釣針にかかった大きな魚のように空中高くはね上がる。

「あんたを吊らせて、マーク…… 吊らせて…… ねえ、マーク、あんたを吊らせて！」

「よしきた」マークは乱暴にメァリーを引っぱり起こすと、彼女の両手をうしろにまわして押さえつける。

「いやよ、マーク‼ いや！ いや！ いや！」とメァリーは悲鳴をあげ、壇のほうへ引きずられながら恐怖のあまり大小便をもらす。マークは使い捨てたコンドームの山の中の壇の上に、縛り上げたメァリーをほうり出したまま、部屋の向う側へ行ってロープの用意をする…… やがて輪なわを銀の盆にのせてもどってくる。彼は手荒くメァリーを引き起こし、輪なわを首にかけて締める。そして彼女を突き刺し、ワルツを踊るように壇上をまわってから、ロープにぶら下がって空中に飛び出し、大きなアーチを描く…… 「ひい——！」と彼は絶叫しながらジョニーに変身する。メァリーの首はぽきっと折れる。大きな波のうねりが彼女の全身を通り抜ける。ジョニーは四つんばいになって、若いけもののように柔軟な身のこなしで機敏に身がまえる。

彼は部屋中を跳ねまわる。渇望の絶叫でガラス壁を砕き、彼は空中に飛び出す。スピンしながらマスターベーションをし、精液を横に漂わせながら千フィート降下し、その間ずっと砕ける空の青に向って叫び、朝日がガソリンみたいに彼の身体を焦がし、巨大なカシの木やカキの木やヌマ杉やマホガニーの横を落ち、石灰岩舗装の荒廃した広場に、ぐしゃっと砕けて一安心。舗石の間からは雑草やツタがのび、全長一メートルの錆びた鉄のボルトが貫く白い石は、錆でうんこじみた茶色の染みができている。

ジョニーは卑わいな白ひすいのチムのかめからガソリンを汲み出してメァリーにかける……そして自分の身体にもガソリンを塗る……　二人は抱き合い、床に倒れ、屋根にはめこまれた大きな拡大鏡の真下へ転がってゆき……　ガラスの壁を打ち砕く叫びとともにぱっと燃え上がり、空中に転がり出してなおも悲鳴を上げながら結合し続け、爆発して血と炎とすすになって砂漠の太陽の下の褐色の岩の上に飛び散る。ジョニーはもだえながら部屋の中をはねまわる。彼はガラスの壁を打ち砕く叫びを上げて、昇る太陽に向って翼を広げたワシのように突っ立ち、コックから血を噴き出す……　白い大理石の神、彼はまっさかさまに飛込んでてんかんの爆発をくぐり抜け、鳥肌だつ肌をあたためる太陽の下で泥の壁のそばの糞やごみくずの中でくり広げられたあの昔のメドジウブの身もだえに落ちこんでゆく……　彼はそのモスクの壁にもたれて眠り、貝のようにピンク色でなめらかな無数のまんこを夢見ながら、毛がちくちくコックに触れる喜びを感じて爆発する少年なのだ。

ホテルの部屋の中のジョンとメァリー（「あばよ、イースト・セントルイス」の音楽）。暖かい春風が開いた窓から吹きこみ、色あせたピンク色のカーテンをひるがえす……　人の住んでいない家の敷地でカエルが鳴く。そこでトウモロコシがのび、少年たちは糞がこびりつき錆びた有刺鉄線がからみついたこわれた石灰岩の柵の下にいる小さな緑色のシマヘビをつかまえる……

（ネオン——葉緑素の緑、紫——オレンジ——点滅。）

ジョニーは測径両脚器を使ってメァリーの生殖器から微小な吸血ナマズをつまみ出す……それをメスカル酒のびんの中に落とすと、リュウゼツランの毛虫に変化する……　彼はメァリーにジャングルの骨をやわらかくする灌注を施す。メァリーの膣の歯は血や膀胱《ぼうこう》といっしょくたになって流れ出す……彼女の性器は、春の草のような新鮮さとかんばしさに溢れて輝き出す……ジョニーはゆっくりと操作しはじめ、興奮が高まるにつれて彼女を押し開き、黒いものがはれ上がった舌を刺すのを感じつつ内側を求める……　メァリーは両腕をうしろへ投げ出し、乳房を突き出しながらネオンの光にくぎづけにされて横たわっている……　ジョニーは彼女の身体をはい上がり、口をあけた細い切れ目に大粒のオパールのような潤滑油を光らせているコックは、飢えた肉欲に吸いこまれるように彼女を求め、すっかり埋没する…… 彼の顔は赤くふくれ上がり、目の裏側では緑色の灯が破裂する。そして彼はローラー・コースターに乗って金切り声を上げる少女たちの身体をつきぬけて墜落する……

睾丸の裏側の湿った毛が、暖かい春風の中で乾燥して草になる。深いジャングルの峡谷、窓からツタが這いこむ。ジョニーのコックはふくれあがり、巨大な爛熟した華が噴出する。長い塊茎がメァリーのカントからじわじわ生えて根をのばし、地面を探る。肉体は緑色の爆発で分解する。小屋は倒れ、こわれた石の山となる。少年は石灰石の彫像だ——そのコックからは植物が芽を出し、唇は半分眠りかけた麻薬中毒者《ジャンキー》が半分笑いかけたように開いている。

＊＊＊

スパイは富くじ札の中にヘロインを隠している。

もう一発打とう——治療は明日からだ。

道は遠い。渇望と屈辱が頻繁にやってくる。

ナツメヤシの木が生えているオアシスにたどりつくまでには石だらけの坂を長い間歩かなければならなかった。ここではアラビアの少年たちが泉の中に糞をたれ、筋肉の海岸の砂浜でロックンロールを踊りながら、ホット・ドッグを食べたり、金歯を吐き出したりしている。

歯のない、長い間の空腹で、正確に空腹だけの理由で、少年たちはイースター島で丸木舟の張出しから震えながら飛びおり、折れそうな足で浜に上がってゆく……彼らはクラブの窓辺でうなずき……欠乏の油の中に転落し、ほっそりした身体を売る。

ナツメヤシは水不足で枯れた。井戸は乾いたうんこと何千もの新聞紙のモザイクであふれている。「ソ連は否定……国務大臣は悲痛に訴える……落とし板は十二時二分に落とされた。十二時三十分、医師は牡蠣《かき》を食べに外出し、二時に戻って絞首刑になった男の背中を陽気にたたく。『なんと！　まだ死んどらんのかね？　こりゃ脚をひっぱってやらんといかんようだな。ふぉっふぉっふぉっ。こんなふうにだらだらと窒息してもらうわけにはいかん。大統領に叱られてしまうわい。それに死体運搬車に、生きたままのきみを運び出させるなんてみっともないからね。恥ずかしくて睾丸が落ちてしまうよ。それにわしは経験豊かな牛のところで訓練を積んでおる。一、二の、三、それ引け！』」

グライダーは勃起のように音もなく落ちる。年とった女の手と麻薬患者《ジャンキー》の光の消えた目をもった若い盗賊がグリースをぬったガラスが割れるように音もなく……　音のない爆発とともに彼はこわれた家にはいりこみ、油でよごれたカットグラス食器の上を踏みこえる。掛時計が台所で大きな音をたてて時をきざみ、熱い空気が彼の髪をかき乱し、彼の頭は重い耕地の中に分解する……　老人は赤い薬きょうをはじき飛ばし、自分のショットガンのまわりでクルクル踊る。「ちぇっ、ちくしょうめ、おまえたち、何でもないことだと思ったらとんでもない間違いだぞ……　魚は樽の中……　金は銀行だ……へなちょこ小僧め、ちょっと油だらけの一発を食らうと、ぶざまな格好でおねんねしちまうんだろう……　おい、聞えるか？

おれだって若いときはあったし、楽な金もうけや女や引き締まった男の子の尻の誘惑を感じたこともあったさ、殺そうなんてするなよ、話をしてやるからな、おまえのコックを勃起させて、若い女の子のピンク色の真珠のようなカントや、尺八してくれるかわいい茶色のねっとりした男の子の尻が欲しくて叫びたくなるような話だぞ……若い盛りの男の子の睾丸には、いいカットのダイヤモンドが腎臓結石のように容赦なくたまるもんなぁ…… 殺しちゃってごめんな…… うちのかあちゃんも老いぼれちまって、もう昔のかあちゃんじゃない…… 大勢の連中の前で、悪口をしゃべりまくることもできないし……みんなを面白がらせることもできなくなった…… 虫歯で参ってきた老いぼれライオンのようにあいつは食いちぎる力を新鮮にしとく歯みがきが必要なんだ…… こういう老いぼれライオンどもはかならず少年の肉を食うようになる…… だが、このライオンどもを非難することがだれにできるだろうか⁇ 少年たちはセント・ジェームズ病院であんなにスウィートで、あんなに冷えて、あんなにきれいだったんだから。ところがおまえは、わたしに死後硬直を見せないのか。老いぼれコックに敬意を表してくれ…… おまえだっていつかは退屈なよぼよぼばばあになるかもしれないのだ…… ああ、だが、そんなことはないかもしれない…… ハウスマンのはだしの恥知らずなホモの相手のように、シロップシャーの初心《うぶ》な女はおまえの足を変化の室のうえにおいた…… だが、おまえたちはシロップシャーの少年たちを殺すわけにはいかない……少年は、あまりたびたび首を吊られたので、梅毒菌がペニシリンで半殺しにされればされるほど、幾何級数的に恐るべき増加を示すように、もう死なくなっている…… だから、釈放することにしよう。そして、保安官が一ポンドの肉を課したあの忌わしい展示会に終止符を打とう」

保安官「一ポンドでこいつのパンツを下げるぞ、みんな。さあさあお立ち会い。生命の核心あたりにかかわる、まじめで科学的な展示会だ。この人物は長さ九インチ。中で自分で調べてごらん。たったの一ポンド、変てこな三ドル札一枚で、若い男の子が最低三回いくのを見られるよ。それもまったく本人の意志に反してだ。おれは決して宦官には手を出さない主義でね。こいつの首がぽきりと折れると、この人物はくそみたいに確実にびくんびくんと達してあんたがた一面にぶちまけるよ！」

少年は落とし板の上に立って、重心を左右に移している。「神さま！　この稼業でがまんしなきゃならんこととときたら！　くそみたいにまちがいなくどっかの老いぼれがまじになりやがる」

踏み込み板は落ち、ロープは風の中の電線のように歌い、首は中国のどらのように大きな冴えた音をたてて折れる。

少年は飛出しナイフで自分のロープを切って下へ降り、悲鳴を上げて逃げるホモを追いかけてカーニバルの中央通路へ出る。ホモはゲームセンターのピープ・ショーの鏡の中にもぐりこみ、にやにやするニグロを縁どる。

（メァリー、ジョニー、マークの三人はそれぞれ首にロープを巻きつけたまま喝采《かっさい》にこたえて会釈《えしゃく》をする。三人はエロ映画の中での感じほど若くはない……　疲れた、気むずかしい顔をしている。）

■国際精神分析医学の技術会議

脳葉切除《ロボトミー》キッドこと「フィンガース」シェーファー医師が立ち上がり、その吹きすさぶ寒風のようにつめたい視線を会議参加者たちに向ける。

「諸君、人間の神経系統は小型の簡単な脊柱《せきちゅう》に縮小しうるものだ。脳は前部も中部も後部も、アデノイドや知歯や虫垂の運命をたどらなければならない……　では、わが傑作をお目にかけよう——完全なる全米代表の不安なき人間……」

高らかにトランペット吹奏。その人間は二人のニグロの付添人の手で裸体のまま運びこまれ、乱暴きわまる嘲笑的な動作で壇上にほうり出される……　人間はのたうちまわる……　その肉体はねばねばした透明のゼリー状のものに変り、吹き流されるように緑の霧に包まれたのち、巨大な怪物のような黒いムカデとなって正体を現わす。何ともわからない悪臭が会場全体に広がり、人びとの肺を麻痺させ、胃を締めつける……

シェーファーはむせび泣きをしながら自分の手をもみ絞る。「クラレンス!!　どうして私に対してこんなまねができるのだ??　恩知らずめ!!　どいつもこいつも恩知らずだ!!」

参会者たちはしりごみして狼狽しながらささやく。

「どうもシェーファーは、ちょっとばかりやり過ぎたようだ……」

「私は警告したのだがね……」

「才能のあるやつだよ、シェーファーは……しかし……」

「人間、宣伝のためなら何だってやるさ……」

「諸君、この言語道断な、あらゆる点から見て不合理な、シェーファー医師のゆがんだ頭脳の産物は世に生まれ出てはならないものである……　人類に対するわれわれの義務は明らかだ……」

「そうは言っても、やつはもう生まれ出ちまってるじゃねえか」とニグロの付添人の一人が言った。

「われわれはこの非アメリカ的な生きものを撲滅《ぼくめつ》しなければいかん」と、つけもの用ガラスびんからトウモロコシ製ウィスキーを飲んでいた太ったカエルのような顔の南部の医者が言う。彼は酔っぱらって前へ歩き出すが、ムカデの恐るべき大きさと威嚇的な形相《ぎょうそう》にびっくり仰天して立ちどまる……

「ガソリンを持ってこい！」と彼はどなる。「生意気な黒んぼみたいな畜生は焼いてしまわなければいかん！」

「べつに出しゃばるつもりはありませんが」と、LSD25でいい気分になっているちょっといかす若い医師が言う……「気のきいた地方検事なら……」

溶暗。「静粛に！　開廷します」

地方検事「陪審員諸君、これらの『学識あるかたがた』の主張によれば、自分たちがきわめて気まぐれに殺害した何の罪もない人間がとつぜん巨大な黒いムカデに変身したので、この怪物が何にせよその勝手なやり方で何か悪いことをしでかさないうちに撲滅することが『人類に対する義務』になったということであります……

われわれはこの馬糞のようなばかげた話をうのみにすべきでしょうか？　この得体の知れない油を塗った尻の穴のような調子のいいたわごとを信じるべきでしょうか？　いったい、この驚くべきムカデはどこにいるのでしょう？

『私たちが殺してしまったのだ』と言って、この人たちはすましています……　しかし、陪審の紳士ならびに雌雄同体者諸君、次のことを思い出していただきたい――この偉大なる野獣は」――検事はシェーファー医師を指さす――「これまでに数回にわたって、脳強姦という、口にするのも恐ろしい犯罪の告発を受けて、この法廷に出頭しているのであります……　脳強姦とは、率直に言えば」――検事は陪審員席の手すりをたたき、声を張り上げる――「率直に言えば、強制的な脳葉解剖《ロボトミー》です……」

陪審員たちは息をのむ……　一人は心臓麻痺で死ぬ……　三人は床に倒れ、性興奮の絶頂に達してもがきまわる……

地方検事は芝居がかりに強調する。「この男こそ……　わが美しき国土の全域を愚の骨頂と言ってもいいほどの状態に落としこんでいる張本人にほかならない……　この男こそ、人手を借りなければ何一つ必要を満たすことができない無力な生きものを、大きな倉庫の中に何列にも何段にも詰めこんできた人間なのだ……　この男は本物の教育を受けた邪悪な人間の冷笑的な悪意をこめて、この生きものを『のらくら者』と呼んでいる……　だが諸君、私は言っておこう。理由のないクラレンス・カウイー殺害はかならずやその報いを受けずにはいないであろう！　この非道な犯罪はけがをしたホモのように金切り声をあげて正義を求めているのだ！」

ムカデが興奮して勢いよく走りまわり始める。

「おい、そいつは血に飢えてるらしい」と付添人の一人が叫ぶ。

「おれはここから出るぞ」

電撃的な恐怖の波が、さっと会議参加者たちの間を流れる……　一同は悲鳴を上げ、ひっかき合いながら出口に殺到する……

■マーケット

インターゾーン市のパノラマ的眺望。「あばよ、イースト・セントルイス」の出だしの一節……風の強い街を流れる音楽のようにときどき大きくはっきり聞えるが、またすぐ弱くなって途切れる……

部屋はがたがたと揺れ動いているようだ。ニグロ、ポリネシア人、山地のモンゴル人、砂漠の遊牧民、数カ国語を話す近東民族、インディアン――いまはまだ受胎されていない未来の種族や、まだ実現していない連合や統合の多数の民族の血と肉が身体を通り抜ける。移住者の群れ――砂漠とジャングルと山脈（生殖器から植物が成長して脱皮し、巨大な甲殻類動物は内部で孵化《ふか》して体の殻を破る閉ざされた山の谷間の鬱血と死）を通過し、張出しフロート付きカヌーで太平洋を越えてイースター島に至る途方もない行程。合成都市）――そこではあらゆる人間の可能性が、広大な沈黙のマーケットに散らばっている。

モスクの尖塔、シュロの木、山脈、ジャングル……敵意のある魚がはねまわるゆるやかな川の流れ、少年たちが草地に寝そべり秘密のゲームをやる雑草の生い茂った広い公園。市中には錠のかかったドアは一つもない。だれがいつ部屋へ入ってくるかわからない。警察長官はシナ人で、つまようじで歯をつつきながら狂人がもたらす告発の言葉に耳を傾ける。ときおり彼は口からつまようじを取り出して、その先端を見つめる。すべすべした銅色の顔をしたニグロの遊人たちは金鎖の上の小さく縮んだ頭をひねりながら、昆虫の盲目的な冷静さを思わせるぽかんとした表情で、戸口をぶらぶらしている。

彼らの背後のあいているドアの向うには、テーブル、仕切り席、バー、台所、浴室、いく列にも並ぶ真鍮《しんちゅう》のベッドの上で交わっている男女、縦横に交錯する無数のハンモック、注射に余念のない麻薬中毒者《ジャンキー》たち、アヘン吸飲者、マリファナたばこのみ、もうもうとたちこめる煙と湯気のかなたで食べたり話したり入浴したりしている連中が見える。

賭博テーブルでは途方もないものがかけられてゲームが行なわれている。ときどき、プレイヤーが絶望的な叫び声を上げてとびあがる。その一瞬の負けで彼らは老人に若さを奪われ、相手の自動的な奴隷に化し去る。しかし、若さやラタよりも高価なものがかけられるゲームもある。それが何であるかを知っているプレイヤーはこの世に二人しかいない。

市中にはあらゆる種類の家がいっしょにならんでいる。芝土の家——すすけた戸口では高地モンゴル人が目をぱちぱちさせている——竹やチーク材の家、日干しれんが、石、赤れんがの家、南太平洋のマオリ族の家、木立の中や川ボートの家、部族全員を収容する長さ百フィートもある木造の家、そして空箱と波形鉄板の家——そこでは老人たちがぼろを着て下等な酒を作り、沼地のがらくたの山から二百フィートも空中にのびる巨大なさびた鉄の格子だなには、さまざまな高さの台上に、あぶなっかしい仕切り壁が作られていて、ハンモックが空間に揺れている。

いろいろな探検隊が、未知の目的で未知の土地に向って出発する。見知らぬ人びとが腐ったロープでくくられた古い荷造り用木わくのいかだに乗って到着する。彼らは昆虫に刺されては れ上がった目を閉じながらジャングルからよろめき出る。そして、ひび割れた足から血を流しつつ山道をくだって、ほこりっぽい風の吹きまくる市の郊外を通り抜ける。そこでは、人びとが日干しれんがの壁沿いに、列を作って脱糞し、ハゲタカどもは魚の頭をとり合って戦っている。見知らぬ人びとはつぎはぎだらけのパラシュートで公園に落下する……彼らは酔っぱらった警官に護送され、広大な公衆便所で登録をする。調書はくぎにさしとめられてトイレット・ペーパーとして使用される。

ありとあらゆる国の麻薬を作るにおいが市の上空におおいかぶさっている。アヘンやマリファナのどろんとした樹脂のような煙、ヤーへの樹脂質の赤い煙、ジャングル、海水、腐った川の水、ひからびたくそ、汗、生殖器などのにおい。

山岳地方のフルート、ジャズ、ビーバップ、一本弦のモンゴル人の楽器、ジプシーの木琴、アフリカのドラム、アラビア人の風笛……

市は猛烈な伝染病に襲われ、ほったらかしの犠牲者の死体は、街なかでハゲタカの餌食《えじき》になる。白子《しろこ》たちは日なたで目をしばたたき、少年たちは林の中にすわってものうげに自慰を行なう。未知の病気にむしばまれた人びとは、悪意のある抜け目のない目つきで通行人を見つめる。

市のマーケットの中には「ミート・カフェ」がある。エトルリア語でいたずら書きをする時代遅れのとてもありそうもない商売の信奉者、まだ合成されていない麻薬の常用者、強力ハルマリン、不安定な植物的平静をもたらす純粋な性質にまで還元された麻薬、ラタ誘導液、チソナス長寿血清〔チソナスはギリシャ神話の暁の女神に愛されて不死を与えられた人物。老衰して生きながらえ、のちにバッタになる〕などの売人《ばいにん》、第三次世界大戦のやみ商人、テレパシーによる感受性をもった収税吏、精神の整骨療法家、おとなしい偏執病の西洋将棋さしが告発した違反の調査者、破瓜病的速記で書かれた言語道断な精神毀損《きそん》を告発する断片的な令状の執行者、幽霊省の官僚、設立されていない警察国家の役人、バングトット作戦——睡眠中の敵を窒息させる肺臓勃起——を完成した一寸法師の同性愛女、精力発生竈《かまど》と精神安定剤の販売人、麻薬中毒者の感光力のある細胞でテストされ意志の原料と物々交換される優美な夢と追憶のブローカー、ゆっくりと地表にはい出して人間に寄生する目のないウジ虫の白い血液中の毒を集めながら破滅した都市の黒いちりの中に潜伏している病気、海底や成層圏の疾病、実験室や原爆戦の病気などの治療に熟練している医者……　知られざる過去と不意に出現する未来とが音のない震動音のなかで遭遇《ミート》する場所だ……幼虫的実在物が生きた実在を待っている……

（市《シテイ》とミート・カフェの描写部分は、ヤーへの陶酔状態中に書いたものだ……ヤーへ、アヤウアスカ、ピルデ、ナテーマなどはアマゾン流域特産の成長の速いつる状植物バニステリア・カアピに対する原住民の名称。補遺のヤーへに関する論文参照。）

ヤーへの陶酔状態に関するノート。さまざまなイメージが雪のようにゆるやかに音もなく落下する……　静穏……　あらゆる防御がくずれ去る……　何もかもが自由に出たり入ったりする……不安は全然なくなる……　美しい青い物質が自分の内部に流れこむ……　南太平洋の土人の仮面のような古風な歯をむき出して笑う顔が見える……　その顔は金色の斑点《はんてん》のある青紫色をしている……

部屋は青い壁と赤いふさ付きのランプのある近東の売春宿の様相を呈する……　自分がニグロの女に変身してゆく感じがする。黒い色が音もなくおれの肉体に侵入する……　肉欲の痙攣……　おれの足にはまるまると太ったポリネシア人の肉がつく……　何もかもがのたうつひそかな生命とともにうごめく……　部屋は近東かアルゼンチンのネグロか南太平洋か、どこかよく知っているのにつきとめられない場所にある……　ヤーへは時空の区別のない世界を動きまわる……　部屋はがたがたと揺れ動いているようだ……　ニグロ、ポリネシア人、山地のモンゴル人、砂漠の遊牧民、数カ国語を話す近東民族、インディアン、いまはまだ受胎されていない未来の種族など多数の民族の血と肉が身体を通り抜ける……　移住者の群れ——砂漠とジャングルと山脈（生殖器から植物が成長して脱皮し、巨大な甲殻類動物が内部で孵化して体の殻を破る閉ざされた山の谷間の鬱血と死）を通過し、張出しフロート付きカヌーで太平洋を越えてイースター島に至る途方もない行程……

(ヤーへの前駆的な吐き気は陶酔状態へ送りこまれるときの動揺病という気がする……)

「まじない師はみんな、未来を予言したり、なくしたものや盗まれたものを見つけたり、病気を診断して治療したり、犯罪の下手人の名をあげたりするのにヤーへを使う」インディアン

（ボアス氏〔フランツ・ボアス。ドイツ生まれの米国の人類学者。一八五八―一九四二〕に拘束服を――貿易業者のジョーク――原始人ほど人類学者を気ちがいのように夢中にするものはない）は、どんな死も偶然とは見なさないし、また、自分たちが死ぬ運命にあるという考えに馴染まず、死を軽蔑的に「われらの裸のいとこたち」と呼んだり、死を何よりも外部の悪意にみちた操作によるものと感じるところから、いかなる死も殺人と考える。まじない師はヤーへを服用し、殺人者の正体は彼に啓示される。容易に想像のつくことだが、このようなジャングルの審理中にまじない師が考えこむと、その場にいる者たちの間には、一種の不安感がわき起こる。

「ジアプチュトル老人がうっとりしてきて、だれかの名前をあげなければいいが」

「クラーレでも使って気を楽にしろ。おれたちは別の薬を使ってみるから……」

「しかし、もしうっとりしてきたら？　彼はいつもあのナテーマばかりやってるから、二十年たっても正気には戻りっこない……　ねえ、酋長、あの薬は効き目がちがいますよ……　あれは頭をくたくたにしちまうんだ……」

「じゃあ、彼を無能力だと宣言しよう……」やがてジアプチュトルがジャングルからふらふら出てきて、やったのは下ッピノ地方の若者たちだと言う。だが、だれひとり驚く者はいない……　ブルジョの老人の言葉によれば、彼らは驚くことを好まないのだそうだ……

葬列がマーケットの中を進んでゆく。四人の棺側葬送者が運ぶ黒い柩《ひつぎ》――アラビア語でしるされた銀の細線細工の碑銘。葬送歌をうたう会葬者の行列……クレムとジョディは葬送者の横に立って歩き出す。柩の中から一匹のブタの死体が飛び出す……　ブタはモロッコ服を着こみ、その口からは麻薬パイプを突き出し、一本の足のひづめにはエロ写真の束をはさみ、首にはメズーザ〔ユダヤ教の護符〕をかけている……　柩の上には「全アラビア人の中でもっとも高潔なりし者」としるされている。

彼らはにせのアラビア語で葬送歌を茶化したひどい歌をうたう。ジョディは——ヒステリーの腹話術師の人形のように——いんちき中国語でぺらぺらやって、人の腹の皮をよじらせることができる。事実、彼はシャンハイで三千人の死傷者を出すことになった反外国暴動を扇動したことがある。

「立てよ、ガーティ、土地の連中に敬意を示すんだ」

「そうすべきでしょうね」

「ねえきみ、ぼくは実に驚くべき発明に従事しているよ……いくと、とたんに消えてしまう少年なんだ、木の葉が燃えるにおいと、遠い汽車の汽笛の音を残してね」

「無重力状態でセックスをやったことある？　精液がかわいらしく心霊体みたいに空中に浮かんで、女たちは、たいてい聖母のいわゆる純潔受胎か、少なくとも間接妊娠ということになるの……　そういえば、わたしの古い友だちのことを思い出すわ。わたしの知っている男の中でいちばんハンサムで、いちばん気ちがいじみていて、富のために完全にイカレた男よ。彼はいつも水鉄砲をもって歩きまわり、パーティで職業婦人たちに精液を発射していたわ。そしていくら父権認知訴訟を起こされても、わけなく勝ってしまったわ。だって、自分の精液は決して使わなかったのよ」

溶暗……「開廷」Ａ・Ｊの弁護士「私の依頼人が、この魅力的な原告のちょっとした災難に、なにも個人的な関係をもっていないということは争う余地のないテストによって確実なものになりました……　おそらくこの女性は聖母マリアを見ならって純潔のまま受胎しようとして、私の依頼人を幽霊じみた売春ブローカーなどと呼んだのでしょう……　ここで思い出されるのは十五世紀のオランダで、ある若い女がかなり年輩の社会的地位のある魔術師を性交をする悪霊を呼び出したと言って訴えた事件です。魔術師はこの若い女と肉体関係があり、ちょうど妊娠という残念な結果になっているときでした。そのため魔術師は犯行前・中・後の共犯者ならびに手のつけられない観淫倒錯者として裁判にかけられました。しかし陪審員諸君、われわれはもはや、このような伝説を信じてはいません。そして、自分の妊娠を悪霊に魅入られたせいにするような若い女は、この文明の進んだ現代においては、ロマンチックな人間か、もっとはっきり言えばとんでもない嘘つきと思われることでしょう、へっ、へっ、へ……」

さて次は予言者のお時間。

「ミリンズは泥のアパートで死んだ。肺に麻薬の打てるところはたった一カ所しかなかった。

「『了解、船長』と彼は言って、目をさっと甲板に向ける……　今夜はだれが当直なんだ？

風上に行くときは気をつけなけりゃいかんぞ、風下は大丈夫だが……　お嬢さんたちは地獄のこのシーズンにはえらくくたびれてるし、おれは外国のコックのぴくぴくと生きのいい火山に長いこと登りすぎて疲れている」

ここから「オリエント急行」が必要だ。この地域には地雷があちこちに散らばっている……毎日その地雷のところを通るたびに少しずつ死ぬ……

オナニーぼけの幽霊が耳殻に熱っぽい欲望にかられた声でささやく……

自由をめざして突っ走れ。

「キリストだって？」邪悪な、同性愛の老いぼれ聖者が雪花石膏の容器からパンケーキの白粉をとり出して化粧しながらあざ笑う……「あのくだらない大根役者め！　私が奇蹟を行なうなんてばかなまねをすると思うか？……　あいつはカーニバルにでも登場すべきだったのだ……

『さあ、いらっしゃい、紳士ならびに淑女のみなさん、小さな紳士がたもどうぞ。若い人にもお年寄りにも、人間にもけだものにもためになるよ……　この世でただ一人、並ぶものなき正しい血筋の人の子が片手で――さわるだけでだよ、お立ち会い――若いぼうやの淋病を治し、もう一方の手でマリファナを作り出すんだ。そしてまた水の上を歩いたり、お尻からブドウ酒を噴き出したりするんだよ……　さあさあ、あんまり近づきすぎちゃいけないよ、お立ち会い、この不思議な人物の放射能を浴びるおそれがあるからね』なんて具合にやればよかったのだ。

そして私が彼を知ったのは……　そうだ、あれはわれわれがソドムでセックス・ショー――非常に高級なものだったが――をやっていたときだった。ソドムなんていうのは、つまらない町の一つにすぎないさ……　そこへ厳密にいえば空腹のために……このペリシテ人の畜生が何とかいうちっぽけな田舎町からさまよいこんできて、私のことをけちな同性愛野郎と言ったのだ。そこで私はこう言ってやったよ。『セックス・ショーの商売は三千年も続いているし、おれはうすぎたないそこいらのやつとはちがうんだ。それに、割礼を受けてない吸取り野郎などちっとも相手にする必要はないんだ』……あとで彼は、私の化粧室にやってきてわびを言った……けっきょく、彼はえらい医者だったのだ。それにまた、なかなか愛きょうのあるやつだったよ……

仏陀だって？　あれは札つきの代謝型麻薬中毒者《ジャンキー》だ……麻薬を自分の新陳代謝で作り出す。インドでは時間の観念がないから、売人はしばしば一カ月も遅れてやってくる……『えーと、あれは二度目の雨季かな、それとも三度目だったかな？　ともかくケチャポアーあたりで会う約束をしたようだ』

そして中毒者《ジャンキー》たちはみんなハスの座位で円陣を作り、地面につばを吐きながら売人《ばいにん》を待ちくたびれていた。

すると仏陀が言った――『おれはこんなおあずけをくらわされんでもいいもんね。自分の麻薬を新陳代謝で作り出せるから』

『きみ、そんなことできるものか。税務取締官が押し寄せてくるぜ』

『おれには押し寄せてはこねーの。いい手を思いついちまったんだ。いまからおれは聖なる人なんだぞ』

『へ、へ、親分、恐れ入った考え方だ』

『新しい宗教に入ると本当に狂信的になるやつがいる。こういう狂信的な連中は、ノリってもんがわかってない。慎しみも何もあったもんじゃない……だれだって偉そうな顔をしてのさばるやつには我慢がならないんだから、こういうやつらはひどい目にあう。どうしようってんだ、おれたちにいやがらせをするつもりか……、ってことになる。だから、クールにやろうぜ、クールにな……　信じるも信じないもお好きなようにって具合。他人の魂にものを押しつけるって法はない。ここじゃ名前も場所も言わないことにするが、何とかいう安っぽい連中とはちがうぜ。さあ、仕事を始められるようにほら穴の中を片づけろ。新陳代謝でスピードボール〔コカインとモルヒネの混合麻薬〕を作って、火の説教にとりかかろう』

マホメットだって？　人をからかうつもりか？　あれはメッカの商工会議所が創作した人物だぞ。ある落ち目になったエジプト人の宣伝屋が考え出したことなんだ。

『ガス、もう一杯くれよ。そうしたらアラーの神にかけてかならずうちへ帰ってコーランのお告げを受けるよ……　朝刊が市場に出るまで待て。融合したイメージを吹き飛ばしてやるよ』

バーテンは競馬予想表から顔を上げる。『なるほど。連中はひどい目にあうことだろうね』

『ああ……そうさ……そのとおりだ。ところでガス、勘定は小切手だぜ』

『あんたはこの大メッカでいちばん札つきの壁紙屋（小切手偽造者）だよ。おれは壁じゃないんだよ、マホメットさん』

『なあ、ガス、私には二種類の宣伝ができるんだぜ。好意的なのと、そうでないのと。きみはもう、好意的でないほうを望んでいるのかね？　どうやら必要としている連中に貸し売りをしないバーテンについてのお告げを受けそうだ』

『そしてバーテンたちはひどい目にあうことだろうな。もう、うんざりだ』バーテンはカウンターをとびこえる。『これ以上がまんはしないぞ、アーメッド。おまえのお告げを拾い集めて、出て行け。さあ、やりいいように手伝ってやらあ。二度とくるな』

『この不信心なとんちき野郎め、この仕返しはちゃんとするからな。きさまをジャンキーのけつの穴みたいに固くからからになるまでしめつけてやる。アラーの神にかけてかならずあの半島を干上げてやるぞ』

『もう半島じゃねえ、大陸になってらあ……』

孔子の言ったことはオードリー・ヘップバーンと張子の犬なみにそっとしておくさ。老子だって？　あれはもう名簿から消されてしまったよ……　こういう、けつに一発うけながら、努めて平気な顔をしようとするような、受動男色的狼狽を示す感傷的な聖人には、もうあきあきしているんだ。どうして、どこかの老衰した大根役者から、知恵とは何かを教えてもらわなければならないんだ？　『ショー商売を三千年も続けながら、おれはいつもコックの先をきれいにしているんだ……』

第一に、あらゆる事実は、ホモ商売の男たちや街で性戯をすることによって商売の神々を冒瀆する連中といっしょに存在しているし、どこかの老いぼれた白髪の奴さんはよろよろとさまよい出てきて、愚の骨頂のおすそわけをしてくれるというわけさ。われわれはチベットのどの山の頂上にも潜伏し、アマゾン流域地帯の丸太小屋からのろのろはい出したり、バワリー街で人を呼びとめてたかったりするこのしらがまじりのあごひげをはやした気ちがいどもから解放されることはないのだろうか？　『お若いの、あんたを待ってたんだよ』やつはそう言って、知恵の穀物の一杯つまった倉を引っぱり出すという始末さ。『人生はどの生徒もそれぞれ異なる課目を学ばなければならない学校だ。さあ、おれの言葉の宝庫のとびらを開くことにしよう……』

『そいつはおっかないことだ』

『いや、上げ潮はくい止めようがないぞ』

『みんな、この男を止めることはできないよ。お手上げさ』

『いいか、おれが賢人と別れたときには、人間らしい心地もしなかったよ。やつはおれの血の通っている器官を、活気のないがらくたに変えちまったんだ』

こうして私はどうして生きた言葉を使ってものを言わないかを年がら年じゅう聞かれる。言葉は直接に表現することができない……　おそらく、否定語や脱落によってホテルの引出しの中に捨てられている論文のような寄せ集めでそれとなく表示されうるかもしれない……

腹の縫い揚げをやってもらおうと思うんだ……　私は年をとったかもしれないが、まだ望ましい人間だからな」

（腹の縫い揚げは腹部の脂肪を除去するとともに腹壁に揚げをして肉のコルセットを作る整形外科手術だが、腹が破裂して中身の臓物を床一面にぶちまける結果になりやすい……　もちろん、ほっそりした容姿の美しいF・Cモデルの場合には最も危険性がある。事実、極端なモデルの中には業界でO・N・S――一夜立ち――と呼ばれているモデルもいる。

「落書き屋」のリンドフェスト医師はぶっきらぼうにこう述べている――「F・C患者にとってどこよりも物騒な場所はベッドだ」

F・Cのテーマ・ソングは「この愛らしい若さの魅力」だ。F・C患者はまったく「妖精の贈物が消えうせるように腕の中から飛び去る」ことになりやすい。)

陽光のあふれる白い博物館の一室に高さ二十メートルのピンク色の裸像の群れ。はてしない青春のつぶやき声。

銀色のガード・レール…… 深い割れ目を三百メートル下って、きらめく日の光の中へ。キャベツとレタスの小さな緑色の畑。手斧《ておの》を持った日焼けした若者たちを下水溝《こう》の向うから老いぼれた女役のホモが見つけ出す。

「おやまあ、あの人たちったら、こやしには人糞をやるのかしら…… いますぐやるかもしれないわ」

彼は真珠母のオペラ・グラスをサッととり出す――陽光の中のアステカ・モザイク模様。てんでに糞を入れた雪花石膏の鉢を持ったギリシャの若者たちが、長い列を作って行進し、石灰石の肥料だめの穴の中へ糞をあける。

赤れんがのトロス広場の向うでほこりまみれのポプラが午後の風にゆれている。

温泉をとりかこむ木造の小部屋の列…… ハコヤナギの木立の中のくずれた壁の砕石…… 無数の自慰に溺れた少年たちのおかげで金属のようになめらかにすりへったベンチ。

大理石のように色の白いギリシャの若者たちが、巨大な金色の寺院の柱廊玄関でドッグ・スタイルを展開する……　裸の大立て者はフルートをかなでる。

赤いセーターを着て小道を歩いてくる、二人のメキシコ人を連れたドックの番人の息子のサミーに出会った。

「おい、やせっぽち」と彼は言った。「ハメてほしいか？」

「うん……　まあね」

ぼろぼろのわらのマットレスの上でメキシコ人は彼を四つんばいにさせる——　ニグロの少年はストロークの拍子をとりながら彼らのまわりをはねまわる……節穴から流れこむ日の光が彼のコックにピンク色のスポット・ライトを落とす。

露骨なピンク色の恥辱がはてしない荒野のように広がってパステル・ブルーの地平線に続き、そこで広大な鉄の台が空に衝突して粉砕する。

「よし、いいぞ」身体の中で神が三千年の古ぼけた重荷の悲鳴を上げる……

水晶の頭蓋骨があられのように降りそそぎ、冬の月光を浴びる温室を粉みじんに打ち砕く……

あのアメリカ女はしめっぽいセントルイスのガーデン・パーティで毒の煙を残していった。

荒廃したフランス風庭園の中の緑色のどろどろしたものに覆われた池。大きな受動男色的なカエルがのろのろと水中から泥の壇上にはいあがり、クラビコードを演奏する。

一人のソルビが酒場にとびこんできて、自分の鼻に油をつけて聖者の靴をみがき始める……

聖者はにべもなく彼の口をけとばす。ソルビは悲鳴を上げ、きりきり舞いをして、聖者のズボンにくそをする。それから通りへとび出す。ぽん引きが思わくありげにそのあとを見送る……聖者はマネージャーを呼びつける。「アル、きみはなんというひどい店を経営しているんだ？　私の新品の魚の皮のスラックスが……」

「申しわけありません、聖者さま。なにぶん私の知らぬまに忍びこみましたもんで」

（ソルビはその落ちぶれはてた下劣さで有名なアラビアの不可触賤民階級。高級料理店では食事中の客にサーヴィスする、ソルビが用意されている――客席のベンチに穴があいているのは、この目的のためである。徹底的な屈辱と堕落にひたりたいと望む住民たちは――このごろではきわめて多数の人間がそうしようとしてむずむずしている――ソルビの野営地に身を投じて、受動的ホモ性交を受ける……　これに匹敵するものはない、という話だ……　実際のところは、ソルビは裕福になって尊大になり、そして生来の下劣さを失いやすい。事実、不可触賤民の起原は何であろうか？　おそらく落ちぶれた聖職者階級にちがいない。不可触賤民はあらゆる下劣さを一身に引き受ける点において聖職者的機能を活用している。）

A・Jは黒いケープをまとって一方の肩にハゲタカを止まらせながらマーケットの中をぶらつきまわる。彼は麻薬代理人のテーブルのそばで立ちどまる。

「この話はぜひとも聞かなくてはいけないよ。ロサンジェルスのある少年が十五歳になった。父親は息子が女の身体を知ってもいいころだと考えた。そこで、芝生の上に寝ころんで漫画本を読んでいる少年のところへやってきて言った――『おい、ここに三十ドルある。いい商売女のところへ行って尻の肉を一切れとってこい〔単に性交を意味する〕』

そして二人ははなやかな歓楽街へ車を走らせた。『さあ、いいぞ。ここからおまえは一人で行動するんだ。だから、ベルを鳴らして女が出てきたら、二十ドルやって尻の肉が一切れほしいと言うんだ』

『わかってるよ、とうさん』

こうして十五分ほどすると少年が出てきた。

『どうだ、一切れとってきたか？』

『うん。女が戸口に出てきたから、尻の肉が一切れほしいと言って二十ドルやったよ。それから女の部屋へ行くと、女は着物を脱いだから、ぼくは飛出しナイフを開いて、お尻から大きな肉のかたまりを切りとってやった。女はぎゃあぎゃあ騒ぎだしたんで、ぼくは片方の靴を脱いで、思いきり頭をたたきのめしてやった。それから面白半分に一発やってやったよ』」

肉は夜明けの風と汽車の汽笛とともに丘をこえて遠いかなたへ飛び去り、笑う骸骨だけが残る。われわれは問題に気づいていないわけではない。この淫乱な骸骨の要望しているものが絶対にわれわれの心から離れることがないのを知っている。だれが九十九年間の神経刺激伝達部の借用契約を破ることができようか？

私立探偵クレム・スナイドの冒険がまた一つ。「そこでこのショバに入ると、バーに娼婦がすわっていて、おれは思ったね『神よ、おまえ、さっそく高級娼婦になっちまったか』って。

つまり、その女を前に見かけたような感じだったわけ。だから最初は気にもとめなかったんだけど、そのうち気がつくと女が足をこすりあわせてて、足を頭の後ろにまわして、それを引き下ろして灌腸をはじめて、それが鼻の穴から飛び出してどうしてもそっちを見てしまうんだよ」

アイリス——ジヒドロオキシ・ヘロイン中毒の中国人とニグロの混血女——は十五分ごとに注射を打ち、打ち終るたびに注射器をそのままにしておくので、身体じゅうに注射器がささっている。注射針は彼女のひからびた肉の中でさびつき、あちこちの肉が関節の上にふくれあがって、すべすべした緑褐色のこぶになっている。彼女の目の前のテーブルの上には、紅茶のはいったサモワールと二十ポンドの赤砂糖のかごがある。彼女が赤砂糖以外のものを食べるのを見た者はいない。他人の言葉が耳に入ったり、自分ひとりでしゃべったりするのは、注射を打つ直前だけだ。そして、彼女は自分の身体に関する何かあからさまな事実を申し立てる。

「お尻の穴がつまっているわ」

「カントからひどい緑色の水が出るのよ」

アイリスはベンウェイの研究課題の一つだ。「人間の身体が砂糖だけで生きていけることは、はっきりしている……　私の天才的な仕事にけちをつけようとしている同業の学者たちの中に、私がアイリスの砂糖の中にこっそりビタミンや蛋白質を入れたと主張している連中がいることはわかっている……　こういう何とも言いようのない間抜けどもには、ぜひとも便所からはい出して、アイリスの砂糖と紅茶を現場分析することを要求する。アイリスは健全なアメリカ女だ。彼女は精液から養分をとるようなまねは絶対にしていないのだ。また、この機会にはっきり言っておこう——私はりっぱな科学者なのだ。にせ医者や気ちがいではないし、奇蹟を行なうふりをしているわけでもない……　私はアイリスが光合成だけで生きてゆけるなどとはけっして言わなかったし……　炭酸ガスを吸いこんで酸素を吐き出すことができるとも言わなかった——実を言えば、実験の誘惑にかられて、もちろん私の医学的倫理に制止されたものはあったが……　要するに、私の卑怯な敵対者たちの下劣な中傷は、かならずや伝書バトのように彼ら自身の上に舞いもどり腰をすえることになるだろう」

■普通の男たちと女たち

マーケットの見晴らしがきくバルコニーで催されている国民党の午餐会。葉巻、スコッチ、そっと上品にするげっぷ……　党首はモロッコ服を着て葉巻をふかしたりスコッチを飲んだりしながら大股に歩きまわっている。彼は高価なイギリス製の靴をはき、はでな靴下、ガーターをつけ、たくましい毛むくじゃらの足をしている——全体の印象は幅をきかしているギャングの感じだ。

党首（芝居がかりに指さしながら）「あそこを見ろ。なにが見える？」

副官「はあ？　そりゃ、マーケットが見えますすよ」

党首「いや、そうじゃない。男や女が見えるだろう。せっせと日常の仕事をしている普通の男や女たち、普通の生活を送っている連中が。それこそ、われわれが必要とする……」

街の少年が一人、バルコニーの手すりを乗りこえて入ってくる。

副官「こら、中古コンドームなど買わないぞ！　さっさと出て行け！」

党首「待て！……　おいきみ、こっちへこい。すわれ……　葉巻を吸うか……　酒はどうだ」

党首は興奮した雄ネコのように少年のまわりを歩きはじめる。

「フランス人をどう思うかね？」

「はあ？」

「フランス人だ。きみの生きのいい血球を吸い取っている植民地野郎どもさ」

「いいですか、だんな。おれの血球を吸い取るには二百フランかかるんですよ。牛疫がはやってスカンジナビア人に至るまで観光客がみんな死亡した年以来、値下げはしてませんからね」

党首「わかったかね？　これが純然たるまじり気のない売春少年なんだ」

「さすがに目がききますね、ボス」

「情報部は見のがしませんよ」

党首「さあ、いいか、きみ、こんなふうに考えてみようじゃないか。フランス人はきみが生まれながらに持っている権利をきみから奪っていたのだ、と」

なかよし金融のとりたてみたいなものだね？……　連中は歯のないエジプトの去勢男に仕事をやらせているんだ。いくらやっても敵意をもたれないだろうと考えてね。やつはいつもズボンをずり下げて自分の身体を見せつける。『ほら、私はただ自分の麻薬をやりたいだけの貧しい老いぼれ去勢男だ。できることなら、あの人工腎臓を継続して使わせてあげたいんだが。これも仕事でね……　さあみんな、女の人工腎臓をはずしなさい』去勢男は歯ぐきをむき出して弱々しいうなり声を上げて言うんだ……　『私が取りもどし屋のネリーと呼ばれているのには、それなりのわけがあるんだよ』
　こうして連中はおれのおふくろ、神聖な年とった女の人工腎臓を切っちまった。おふくろは大きくふくれあがって、まっ黒になった。そして、身体全体が小便のにおいを放ち始めると、近所の連中は保健所へ文句を言いにいった。おれのおやじは『アラーの神のご意志だ。あれはもうわしの金を小便をたれ流すみたいに浪費することはないだろう』と言ったよ。
　病気の連中にはもううんざりだな。ある人が自分の前立腺の癌だか化膿して腐っている隔膜だかのことを話しだしたとき、こう言ってやったよ。『おれがあんたのものすごい病気の話を聞きたがってるとでも思うのかい？　ちっとも聞きたかないよ』ってね」
党首「わかった、もういい……きみはフランス人を憎んでるんだろう？」
「だんな、おれはだれだろうとみんな憎んでるよ。ベンウェイ先生の話では生理的だというんだが、おれの血はそういう状態なんだ……　アラビア人とアメリカ人がとくにそうなる……ベンウェイ先生がこの血清を作っているんだ」
党首「ベンウェイは潜入している西方のスパイだ」
幹部A「手のつけられないフランスのユダヤ人め……」
幹部B「ブタ畜生のコミュニストのユダヤ人の黒んぼ野郎め」
党首「だまれ、ばか者！」
幹部B「どうもすみません。私はピジョンホールに配置されんことを求めます」
党首「ベンウェイには近づくな」（傍白――「この一件が知れるかどうかわかったものじゃ

ない。こいつらがどんなに幼稚か知れたものじゃないから……」）「実を言うとやつは黒魔術を使っているんだ」

幹部Ａ「やつは住民をだまくらかした」

「ふん……じゃあ、おれは高級なタイプのアメリカ人の客と会う約束があるからね。まったく高級なやつなんだ」

党首「きみには外国の不信心者のプリックに尻を切り売りするのは恥ずべきことであるのがわからないのか？」

「まあ、それも一つの見方さ。じゃ、お楽しみ」

党首「きみもな」少年退場。「あの連中には見込みがないぞ。絶望的だ」

幹部Ａ「血清の話はどうだと思う？」

党首「わからん。しかし不吉な感じがするな。ベンウェイには精神感応方向探知器を使ったほうがいい。あの男は信用できん。どんなことでもやりかねない……　大虐殺をセックスの底抜け騒ぎに変えたり……」

「冗談ごとにしたり」

「まさにそのとおりだ。芸術家気どりで……根本になる主義をもってない……」

アメリカの主婦（ラックス粉石けんの箱をあけながら）「どうして箱が私の姿を見たらひとりでに自動洗濯機雑役夫のところへいってぱちんと開くような電気の目がついてないのかしら。そうすればあの人がすぐにそれを水の中に入れてくれられるのに……　雑役夫は木曜日からいうことをきかなくなって、だんだん私に色目を使いはじめているわ。だからあの人の係になっている自動洗濯機のダイヤルの組合わせにはしなかったのに……　それにごみくず処理機は私にかみつこうとするし、あのいやらしい老いぼれ大型ミキサーは私のドレスの下にもぐりこもうとしてばかりいる……　おかげでとてもひどい風邪をひいたし、おなかはすっかり便秘をしてしまった……　あの雑役夫の係の自動洗濯機のダイヤルの組合わせにしてみよう。下痢にでもしてくれるかもしれない」

セールスマン（活動的なラタと臆病な売人《ばいにん》の中間的な人物）「K・Eといっしょに歩きまわってたころを思い出すな。彼こそ新案機械装置業界で一番すばらしいアイデア男だ。『考えてもみたまえ！』と彼はどなる。『自分の台所にクリーム分離器がある光景を！』『K・E、それを考えると頭がくらくらするよ』『五年、十年、そう、ことによると二十年さきかもしれない……　だが、そのときはやってくるんだ』『私は待つよ、K・E。たとえどんなにさきのことだろうと待つよ。優先権番号が呼ばれるときには、かならずその場にいるぜ』

マッサージ屋、床屋、トルコ風呂などで使うあのタコのような機械一式——客の足のつめを切ったりにきびを取ったりしながら下痢にしてしまう非倫理的なマッサージ、シャンプーなどを施すことができる装置を作り出したのはK・Eだった。また、多忙な開業医用の万能医療装置は盲腸を切り取り、脱腸を押しこみ、親知らずを抜き、痔を切除し、包皮切開を行なう。ところでK・Eは、タコに似た機械が品切れになれば、押しの一手で床屋に万能医療装置を売りつけてしまうような途方もないセールスマンだったので、どこかの床屋の客は目をさますと痔を切られているという始末になった……

『ホーマー、おまえは何というとんでもない店を経営しているんだ？　かまを掘られちまったよ』

『ひどいことを言わないでください。私はただ感謝祭を祝って無料サーヴィスをさせていただこうとしただけなんです。またK・Eのやつが、間違った機械を売りつけやがったにちがいない……』」

売春ホモ「この商売をやる男ががまんしなければならないこととときたら！　ぼくが持ちかけられたのは、とても信じてもらえないようなことばかりだよ……　連中はラタ遊びをしたがるし、ぼくの原形質に溶けこみたがる。記念に身体の切れっぱしをほしがるし、ぼくの器官を吸いこみたがる。そして、ぼくの過去の経験をひきとって、こっちをうんざりさせる古い記憶を残してゆく……

ぼくが客と遊んでいるとする。やっとまともなやつに出くわしたと思っているうちに相手がクライマックスに達して、ものすごいカニみたいなごろごろの塊りになってしまうと……　こう言ってやったよ。『ねえ、あんた、ぼくはこんなつまんないことをじっとがまんしてる必要はないんだ……　こんなことならウォールグリーンのところへ行けばいいよ』客のなかにはてんで品のない連中もいる。また、別のぞっとするような老いぼれなんか、ただじっとすわっているだけで、精神感応を起こして、服を着たまま催す。じつにきたならしいんだ」

やくざな若者たちは大恐慌をきたし、コサックたちが狂おしい風笛のひびきに合わせて、パルチザンの首を吊っているソヴィエト網状組織の境界線に後退する。そして彼らはニューヨークの五番街を行進して、王国の鍵をもったジミー・ウォーコーバーの出迎えを受ける。鍵には条件つきの紐などぜんぜんついておらず、気楽にポケットにしまっておける……

美しき男色者よ、なぜそんなに青白い顔をしているのだ？　さびたブリキかんの中の死んだヒルのにおいは、なまなましい傷口と連結している。イエスの肉と血と骨を吸いとって、腰から下を麻痺させておっぽり放せ。

若者よ、おまえの身体を金持の好色おやじにまかせてしまえ。おやじはおまえより三年前に試験をパスしたんだから、何でもよくご存じだ。ワールド・シリーズだってうまくあやつれるよ。

半産子牛商人は腹の大きい牝牛のあとを追って分娩《ぶんべん》の現場までついて行く。農場主は擬娩《ぎべん》〔女が産の床にある間その夫が床について産の苦しみをまねたり、食物を制限したりする未開人の風習〕をやると言って、悲鳴を上げながら牛のくその中をころげまわる。獣医は牝牛の骸骨と取り組んでいる。半産子牛商人たちは広大な赤い横木のまぐさ桶装置やサイロ、貯蔵庫、ほし草置場、かいば桶などの間を動きまわって身をかわしながらたがいに機関銃で撃ち合う。子牛は生まれる。死の軍勢は朝とともに消えてゆく。農場の少年は敬虔《けいけん》にひざまずく——そののどが朝日を浴びてぴくぴくと脈打つ。

麻薬中毒者《ジャンキー》たちは郡役所の階段に腰かけて売人にかしずいている。黒いステットソン帽に色あせたレビスのネクタイ姿の田舎者たちが、ニグロの少年を古い鉄の街灯柱に縛りつけ、ガソリンをかけて燃やす…… 中毒者《ジャンキー》たちがわっと駆け寄ってきて、肉を焦がす煙を痛む肺の中へふかぶかと吸いこむ…… 彼らは心底からほっとする……

郡役所の事務員「そこで私は、カント・リックのジェドの店の前にすわって、自分のピーターを三葉松のようにまっすぐ立ててズボンの股をぴくぴく動かしながら日なたぼっこをしていた…… するとスクラントン先生が通りかかった。この人はまったくいいおやじだ。この谷間じゅう捜したってスクラントン先生よりすばらしい男はいやしない。先生のけつは脱腸なんだ。ねじこんでもらいたいときには腸を三フィートものばして相手に渡すのさ…… また、その気になれば腸の一部分だけを落っことして、自分の事務所から遠く離れたロイのビヤホールまで行かせることだってできる。腸はめくらの蛆虫のようによろによろはいまわってピーターを捜しにゆくんだ…… そんなわけだからスクラントン先生は、私のピーターを見つけると猟犬のように立ちどまって、こう言ったよ。『ルーク、ここからおまえのぴくぴくがわかるぞ』」

ブルーベックと若いスウォードは納屋や鳥かごやきゃんきゃんと騒々しい犬小屋の間でブタの去勢刀を振りまわして戦う……馬はいないて大きな黄色い歯をむき出し、牝牛は大声を上げ、犬はほえたてる、交尾中のネコは人間の赤んぼうのような金切り声を出し、囲いの中の大きなブタは背中の毛を逆立ててあざ笑うようなうなり声を上げる。よろめき屋のブルーベックは若いスウォードの刀を受けて倒れ、長さ八インチの傷口から勢いよく飛び出す青い腸をつかむ。若いスウォードはブルーベックのコックを切りとり、もやに煙るバラ色の夜明けの中で脈打つものを握りしめる……

ブルーベックは悲鳴を上げる……地下鉄のブレーキはオゾンを吐き出す……

「さがってください、みなさん……　さがってください」

「だれかに押されたのだそうだ」

「目がよく見えないみたいにふらふら動きまわっていたぜ」

「きっと目に煙が入りすぎたんだよ」

同性愛の女家庭教師メァリーは血まみれの月経帯につまずいてすべり居酒屋の床に倒れる……　体重三百ポンドのホモ男が受動男色者らしいうれしげな声を上げながらメァリーを踏み殺す……

彼はぞっとするような裏声で歌う——

神は怒りの葡萄の秘められた古き収穫を踏みつぶし、

神は劫魔の剣の必殺の稲妻をひらめかしけれ。

彼は金箔《きんぱく》をかぶせた木製の剣を抜いて、空《くう》を切る。その身体からコルセットがはね飛び、うなりをたてて投げ矢板に命中する。
老闘牛士の剣が骨に当たって曲り、うなりをたててエスポンタネオの心臓をつらぬき、その未使用の勇気を台座にくぎづけにする。

「こうしてこのエレガントな性的倒錯者はテキサスのマンコナメからニューヨークへ行った。彼は仲間のだれにも負けない、いやになるほどエレガントなホモだった。彼のパトロンになったのは若い男のホモにがつがつと食らいつくタイプの年とった女たち——力がなくのろまになりすぎてほかの獲物を追いかけられない歯のなくなった食肉獣のような女たちだった。老いぼれた虫食いのあばずれ女どもは、かならず男性ホモ食いになるものだ…… だから、この芸術家気どりの器用なホモは、本物の宝石とそろいのセットになる人造宝石を作り始めた。大ニューヨークの金持の年とったあばずれは、一人残らず彼に自分の装身具を作ってもらいたがった。彼はどんどん金をもうけ、クラブ21、エル・モロッコ、ストークの常連となった。しかし、セックスにさく時間は少しもなく、年じゅう自分の評判のことを心配していた…… そのうちに彼は競馬をやり始めた。これは、なぜだか知らないがなにか男性的なところがあるということになっている賭博だ。彼は競馬で人に見られることは、自分の株があがることだと思っていた。競馬をやる男性ホモはあまりたくさんいない。そして、やる者たちはほかの連中よりひどく負ける。ホモたちはまったくへたなギャンブラーで、もろに負けの波に飛びこんだり、勝つときに両賭けをしたりする……これが彼らの生活のパターンなのだ……　だが賭博に一つの法則があることは子供でも知っている――勝つのにも負けるのにもそれぞれ波というものがある。勝っているときには一気に突進し、負けているときには切り上げが肝腎だ。(おれは以前、大胆に博奕を打つホモを知っていた――いま二千ドル勝てなけりゃ、シンシン刑務所行きだといったような。ガーティなんかとは少々わけがちがう……二ドルずつなんていうのとはね……)

そこで彼は負けに負けを重ねて負け続けた。そしてある日、ある宝石のそろいの模造品を作ろうとしたときにわかりきった考えが頭に浮かんだ。『もちろん、あとでもとどおりにしておこう』おなじみの決定的なせりふだ。こんなわけでその冬の間じゅう、上流社会のダイヤモンド、エメラルド、真珠、ルビー、スター・サファイアなどが次から次へと質入れされ、あやしげな模造品とすり替えられた……

そしてメトロポリタン・オペラの初日の晩にダイヤを身につけてまばゆいばかりの美しさを放っているつもりで、一人の醜悪な婆さんが登場した。すると別の老いぼれ売春婦が近づいてきて言った。『まあ、ミグルス、なんて頭のいいことをするの……本物はうちに置いてくるなんて……　本物をつけて歩くなんて悲劇を招くようなものですものね』

『かんちがいしないで。これは本物だわ』

『まあ、でもミグルス、それは本物じゃないわ……　あんたの宝石屋にきいてみたら……　とにかく、だれにでもきいてごらんなさいよ、ほ、ほほほ』

平和はたちまち中断した。（ルーシー・ブラッドシンケル、あなたのエメラルドをよく見てごらん。）鬼ばばたちはみんな、癩病にかかったことに気がついた人間のように自分たちの宝石を調べだした。

『わたしの赤いルビー！』

『わたしの黒いオパールは！』老いぼれ雌ギツネは何度も何度もあまりにも大勢の妙な言葉をしゃべる土人や黒んぼと結婚したので、自分の言葉のアクセントのよしあしなどは区別がつかなかった……

『あたしのスター・サファイア！』と一人の高等淫売婦は金切り声を上げた。『ああ、なんてひどいことを！』

『なにしろ、あれはウールワース〔アメリカの実業家〕から出てるのに……』

『打つ手は一つしかない。わたしは警察を呼ぶよ』と勝ち気な遠慮のない婆さんが言った。そして、ローヒールの靴で足音荒く床を踏みしめて巡査を呼びにいった」

こうしてまあ、この性的倒錯者は悪いくじをひきあてた。刑務所で彼はある種の小物犯罪者と知り合った。そして愛が芽ばえ――少なくとも愛の模写のようなものによって――二人はすっかり共鳴しあい、進行し、やがて筋書どおり、二人はだいたい同じころにしゃばに出て、下イースト・サイドのアパートに住居を定めた…… そして、自炊して二人ともまともな、じみな職業について働きはじめた…… こうしてブラッドとジムははじめて幸福を味わった。

ところがそこへ悪魔が登場した…… ルーシー・ブラッドシンケルがやってきてすべてを許

すと言ったのだ。彼女はブラッドを信じていて、宝石細工の仕事場を仕立てて、彼の身を立てさせたいと思っていた。むろん、イースト六十番街に移らなくてはいけない……『こんなとこじゃ、どうにもなりはしないわ。それに、あなたのお友だちは……』金庫破りの一味が、ジムにまた車の運転をしてもらいたがっているというのだ。これこそのし上がるチャンスじゃないの？　申し込みは前にほとんど会ったことのない人たちからよ。

ジムはまた犯罪の世界へ逆もどりするのだろうか？　ブラッドは老いぼれた妖婦の甘言にたぶらかされて、貪欲な深淵に落ちこむのだろうか？……　言うまでもなく、悪の勢力は大敗を喫して、不気味なののしり声やつぶやき声とともに退場することになった。

『こんなことはボスの気に入らないでしょうよ』

『何だってあんたみたいなけちくさい下品なオカマなんかのために時間つぶしをしたのか、わけがわからないよ』

二人の若者は肩を抱き合いながら安アパートの窓辺に立って、ブルックリン・ブリッジを見つめた。あたたかい春風がジムの黒い巻き毛とブラッドのヘンナ染料で染めた美しい髪をかき乱した。

『さて、ブラッド、夕食はなんだい？』

『きみはただあっちの部屋へ行って待ってればいいんだよ』ブラッドはふざけながらジムを台所から追い出し、エプロンをつけた。

晩餐は生理綿のだしで調理したルーシー・ブラッドシンケルの生焼けカントだった。若者たちは幸福そうに顔を見合わせながら食べた。血が二人のあごを伝って流れ落ちた」

暁をして炎のごとく青く巷を横断せしめよ…… 裏庭に果物の跡はなく、灰捨て場はフードを被った死人を放り出す……

「おくさん、ティッペラリへ行く道を教えていただけませんか?」

丘をこえて、はるかかなたの牧草地へ…… 芝生の骨粉肥料の上を横切って氷結した池へ、そこでは水中に浮いたまま動かない金魚が春のスコー・マン〔インディアンの女を妻とする白人の男〕を待っている。

金切り声を上げる頭蓋骨は裏階段をころがり上がって、妻の耳痛につけこんで具合の悪いことをしようとする身持ちの悪い夫のコックをかみ切る。若い新米水夫は暴風雨帽をかぶり、シャワーの中で妻を打ち殺す……

ベンウェイ「そう気にするな…… 『だれでも少し口が重くなるものさ《イエーダ・マハト・アイネ・クライン・ドウムハイト》』

シェーファー「どうもこれは……その、いやな臭気から脱けきれないのだ」

ベンウェイ「たわごとを言うなよ、きみ…… われわれは科学者だ…… 純粋の科学者なのだ。私心のない研究の前には、『待て、ひどすぎる!』と叫ぶやつなどくそくらえだ。そんな連中はパーティの興ざましをするとんまと同じことだ」

シェーファー「それはそうだ、もちろん……だけど……自分の肺からあの悪臭をとりのぞくことができないんだ……」

ベンウェイ（いらだたしげに）「それはだれだってできやしないさ…… あんなにおいは今まで一度も嗅いだことはない…… さて、どこまで話したっけ？ ああ、そうか、急性躁病のときに人工肺に加えてクラーレを与えたら結果はどうなるか、だったな。たぶん、患者は運動神経活動によって緊張を発散させることができなくて、ジャングルのネズミのように即死するだろう。おもしろい死因じゃないか、え？」

シェーファーは聞いていない。「ねえ、きみ」と彼は衝動的に言う。「私は普通の旧式な外科医術にもどろうと思う。人間の身体はまったく腹立たしいくらい非能率的だ。どうして調子の狂う口と肛門のかわりに、物を食べるとともに排出するようなすべての目的にかなう万能の穴があってはいけないのだ？ 鼻や口は密閉し、胃は詰め物をしてふさぎ、どこよりも第一にそれはそうあるべきはずの肺臓にじかに空気孔を作ることができるはずだ……」

ベンウェイ「万能のしずくだっていいわけじゃないか。肛門をしゃべるようにした男のことは話さなかったかな？ その男は腹全体がひとかたまりになってあちこち動きまわり、屁のように言葉をひり出すんだよ。まったく聞いたこともない代物《しろもの》だった。

この尻のおしゃべりには一種の腹の周波数ともいうべきものがあった。この周波は、ちゃんと的確にどうしたらよいかを知らせるんだ。ほら、結腸が、ひじで突つくとなかが少しつめたいような感じがするときには、腸をゆるめさえすればいいわけだろう？ だから、このおしゃべりは、ぶくぶくいう泡のように不明瞭な、においを小鼻でかげるような音が、一分の狂いもなく肛門のところにおりてくるってわけだ。

この男はカーニバルの仕事をしていた。その仕事は何よりもまず珍しい腹話術師の実演に似ていた。その上、最初は実におかしかった。彼は『年寄りのほうがいい』と称するごく滑稽な演し物をもっていた。ほとんど忘れてしまったが、あざやかな手際のものだった。『やあ、驚いた、きみはまだそこにいたのかい？』

『なにを言うか！　おれは便所にいかなければならなかったんだ』

しばらくすると尻は自分ひとりで勝手にしゃべり始めた。彼は何も用意しないで舞台に立ち、彼の尻はアドリブでしゃべり、いつも面白いせりふを彼に投げ返した。

それから尻は小さなやすりのような内側に湾曲したかぎ形の歯に似たものを発達させて、物を食べ始めた。彼は最初のうちはこれはちょっといけると思って、これを中心に舞台の仕草を作り出してみた。しかし、尻の口はズボンを食い破って動きだし、街頭をうろついて、同等の権利がほしいと叫んだりするようになった。また、酒に酔って、だれも自分を愛してくれない、自分だって他の口と同じようにキッスをしてもらいたいと泣いてこぼすようになった。ついには昼も夜もぶっ続けにしゃべりまくるようになり、彼がだまれと大声を張り上げたり、こぶしでなぐりつけたり、ロウソクを突きさしたりしているのが数ブロックも離れたところからわかるようになったが、何をやっても効果はなく、尻の穴は彼にこう言った。『けっきょく、だまるのはそっちだよ。おれじゃない。もうこのへんではおまえなんか必要がないからさ。おれはしゃべれるし、食べられるし、くそもできるんだ』

そのあと、彼は朝、目がさめるとオタマジャクシの尾のような、透明なゼリー状のものが、口一面についているようになった。このゼリーは科学者たちが未分化組織と呼んでいるもので、人間の身体のどんな肉にも同化して生長してゆく物質だった。彼がそれを口から引きはがすと、その一部が燃えるガソリンのゼリーのように手にこびりつき、そこで増える。どこでもその飛沫が落ちたところで増殖するのだ。こうして、ついに彼の口はすっかりふさがってしまった。もし目がなければ、頭全体が自然に切断されてしまっていたことだろう。(アフリカのある地域で黒人の間だけに発生する足の小指が自然にちぎれてしまうという状態があることを知ってるかね?)ただ肛門が役目を果たすことができないのは見ることだけだった。それは目を必要とした。しかし、神経連結部が封鎖され浸潤されて萎縮したために、脳はもう指令を送ることができなくなった。脳は、頭蓋骨の中で、身動きがとれなくなり、密閉された。しばらくの間は、目の奥で、脳がどうすることもできずに無言でじたばたしているのがわかったが、けっきょく死んでしまったらしく、目の光が消えた。そして、細長い軸の先端にあるカニの目と同じように、無表情になった。

検閲官をパスし、お役所の間を安全に通過できるのは、いつもセックスなんだ。ポピュラー・ソングとB級映画にはつねに隙間があるから、その間に強引に割りこみ、根本的なアメリカの腐敗を暴露し、つぶれたできものののように噴出して、無差別組織の飛沫をまき散らし、どこにでも落ちたしずくは変質した癌性生活形態に生長して、ぞっとするほどいやらしい、でたらめな格好のものを生み出す。ペニス状の拡張性組織だけでできているものもあれば、かろうじて薄皮に包まれているだけのはらわた状のもの、三つ四つの目が集まったもの、口と肛門が入りまじったものなどがあり、人体のいろいろな部分がゆすぶられ、かきまわされて飛び散ったときのままの形をとどめることになる。

　完全な細胞的表現は、けっきょく最後に癌になる。デモクラシーは癌性のもので、その癌は役所《ビューロー》だ。役所は国家のどこにでも根をおろし、麻薬局のように悪性のものになる。そして、たえず同種類のものを増殖してどんどん生長し、ついには、抑制するか除去するかしないかぎり宿主の国家の息の根をとめることになる。役所《ビューロー》は純粋の寄生的有機体なので、宿主がなければ生きることはできない。（これに反して協同組合は国家がなくても生きることができる。これこそ、たどるべき道だ。これは個々の独立体の活動に参加している人びとの必要を満たすために、それらの独立体をまとめ上げるものだ。しかし役所《ビューロー》はその存在を正当化するために必要を作り出すという反対の原則に従って活動する。）官僚《ビューロー》制度は癌としても間違ったもので、無限の可能性、分化、独立の自発的活動という人類の進化の方向からそれて完全なウィルスの寄生生活を目指している。

（ウィルスはもっと複雑な生活形の変性物と考えられる。かつては独立の生活をいとなむことができたもので、それが今では、有機物とも無機物とも見わけのつかぬものになり下がってしまったのかもしれない。ウィルスが生命の特質を示すことができるのは、宿主の体内に巣食って他のものの生命を利用するときだけだ——これは自分自身の生命の放棄で、生活機能のない頑強な機械、無機物の方向へ堕落してゆくことだ。）

役所《ビューロー》は国家組織の崩壊とともに死滅する。追い出されたサナダムシや、宿主を殺してしまったウィルスのように、自分自身をどうすることもできない、自立生活に不向きな存在なのだ。

私は以前、ティンブクトゥーで、尻でフルートの演奏ができるアラビアの少年に会ったことがある。ホモたちの話によると、この少年はベッドの中では実にすばらしい個性をもったやつだということだった。彼は尻を動かして笛のように吹きながら、相手の最も敏感な性感帯（もちろん、人によってその場所は異なる）に刺戟を与えることができた。少年の恋人はだれも彼も自分にぴったり合った、クライマックスにまで高揚する独特のテーマ・ソングをもっていた。新しい結合や特別のクライマックスの開発ということとなると、この少年は大芸術家だった。その作品の中には、不協和音としか思えないものが突然入りまじり合って、激しくぶつかり、気の遠くなるほどすばらしい甘美な衝撃を生み出す未知の結合による旋律があった」

でぶのターミナルはオートバイから紫色の尻をしたヒヒの性器を作り上げた。

狩猟者たちは上品な男性ホモの集合所「ハチの群れ酒場《びょう》」に集まって狩猟の朝食をとっている。狩猟者たちは、黒い皮の上着に飾り鋲つきのベルトを締めた姿で、愚かしいナルシシズムを見せて気どって歩きまわり、腕を曲げて筋肉を盛り上がらせてはホモたちにさわらせている。彼らはみな巨大な作り物の陰嚢《いんのう》を身につけている。そしてときどき、彼らの一人がホモを床の上に投げつけて小便をひっかける。

彼らは、鎮痛剤、カンタリス、強い黒ラム、ナポレオン・ブランデー、下等酒を混合した

「ヴィクトリー・パンチ」を飲んでいる。このパンチのサーヴィスをしているのは、恐怖に歯をむき出してうずくまりながら、脇腹に刺さったやりにかみつこうとしている格好の、大きな中身のがらんどうの金色のヒヒだ。ヒヒの睾丸をひねると、コックからパンチが流れ出す。また、ときどき、大きな放屁の音がして、ヒヒの尻からできたてのオードブルが飛び出す。そのたびに狩猟者たちはけだもののような声でどっと笑い、ホモたちは金切り声を上げて身体をひきつらせる。

狩猟長は、ストリップ・ポーカーの最中に相手のつけていたスポーツマン用のコック・サポーターをつかんで、女王69号のクラブから追い出されたエバーハード船長だ。オートバイが傾きながら走り、飛び上がり、転倒する。唾でいっぱいになり、悲鳴を上げ、くそをしながら、ヒヒの群れは狩猟者たちと格闘する。乗り手のないオートバイは足の折れた昆虫のようにほこりの中でのたうちまわり、ヒヒと狩猟者に襲いかかる……

党首はわめきたてる群衆をかきわけて意気揚々と車を進める。威厳のある老人が党首の姿を見るなり大便をもらし、車のタイヤの下に自分の身体を投げ出そうとする。

党首「おれの白タイヤ。自動開閉ウィンドウつきの何から何までデラックスな、買ったばかりのビュイック・ロードマスター・コンバーチブルの下へそのひからびた身体を投げ出したりするな。つまらないアラビア人の術《て》だ——イワン、おまえのなまりに気をつけろ——そいつは肥料として取っておけ……　保存局へまわしておまえの大目的を完成させてやろう……」

洗濯台が下がってきて、シーツは自動洗濯機に送りこまれ、あの罪のよごれを失う——イマニュエルは再来を予言する……

川の向う岸はモモのような尻を持った少年がいる。だが、悲しいかな、おれは泳げないので、おれのいとしのクレメンタインを取り逃がしてしまった。

中毒者《ジャンキー》は血のお告げに向って注射器をかまえながらすわっている。麻薬ギャングは腐ったエクトプラズムのような指で自分のかもをなでまわす……

バーガー医師の精神衛生のお時間……溶暗。

技術者「さあ、いいか、もう一度言うぞ。ゆっくり言うからな。『そうです』」技術者はうなずく。「そう言いながら微笑する……微笑だぞ」技術者はねり歯みがきの広告写真のへたなまねをして、いやらしく入れ歯をむき出す。「『ぼくたちはアップル・パイが好きです。ぼくたちはたがいに好き合っています。それだけのことです』――簡単に聞えるように言え、やぼったく簡単に…… ボーバインのような顔をしてろ。また配電盤の前へ行きたいのか？ それともバケツがいいのか？」

患者――犯罪性精神病治癒者――「いやだ！…… いやだ！…… ボーバインって何です？」

技術者「牛のようにということだ」

患者――牛の頭を持って――「モー、モー」

技術者（はっとしてとびのきながら）「やりすぎだ!! やめろ！ 正直そうに見えればいいんだ。感じのいい田舎者みたいに……」

患者「かもみたいにかね？」

技術者「いや、かもとはちょっとちがう。こいつの場合には窃盗罪はあまりない。軽い脅迫をねらっている……そら、あのタイプだ。精神感応《テレパシー》の送信者と受信者は高くぼられる。軍人のような顔つき……演技《アクション》始め。カメラ！」

患者「そうです、ぼくたちはアップル・パイが好きです」彼の腹がごろごろと大きな音をたてて鳴り続ける。口からよだれが流れ出て、あごから垂れさがる……

なにかのノートを見ていたバーガー医師が顔を上げる。彼はユダヤ人特有のフクロウのような顔をして黒眼鏡をかけている。光で目を痛めるのだ。「この患者は不適当なようだ……処理課へ出頭させることにしろ」

技術者「でもまあ、あのごろごろはサウンド・トラックからカットできるし、口に排膿管を突っこんで……」

バーガー医師「だめだ……彼は不適当だ」医師は俗物夫人の客間でケジラミ捜しをするような大失策でもやらかしたかのように、いやな顔をして患者を見つめる。

技術者（あきらめて憤然としながら）「そのオカマの治癒患者を連れてこい」

治癒した同性愛患者が連れてこられる……彼は熱した金属の周辺で歩くような足どりで通り抜ける。そしてカメラの前にすわり、やぼったく手足を動かして身づくろいを始める。筋肉がばらばらになった昆虫の体の自律的な部分のようにひとりでに動いて適当な位置を占める。ぽかんとした愚鈍な表情が顔をおおい、やわらげる。「そうです」と彼はうなずいて、微笑する。「ぼくたちはアップル・パイが好きです。ぼくたちはたがいに好き合っています。それだけのことです」彼はうなずいて、微笑し、うなずいて、微笑し、また――

「カット……」と技術者は金切り声で叫ぶ。同性愛治癒者はうなずいたり微笑したりしながら連れ出される。

「音を再生してみろ」

美術顧問が首を横にふる。「なにかが欠けている。はっきり言えば、健全性が欠けている」

バーガー（さっと立ち上がって）「ばかげたことを言うな！　あれこそ健全性の権化なんだ！……」

美術顧問（とりすました様子で）「まあ、この問題について何か私を啓発してくださることがおありでしたら、喜んでうかがいますよ、バーガー先生……　しかし、あなたがそのすばらしき頭脳によってお一人でこの仕事をなし遂げることができるのなら、いったいどうして美術顧問などを必要とされたのかわけがわかりませんな」彼は手を腰に当て、静かに歌いながら退場する。「あなたがいなくなったとき、わたしはやってくるでしょう」

技術者「あの治癒した作家をなかへ入れろ……　なに、彼がどうしたって？　仏教？……ああ、しゃべれないのか。それをはじめに言ったらいいじゃないか？」彼はバーガーのほうを向く。「作家はしゃべれないそうです……　解放過度ですかね。もちろん、吹き替えにしとく手はありますが……」

バーガー（鋭く）「だめだ、それではさっぱり役に立たん……　だれかほかのやつを入れろ」

技術者「あの二人は私の労作だったんですよ。やつらには百時間も超過勤務をして手間をかけたんですが、いまだに報われません……」

バーガー「三倍適用にしろ…… 六〇九〇」

技術者「もう適用の話をされるんですか？ ほら、先生、前にうまいことをおっしゃったことがありますよ。『健全な同性愛の人間などということを言うのは、末期硬変症の人間がどうして完全に健康といえるか、と言うようなものだ』とね。おぼえてますか？」

バーガー「ああ、おぼえてるさ。実にうまい表現だったな。もちろん」と彼は毒々しいがみがみ声を上げる。「私は作家などを気どるつもりはないが」医師はひどく険悪な憎しみをこめて作家という言葉をつばといっしょに吐き出したので、技術者はぎょっとして、うしろへよろめく……

技術者（傍白）「この男のくさいにおいはたまらないな。古い腐った模写文化のようだし……人食い植物の屁のようでもあるし…… シェーファーの小便にも似ている」（学者ぶった態度をまねて）「妙なうわばみだ……先生、私が知りたいのは、洗脳された肉体がどうして健康であることを期待できるのかということですよ…… それとも、こう言い換えましょうか。不在の人間が代理人によって健康になりうるだろうか？」

バーガー（とび上がる）「私は健康を手に入れたのだ！…… すべての健康をだ！ 全世界に、この全世界の連中にやっても足りるだけの健康だ！ 私はすべての人間を治療するのだ！」

技術者は気むずかしげに医師を見つめる。そして、重炭酸ソーダを調合して飲み、口に手を当ててげっぷをする。「おれは二十年間、消化不良に悩まされてきた」

洗脳された中年男「いとし」のルウが言う。「おれは完全にフィッシュスキンのサック党だ……なあ、ねえさんたち、打ち明けて言えば、おれはヨコハマ製の鋼鉄チンチンってのを使うんだ、どうだね？　鋼鉄チンチンはけっして失敗しないんだ。それに、そのほうがずっと衛生的で、人間の腰から下をしびれさせちまうような恐ろしいバイキンを全部避けてくれる。女には毒のジュースがあるからな……」

「そこで、おれはあの人に言ったんだ。『バーガー先生、あんたのくたくたになった洗脳ずみの美人たちを、おれに押しつけられるなんて思わないでくださいよ。おれはこれでもヒヒノケツ上流域中でいちばん古かぶの変態なんだから……』」


食わせものの女たちが六六六の店の利益のために客にベンゼドリンを押しつける怪しげな安酒場に行ってみると、おれの途中でおっぽり出されたコックのしんまで腐らせるあの淋病もちの淫売どもには健康のかけらも見当たらない。だれがこまどりコックを撃ったのか？……スズメはおれの信頼するウェブリーを食べ始め、そのくちばしには血のしずくがたまる……ロード・ジムは青い布地を背景にした白い煙のような苦悩にしなびた朝の月の中で明るい黄色に変っていった。川向うの石灰岩の崖の上では、冷たい春風の中でシャツがはためく、ああマリアよ、そして暁は、映画の世界に向って逃亡の道を歩む途中のディリンジャーのように二つに砕ける。ネオンと萎縮したギャングたちのにおい、なりそこないの犯罪者は勇気をふるって有料便所に押し入り、バケツの中のアンモニアのにおいをかぐ……　「狂態事業、おれはこの狂態事業をやってみることにする」

党首（またスコッチを混合しながら）「この次の暴動はフットボールの試合のように事が運ぶぞ。インドシナから千人のまぬけな特別のラタを輸入してある……　必要なのは全部隊を動かす暴動の指揮者ひとりだけだ」党首はテーブルのまわりを見渡す。

幹部「しかし、先生、ラタたちに開始させたらいいじゃないですか、そうすれば彼らは連鎖反応的におたがいの動作をまねするではありませんか？」

女占い師がうねうねとマーケットじゅうを歩きまわる。「ラタはひとりのときはなにをするのかしら？」

党首「それが専門的なむずかしい点だ。ベンウェイにきいてみなければならないだろう。私個人としては、それを徹底的に調べてみなければならないと思う」

「わからない」と彼が言ったのは約束を確実なものにする要点と見積りが欠けているためだった。

「彼らには感情がない」とベンウェイ医師は自分の患者をめちゃくちゃに切りきざみながら言った。「反射作用を示すだけだ……　私は反射作用から気をそらせることをすすめたい」

「承諾年齢はしゃべるようになったときだ」

「諸君の悩みがことごとく、いたずら小僧同士がしゃべっているようなとるに足らないものでありますように」

「ねえ、きみ、やつらがきみの服を着てみようとし始めて、あの生霊《いきりょう》の興奮を示しだしたらじつに不気味だぞ……」

狂ったように興奮した女役のホモが、立ち去ろうとする少年のスポーツ・ジャケットをむしりとろうとしている。

「わたしの二百ドルもしたカシミヤの上着だよ」と彼女は金切り声を上げる……

「そこで彼はこのラタと関係した。だれか完全なばかを自由に支配したいと思って…… そのラタは彼のありとあらゆる表情、言葉、身振りなどをまねしつくして、不気味な腹話術師の人形のように彼の人そのものをすっかり吸いとってしまった…… 『あんたはもう自分のものを何もかも教えてくれた…… おれには新しい友だちが必要だ』そしてブブは哀れにも自分というものが少しも残っていなかったので、自分で返事をすることはできなかった」

ジャンキー「そこでおれたちはわいろもきかないこのヘロインのない町にいるのだ」

教授「諸君……嗜糞症は……排泄によって……余計な病気と呼ばれるかもしれない……」

「二十年のあいだ、エロ映画の俳優と私は決していかさまオルガスムをでっち上げるほどには堕落しなかった」

「ジャンキーのろくでなし女が胎児をしめあげちまう…… 女はだめだな」

「つまり、このぎりぎりの意識的なセックスは…… おい、きみの古い服を洗濯屋へ持って行けよ……」

「そして興奮のまっ最中にやつは言うんだ。『余分の靴型を持ってるかい?』」

「彼女はいかにして四十人のアラビア人にモスクワに引きずりこまれ、順々に強姦されたかを話した…… その連中、ガラが悪くて押しあいへしあいだったって——もういい、これくらいにしよう、アリ。こんなつまらん話聞いたこともない。おれは男らしいやくざに強姦されたいと思ってたんだがな」

気むずかしい顔をした民族主義者の一団が「サルガッソー」の前にすわって、女役のホモたちを嘲笑したり、アラビア語で早口にしゃべったりしている…… クレムとジョデイが共産主義者の描いた壁画の中の資本家のような服装で静々と入ってくる。

クレム「私たちはあなたがたの時代遅れを食いものにするためにやってきたのです」

ジョデイ「不滅の詩人〔シェークスピアのこと〕の言葉をかりれば、このムーア人どもを食って太るためだ」

民族主義者「ブタめ! けがらわしい! イヌ畜生! この国の人民が飢えているのがわからんのか?」

クレム「それこそ見たいと思っていた状態です」

民族主義者は憎悪に中毒して倒れて死ぬ…… ベンウェイ医師が駆けつける。「みんな、さがれ。ここをあけてくれ」彼は血液のサンプルをとる。「よし、私にできることはこれだけだ。死ぬときには死ぬものだ」

移動する奇妙なクリスマス・ツリーが、少年たちが学校の便所の中で手なぐさみを行なった、故郷のがらくたの山の上であかあかと燃える――あの金のようになめらかにすりへった古いカシの便器の枠の上で、いかに多くの青春の痙攣が起こったことか……

クモの巣が黒い窓と少年の骨をおおっているレッド・リヴァーの谷間で死の眠りにつけ……

二人のニグロの男性ホモがたがいに金切り声で叫び合う。

ホモA「だまれ、この安っぽいおでき女め…… おまえは商売仲間ではいやらしいルウと呼ばれているんだ」

女占い師「またぐらのおかしなかたちの女」

ホモB「ニャア、ニャア」彼はすばやくヒョウの皮と鉄の爪を身につける……

ホモA「ああ、ああ、社交界婦人だ」彼は悲鳴を上げながらマーケットの中を逃げ、そのあとを衣裳倒錯症患者がぶうぶううなりながら追いかける……

クレムは痙攣性不具者の足をすくって倒し、その松葉づえを取り上げる…… 彼は身体をぴくぴく動かしたりよだれを流したりして、いやらしいまねをする……

遠くで暴動の騒音――千人の病的に興奮したポメラニア人たち。

商店のよろい戸がギロチンのような音を立てて落ちる。客たちはあわてふためいて屋内に吸いこまれ、飲物のコップや盆は空中に浮いたまま残る。

ホモの合唱「あたしたちゃみんな強姦される。そうなの、そうなの、わかってる」彼らはドラッグストアの中へ走りこみ、K・Yゼリーの箱を買う。

党首（芝居がかりに片手を上げげて）「国民の声だ」

取替え子のピアソンがいんちきなカーマの隊長が差し押さえた土地の短い牧草をちぎりながら現われ、黄色いシマヘビのいる無人の敷地に隠れるが、せんさく好きな犬にかぎつけられて追い出される……

マーケットには、国籍のはっきりしない酔っぱらいの老人がひとり頭を小便つぼに突っこんで気絶しているだけで、ほかにはだれもいない。暴徒たちが喚声を上げ、「フランス人を殺せ」と叫びながらマーケットになだれこみ、酔っぱらいをずたずたに引き裂く。

サルバトール・ハッサン（鍵穴をのぞいて身をもじもじさせながら）「そら、連中の顔つきを見ろ。すべての美しい原形質的なものはみなまったく同じだ」彼は液化主義者のジッグを踊る。

女役のホモがむせび泣きながらオルガスムに達して床に倒れる。「ああ、これじゃ、すごすぎる。百万の熱いコックがどきどきしてるみたいだ」

ベンウェイ「あの少年たちの血液検査をしたいものだ」

灰色のあごひげをはやし、鉛色の顔をしてぼろぼろの褐色のモロッコ服を着た、不思議なほど目立たない男が唇を開かずに、どこの国のものともちょっとわからないなまりで歌う。

「おお、人形たち、すてきな大きな美しい人形たちよ」

薄い唇と大きな鼻とつめたい灰色の目をもった警官たちの群れが、入口になっているすべての通りからマーケットへ入ってくる。警官たちは、冷静に組織的に蛮行を行なって、暴徒たちを棍棒でなぐったり、けとばしたりする。

暴徒たちはトラックで運び去られる。よろい戸は上がり、インターゾーン市民たちは歯やサンダルが散らばり、血でぬるぬるする広場に出てゆく。

死んだ男の船乗り行李は領事館にある。副領事はこの知らせを死者の母親に伝える。

朝も……夜明けも……ありません……もう存在しないのです…… 知っていれば喜んでお話しするでしょうに。どのみち東の方に向う運の悪い動きです…… 彼は見えないドアを抜けて去りました…… ここではありません……どこでも探してごらんなさい…… だめだから……何にもならない……私がひとりでじたばたしてるだけ…… クロム・フライデー。

(注—灰色の麻薬の風に打ちのめされた昔の古参兵シュミーカーのような連中は記憶しているだろう…… 一九二〇年代に多数のシナ人の売人《ばいにん》が西側は当てにならないし、嘘つきで間違っていると考え、みんないっせいに移住してきた。そして西欧のジャンキーが麻薬を買いにくると、彼らは言った。

「ひとつまみもないよ…… クロム・フライデー(おととといおいで)……」)

■イスラム・インコーポレイテッドおよびインターゾーンの党派

おれはイスラム・インコーポレイテッド（合盟会社）の名で知られる団体のために働いていたが、この団体の資金を調達しているA・Jは名うてのセックス商人で、かつてバントル公爵の舞踏会に出席したときには、「通すものか」という自分のモットーを派手にしるした巨大なコンドームをかぶり、歩くペニスに扮して現われ、全世界の社交界を憤激させた。

「ねえ、きみ。少し趣味が悪いね」と公爵は言った。

それに対してA・Jは「インターゾーンのK・Yを使えばあんたのにでも入るよ」と答えた。この言葉はその当時はまだ幼生期を迎えたばかりだったK・Yのスキャンダル的名声に向けられたものだ。A・Jの当意即妙の応答はしばしば未来の出来事に向けられる。彼は長々と時間をかけて人をやりこめる名人なのだ。

後産《あとざん》業界の巨頭サルバドール・ハッサン・オリアリーもイスラム・インコーポレイテッドにかかり合いをもっている。すなわち、彼の子会社の一つはこれといって定まったものではないが、とにかく会社に貢献しているし、彼の子分たちはイスラム・インコーポレイテッドの政策や活動や目的にはいっさい関与しない顧問として、この組織に所属している。さらにまた、名をあげるべき人物は、毒の小麦を使ってハッサン共和国の人間を大量に殺した麦角兄弟クレムとジョディ、検屍アーメッド、青果物ブローカーの肝炎ハルなどだ。

イスラムの律法学者、法律顧問、薬草医師、裁判官、族長、君主《サルタン》、聖職者、その他ありとあらゆるアラビア人のグループの代表者たちは集まって勤労社会を形成し、上司たちが用心深く避けている現地集会に出席する。この代表者たちは集会場の入口で入念な身体検査を受けることになっているのだが、これらの集会は最後にはかならず暴動になる。演説者はしばしばガソリンをぶっかけられて焼き殺されるし、また、どこかの荒れ果てた砂漠の族長が、ペットの羊の腹の中に隠しておいた機関銃で自分の反対者を撃ち始めたりする。民族主義殉教者たちは、尻に手榴弾を隠して集まった会議参加者と親しく交わり、とつぜん自爆して多数の死傷者を出す…… また、あるときにはラー大統領が英国の首相を投げ倒し、力ずくで男色を行なったが、この光景は全アラブ世界にテレビで放送された。ストックホルムでは熱狂的な歓声が聞えた。インターゾーンでは市区域から八キロ以内ではイスラム・インコーポレイテッドの集会を禁止する条例を出している。

A・Jは——実際には近東系の卑しい素性の人間だが——かつてはイギリス紳士になりすましていた。彼のイギリスなまりは大英帝国とともに衰え、第二次大戦後彼は議会の決議によってアメリカ人になった。A・Jはおれと同じようにスパイだが、だれのために、あるいは何のために働いているのかつきとめた者はまだ一人もいない。別の銀河系からきた巨大な昆虫の企業合同《トラスト》の代表者だといううわさもある……　だが、おれは彼は実際主義者側の人間（おれもそうだが）に違いないと思う。もちろん、液化主義の手先ということもありうる。（液化主義計画は最後にはあらゆる人間を原形質の吸収という手段によってひとりの人間に合併することを意味している。）この仕事の世界ではだれも信じることはできないのだ。

Ａ・Ｊの表向きの素性は、国際的なプレイボーイ、悪気のないいたずら者ということになっている。Ａ・Ｊはサットン・スミス夫人の水泳プールにピラニアをほうりこんだ男だし、またアメリカ大使館の独立記念日レセプションではイェージとマリファナとヨヒンビンの混合物をパンチに盛りこみ、底ぬけ騒ぎを勃発させた。その結果として十人の著名人――もちろんアメリカ人――が恥辱のために死んだ。恥辱のために死ぬのはクヮーキウーツル・インディアンとアメリカ人の特有の技能だ――ほかの連中なら「ちぇっ、何てこった《ズト・アロール》」とか、「生きるために必要なんだ《ソン・コーサス・デ・ラ・ビーダ》」とか、「ああ神さま、どうしようもない……」と言うだけのことだ。

そしてシンシナティ抗弗化物協会の連中が集まって純粋な泉の水の勝利のために乾杯したとき、たちまち彼らの歯が全部抜け落ちた。

「抗弗化物運動同志諸君、われわれは本日、純粋さを目指して断じて後退することのない進撃を展開した……　さあ、けがらわしい外国の弗化物をたたき出せ！　われわれはこの美しき国土を、少年の張り切った脇腹のように愛くるしく清潔なものにするのだ……　さあ、いっしょにわれらの団結の歌『古いカシの手桶』を歌おう」

水源はその上でいやらしいジューク・ボックス色の光をちらつかせる蛍光灯に照らされていた。抗弗化物協会員たちは歌いながら一列になって泉の前を通り、一人ずつカシの手桶の水を汲みとって飲んだ……

「古いカシの手桶、金色に輝くカシの手桶、

キンカシキンカシシシシ……」

A・Jはこの水にいたずらをして、歯ぐきを台なしにしてしまう南米産のつる草をほうりこんでおいたのだ。

（このつる草の話は、コロンビアのパストで尿毒症のために死にかけている年とったドイツ人の鉱山さがしから聞いたことがある。プートマヨ川流域に生えているということだったが、さっぱり見つからなかったし、あまり骨を折って捜そうともしなかった、という話だった……この男はまた、クシューカティルと呼ばれる大きなバッタのような昆虫の話をしてくれた――「じつに強力な催淫性をもっている虫だ。こいつに飛びつかれて、すぐに女をつかまえられなかったら死んでしまうよ。インディアンたちがこの虫にさわられまいとして走りまわっているのをよく見たものだ」残念ながらおれはクシューカティルにお目もじしたことがない……）

ニューヨークのメトロポリタン劇場の初日の晩に、A・Jは駆虫剤を自分の身体に塗っておいて、クシューカティルの大群を放った。

バンダーブライ夫人が一匹の虫をぴしゃりとやる。「ああ!……ああ!……　きゃあ――!!!」悲鳴が上がり、眼鏡がくだけ、衣裳が裂ける。うなり声、きいきい声、うめき声、すすり泣き、

息切れなどが次第に高まる……　精液や膣や汗のにおいがたちこめ、突き刺された直腸のかびくさい臭気がただよう……　ダイヤモンド、毛皮、イヴニング・ドレス、ランの花、背広、下着などが散乱する床の上で、多数の裸の身体がかたまり合ってのたうち、狂いたち、うねりまわる。

A・Jはかつて、レストラン「ロベールの家」のテーブルを一年前に予約したことがあった。この店では、とてつもなく冷淡な態度の食通が、しかつめらしく考えこみながら世界最高の料理を食べていた。その客の目つきがあまりにも毒々しく侮蔑的なので、多くの客はその毒気にあてられてちぢみ上がり、床にころがって小便をもらし、ぬれネズミになりながら懸命に気に入られようと努力した。

そこでA・Jは六人のボリビアインディアンたちを連れて店にやってくる。インディアンたちは料理の合間にコカの葉をかむ。やがてロベールが食通の威厳をみなぎらせてテーブルの前へぬっと現われると、A・Jは顔を上げて叫ぶ。「おい、きみ！　ケチャップを少し持ってきてくれ」

（異説——A・Jはケチャップのびんをさっと取り出して、高級料理にぶっかける。）

三十人の食通たちが口をもぐつかせるのをいちどきにやめる。スフレがぽとんと落ちる音も聞えたに違いない。ロベールは傷ついたゾウのような怒りのうなり声を上げると、調理場にかけこんで、肉切り包丁をつかんで身がまえる……　まかない係は歯をむき出して恐ろしいうなり声を上げ、顔の色を奇妙な真珠のように光る紫色に変える……　彼は辛口《からくち》シャンペンを一びんたたきこわす……　一九二六年ものだ……　給仕頭のピエールは肉切り包丁をひっつかむ。三人は人間とは思えないわけのわからぬ怒りの叫びを上げながら、A・Jを追いかけてレストランじゅうを走りまわる……　テーブルはひっくり返り、特選ブドウ酒や比類なき料理が床の上でたたきつぶされる……　「リンチにかけろ！」という叫び声があたり一面にひびきわたる。西アフリカの大ヒヒのような狂気じみた血走った目をしたかなり年輩の食通が赤いビロードのカーテンのひもで首つりの輪なわを作っている……　追いつめられて、少なくともばらばらに切りきざまれる危険が迫ってくると、A・Jはとっておきの奥の手を出す……　彼は頭をのけぞらせて、大声で叫び始める。とたんに、店の近くに配置しておいた飢えきった百匹のブタがレストランに駆けこみ、高級料理をめちゃくちゃにし始める。ロベールは巨木が倒れるように一気にどっと床に倒れ、そのままブタどもに食われる。「この畜生どもには彼の味がわからないだろうに」とA・Jは言う。

ロベールの兄のポールが隠退していた地方の気ちがい病院から出てきてレストランの経営を引き継ぎ、「超自然料理」と称するものを提供し始める……　食物の質は少しずつ下落し、ついには台所のくずものを出すようになるが、客たちは「ロベールの家」の評判におどかされ過ぎているので文句は言わない。

献立見本。

ゆでミミズ入り透明ラクダの小便スープ
——イラクサ添え、オーデコロン漬け
日光むしアカエイの切身
——くされ卵の黄身とすりつぶしナンキン
ムシの辛味ソース付き
クランク室ぬきとり油いため
後産子牛肉
——爆弾ウィスキー漬け
糖尿ぬたリンバーガー・チーズ砂糖……

こんなわけで、客たちはボツリヌス菌中毒を起こしておとなしく死んでゆく…… すると、またA・Jが中東から亡命したアラビア人たちを引き連れてやってくる。彼はひと口ほおばると、叫び声を上げる。
「こん畜生、ごみくずじゃないか。このずるい野郎を台所の流し汁といっしょに煮てしまえ!」

こうして、愉快な愛すべき変り者A・Jの伝説は次第に増大し……　暗転してヴェニスへ移る……　ゴンドラの船頭の歌声、受動男色的な叫び声がサン・マルコとハリーの店から高まる。

この橋にまつわる魅力的なヴェネチア小話があって、ヴェニスの船乗りたちが世界一周旅行をしてみんなホモになってしまってキャビンボーイにまで手をつけて、だから彼らがヴェニスに戻るときには女たちが胸をむきだしにしてこの橋の上を歩き、このいかがわしい市民たちの劣情をそそらなくてはならない。だから即座に奇襲部隊をサン・マルコまで派遣せよ。

「ねえちゃんがた、これはOAO、丸だし作戦だ。おっぱいで駄目ならカントも動員して、このホモもをいたぶってやれ」

「まあガーティ、本当だったのね、みんな本当だったのね。あいつら、あのわくわくするような物のかわりに、ぞっとするような割れ目があるだけなのね」

「見てらんない」

「からだが硬直しちゃう」

ポールは実際よりも思慮深そうに話をした。男が男と横になって不適当なことをいたすことについて話すときなんかすごく意地悪な老いぼれだ。不適当というのがポイント。カントのところへ行こうってコックを誰が邪魔したいもんか、そしてある市民が割れ目と一発やりたくなった時に、どこぞの邪悪なよそ者がとびこんできて、彼の尻に不適当なことをやらかしてくれる。

A・Jはサン・マルコ通りを突進しながら、そり身の短剣で鳩に切りつける。「こん畜生この野郎ども！」と彼は叫ぶ……　Ａ・Ｊは自分の遊覧船の上でよろめく。紫色のビロードの帆を張った金やピンクや青の色どりに飾られた怪物のような船だ。彼は金モールや飾りひもや勲章のいっぱいついた、汚れて引き裂け、上着のボタンのかけ違ったおかしな海軍の制服を着ている……

　Ａ・Ｊは巨大なギリシャの壺の複製に向って歩く。壺の上にはコックを直立させた少年の金の彫像がある。彼が少年の睾丸をひねると、シャンペンが勢いよく噴出して彼の口にとびこむ。彼は口をぬぐい、あたりを見まわす。

「ちぇっ！　おれのヌビア奴隷どもはどこへいっちまったんだ？」と彼は叫ぶ。

　彼の秘書が読みかけの漫画本から顔を上げる。「さかりがついたんです……　カントを追いかけて」

「なまけ者の吸取り野郎ども。ヌビア奴隷がいなくちゃどうにもならんじゃないか？」

「ゴンドラでいけばいいでしょう？」

「ゴンドラだって？」とＡ・Ｊは叫ぶ。「なんでまた吸取り野郎のためにゴンドラなんかに乗らなきゃならない？　主帆《メーンセイル》をたたんで、オールを運べ、ハイスロップ君……　おれは補助船員にしてもらうよ」ハイスロップ氏はあきらめて肩をすくめる。そして一本指で配電盤を突っつき始める……　帆が落下し、オールが船体に引っ込む。

「ついでに香水を撒いたらいいじゃないですか？　運河の風はいやなにおいがしますよ」

「香水はガルデニアか？　サンドルウッドか？」

「いや、アンブロジアです」ハイスロップ氏がまた別のボタンを押すと、香水の霧がもくもくとわき出し、平底船を押し包む。A・Jは発作的にせきこみ始める……「窒息しそうだ！」ハイスロップ氏はハンカチを口に当ててせきをしている。「送風機をまわせ！」と彼は叫ぶ。ボタンを押す。送風機がぶうーんと回りだし、アンブロジアの霧を吹き散らす。A・Jは一段高い壇上の舵の前にすわりこむ。「スイッチを入れろ！」船は震動し始める。「前進だ、こん畜生！」A・Jが大声で叫ぶと、船はすさまじいスピードで運河を突っ切って飛び出し、観光客で一杯のゴンドラを転覆させ、モトスカフィの数インチ横をかすめ過ぎ、運河の片側から反対側へ大きく方向を変え（航跡の巻き起こす波は歩道に打ち寄せて通行人をずぶぬれにし）、停泊中のゴンドラの群れをひっくり返して、ついに栈橋に激突し、きりきり舞いして運河のまん中に突っこむ……　船体にあいた穴から水柱が噴出して空中に六フィートほど上がる。

「乗組員をポンプに配置しろ、ハイスロップ君。波をかぶり始めたぞ」平底船はとつぜん横に傾き、A・Jを運河にほうりこむ。

「船を捨てろ、こん畜生！　総員退去！」暗転して、マンボの音楽。

A・J主催によるラテン・アメリカ系非行少年の学校エスクェラ・アミゴの開校式。少年たちと新聞記者が待ちかまえている。A・Jはアメリカ国旗に飾られた演壇上によろめき出る。

「フラナガン神父〔フルトン・アワズラーの小説『少年の町』に登場する人物〕の不滅の言葉を借りれ

ば、悪い少年というようなものは存在しないのであります…… ちぇっ！ 影像はどこにあるんだ？」
技術者「いま、いるんですかね？」
Ａ・Ｊ「いったい私がここで何をしていると思っているんだ？ ここにいない野郎の幕をひっぺがせというのか？」
技術者「わかった……わかりました。すぐきますよ」影像がグレアム・ハイミー・トラクターによって引っぱり出され、演壇の前にすえられる。Ａ・Ｊはボタンを押す。演壇の下でタービンが活動し始め、耳をつんざくばかりのうなりを上げる。風が吹いてきて、影像をおおっている赤いビロードの掛け布を飛ばす。掛け布は最前列の教職員たちのまわりにからまる……ほこりとごみくずの煙が観衆の間にたたきつけられていく。サイレンの音がゆるやかに消えていく。職員たちは掛け布をふりほどく…… だれも彼もがかたずをのんでじっと影像を見守っている。
ゴンザレス神父「おお、何ということだ！」
タイム記者「とても信じられん」
デーリー・ニューズ記者「何ともホモっぽい」
少年たちがいっせいに吹き鳴らす口笛の音。
ほこりがおさまると、光り輝くピンク色の石の記念創作物が現われる。一人の裸体の少年がもう一人の眠っている仲間の上にかがみこみ、フルートを吹いて起こそうとしている。片手はフルートを握り、もう一方の手は眠っている少年の腰をおおう布切れに向って伸びている。その布切れは挑発的にふくらんでいる。少年は二人とも耳のうしろに花をつけ、夢見るようで残忍な、頽廃的で無邪気な、まったく同じ表情をしている。この彫像はピラミッド形の石灰岩の台座の上にすえられ、その台座には磁器のモザイク文字——ピンクと青と金——で、「それによって、それのために」というこの学校のモットーが刻まれている。

A・Jはふらふらと前に進み出ると、シャンペンのびんを彫像の少年の張りきった尻にたたきつけて砕く。

「いいかね、諸君、シャンペンはここから出てきたのだ」

マンハッタン・セレナード。A・Jと取巻きたちはニューヨークのナイト・クラブに入ってゆく。A・Jは紫色の尻をしたヒヒを金鎖につないで引っぱっている。A・Jはチェックの労働服ズボンとカシミヤの上着を着ている。

マネージャー「ちょっとお待ちください。ちょっとお待ちください。それは何ですか?」

A・J「イリリアのプードルさ。人間に飼えるけだものとしては一番上等なものだぜ。きみの店の格が上がるよ」

マネージャー「私にはどうも紫色の尻をしたヒヒのように思われますが。それなら外へ出してください」

取巻き「この人がだれだか知らないのか? 最後の大浪費家A・Jだぞ」

マネージャー「お立ち去りください、紫色の尻をした畜生を連れていって、大浪費はどこかよそでなさってください」

A・Jは別のナイト・クラブの前で立ち止まり、ちょっとのぞいてみる。「エレガントなおかまとあばずれ婆さんがいやがる、畜生め！　やっと望みどおりの店へきたぞ。進軍、突撃！」彼は金の杭《くい》を床に打ちこみ、それにヒヒをつなぐ。それから、エレガントな曲を歌い出す。取巻きたちが合の手をいれる。

「奇妙きてれつ！」

「ぶったまげた！」

「まったくすてき！」

A・Jは長いシガレット・ホルダーを口にくわえる。このホルダーはなにか猥せつな感じの柔軟な物質でできていて、まるでいやらしい爬虫類の生命が吹きこまれているかのようにくにゃくにゃと震えている。

A・J「三千フィートの高所で腹這いになってたんだ」

近くにいる数人のホモが危険が迫るのをかぎつけた動物のようにぴくっと頭を上げる。A・Jはわけのわからぬうなり声を上げてぱっと立ち上がる。

「この紫色のけつをした吸取り野郎め！」と彼は叫ぶ。「床の上にくそをするちゃんとしたやり方を教えてやる！」彼はこうもり傘の中から鞭を引っぱり出し、ヒヒの尻をたたく。ヒヒは悲鳴を上げて杭に結ばれた鎖を引きちぎる。そして隣りのテーブルに飛び乗り、年とった女の身体によじ登る。女は心臓麻痺で即死する。

Ａ・Ｊ「失礼、奥さん。しつけを教えてるんですよ」

Ａ・Ｊは逆上して鞭を振りまわし、カウンターの端から端へヒヒをたたき飛ばす。ヒヒは金切り声やうなり声を上げ、恐怖のあまりくそをもらし、客たちの身体によじ登り、カウンター上へ駆けあがったり駆けおりたりし、カーテンやシャンデリアにぶら下がる……

Ａ・Ｊ「もっときちんとして、ちゃんとくそをするんだ。さもないと、どうやってもくそができなくなるぞ」

取巻き「Ａ・Ｊを困らせるなんて恥ずかしいと思うべきだ。何てったって世話になってるんじゃないか」

Ａ・Ｊ「恩知らずめ！　どいつもこいつも恩知らずだ！　老ホモの女王のおれ様がおっしゃってるんだぞ」

むろん、こんな宣伝文句を信じる者はいない。Ａ・Ｊは自分を「独立者」つまり「干渉無用」の人間だと称しているが、もはや独立者などはありえないはずだ……　この地域にはありとあらゆる種類のお人好しがうようよしているが、中立者は一人もいない。もちろんＡ・Ｊのような大物で中立者の存在はまったく考えられないことだ……

ハッサンは名うての液化主義者で、秘密送信者の疑いがある——「ちぇっ、何を言っているんだ」と彼は無邪気ににやっと笑って言う。「おれは花ざかりの古い癌にすぎないよ。だから増殖しなくちゃならないんだ」彼はダラスの山師的石油業者「から井戸掘り」のダットンとつき合ってテキサスなまりを覚え、屋内だろうと戸外だろうと年じゅうカウボーイの長靴をはき、テンガロン・ハットをかぶっている……　彼の目は黒眼鏡に遮られて見えないし、顔はワックスのようにすべすべして無表情だ。その顔の下には、期限前の高額銀行手形ばかりで作った仕立てのいい服を着こんでいる。（銀行手形は通貨も同然だが、満期にならなければ流通させることはできない……　銀行手形は一枚につき百万ドルまで通用する。）

「手形はおれの身体のいたるところでどんどん卵からかえっているんだよ」と彼ははにかみながら言う……　「まあ、何てったらいいかわからないが、おれが母親のサソリで、あの小さな赤んぼの手形たちをいつも自分の暖かい身体に乗せて連れて歩き、あいつらが育ってゆく感じを味わっているようなもんだね……　おや、これはいかん、こんなくだらないことであんたを退屈させたくはないよ」

友人たちにはサリーの名で通っているサルバドール――彼はいつも少数の「友人たち」を身のまわりにおき、時間ぎめの報酬を払っている――は第二次大戦中に半産子牛商売で病気が治った。（病気が治るというのは金持になること。テキサスの石油業者たちが使う表現。）純良食糧・薬剤管理局はサルバドールの人相写真をとじ込み記録の中に収めているが、防腐処理を施した死人のような感じの重苦しい顔つきの男で、そのなめらかな、てかてか光る毛穴のない皮膚の下にはパラフィンでも注入してあるかのように見える。片方の目は生気のない灰色をしていて、おはじきの石のようにまるく、きずや不透明なしみがある。もう一方の目は、無表情な昆虫の目のように黒くきらきら輝いている。

彼の目は普通は黒眼鏡の奥に隠れていて見えない。彼は幼生期の秘密警察のように不吉な謎めいたものに見える――彼の身ぶりや態度はいまだにわけがわからない。

興奮するとサルバドールはいつの間にかおかしな英語をしゃべり始める傾向がある。そんなときの彼のアクセントは、イタリア系の人間であることを暗示している。彼はエトルリア語を読んだり話したりする。

一団の会計調査員が一生の仕事としてサルバドールに関する国際的な書類の山に取り組んでいる……彼の事業活動は、無数の子会社や名目だけの会社や別名などを、もつれ合ってさまざまに変化するクモの巣のように押し広げながら、世界中に展開している。彼は二十三種のパスポートを使用し、四十九回の国外追放処分を受けた――キューバ、パキスタン、ホンコン、ヨコハマでは現に追放裁判が開かれることになっている。

サルバドール・ハッサン・オリアリー、別名靴屋キッド、別名方向違いのマーブ、別名後産のリアリー、別名スカンキー・ピート、別名胎盤ホアン、別名K・Y・アーメッド、別名エル・チンチ、別名エル・クリト等々……記録書類の十五ページにわたってぎっしりと名を連ねている人物が初めて警察とかかり合いをもったのは、ニューヨーク市でのことだった。彼はブルックリン警察に泣き虫ウィルソンの名で知られる、靴屋の店で性的倒錯者たちをゆすって麻薬代をまきあげる男といっしょに歩きまわっていた。ハッサンは暴行搾取と警官偽装のかどで告発された。彼はゆすり屋の第一法則を習い覚えていた。飛行機操縦士のKFS――飛行速度を一定に保つ——に相当するD・T——警官バッジの遺棄——だ…… 自警団員の言葉を借りれば、「警察《さつ》の手入れを食ったら、バッジを捨てて始末するんだ。たとえ呑みこんででもな」ということになる。こんなわけで、警察はハッサンに偽バッジをつきつけて現場をおさえることはできなかった。ハッサンはウィルソンに不利な証言をしたので、ウィルソンは無期刑をくらった。（軽犯罪としてはニューヨークの法律で最も長い刑期。名目上は無期刑だが、実際にはライカー島で三年服役することになる。）ハッサンの告訴は取り下げられた。「もしも親切なおまわりにぶつからなかったら、五年はくらっていたろうな」とハッサンは言った。ハッサンは逮捕されるたびにいつも親切なおまわりにぶつかった。彼の記録には、彼が警官たちのいわゆる「つき合い」がよくて、警察に協力する性向をもっていることを示すあだ名が三ページにわたって記されている。これについてはこういった呼名がある——おまわりの恋人のアブ、裏切り者のマーブ、歌うたいのヒービー、おとりのアリ、ロンゴ・サル、泣き虫イタ公、ユダヤ人のソプラノ歌手、ブロンクスのオペラ・ハウス、さつのジンちゃん、解答係、密告屋のシリア人、よがり泣きのこそこそ野郎、えんどう豆野郎、間違った尻の穴野郎、おかまスパイ、いぬのリアリー、浮かれ妖精……草深いゲルト。

彼はヨコハマに性器具店を開き、ベイルートで麻薬を売り、パナマでぽん引きをした。第二次大戦中に堅いほうに商売がえをし、オランダの酪農場を譲りうけてバターに使い古しの車軸グリースをまぜ、北アフリカでK・Yゼリーの買占めをやり、最後に半産子牛で大もうけをした。彼は成功してぐんぐん発展し、まぜ物をした医薬品やあらゆる種類の安っぽいまがい物商品を世界じゅうに氾濫させた。粗悪なフカの駆散剤、まぜ物をした抗生物質、不良パラシュート、かび臭い抗蛇毒剤、活性のなくなったワクチン、水のもる救命ボートなど……

二人の古めかしいヴォードヴィルの踊り手クレムとジョディは、もっぱらアメリカ人をいやな人間にみせる役を勤めることを任務とするロシアのスパイとして活動している。インドネシアで男色のために逮捕されたとき、クレムは予審判事にこう言った。

「ホモというわけじゃあるまいし。なんたって、あいつらは土人にすぎないじゃないか」

二人は黒いステットソン帽をかぶり赤いズボン吊りをしてリベリアに現われた。

「そこで、おれがその年とった黒ん坊を撃つと、やつは横だおしにばたっと倒れて片足をけるように空中に上げたよ」

「ふーん、だけどきみは黒ん坊を焼き殺したことがあるかい?」

二人はいつも大きな葉巻をふかしながらバイドンビルス付近を歩きまわっている。

「ジョディ、この辺にゃブルドーザーが必要だな。このがらくた野郎たちを片づけちまわなきゃ」

異常神経の群衆が何かとんでもないアメリカ人の乱暴ぶりを見とどけようとして二人のあとをつけまわす。

「三十年もショー商売をやってきたが、こんな仕事をやったことはないよ。バイドンビル人をひとり追っぱらって、ヘロインを一発打ち、ブラック・ストーンに小便をひっかけ、豚追いの服を着て教会の集まりで司会をさせられ、武器貸与法を取り消し、それと同時に尻に一発ねじこんでもらうってわけだ……　ちぇっ、おれはもうタコになっちまったのかな？」とクレムは不平を言う。

二人はヘリコプターを使ってブラック・ストーンを誘拐し、清教徒たちが現われると大声でばか笑いをするように仕込んだブタどもの入っているブタ小屋をかわりに置いてこようとたくらんでいる。「あのぎゃーぎゃーいう畜生どもを歌うように仕込んでみよう。赤、白、青よ、ばんざいってね、だが、うまくいかんなあ……」

「パナマのアリ・ウォング・チャプルテペックに連絡をとってあの麦のことをきいてみたよ。やつの話では上質のしろものだそうだ。フィンランド人の船長が、あの土地の色街で死んで、店のマダムに残した船荷なんだ……　『マダムはわしにはおふくろのようだった』と船長は言って、それが最後の言葉になった……　そこでおれたちがそのあばずれ婆さんから誠意をもって船荷を買い取ったというわけだ。婆さんにはヘロインを十包みやったよ」

「それも上物のヘロイン、アレッポ産のヘロインをな」

「ちょうど婆さんの体力を維持するだけの粉末麻薬さ」

「人からもらったものの品定めをやるってわけか？」

「きみがハッサンのところへ行ったとき、ケイドのために宴会を催して、小麦で作ったクースクース〔北アフリカのむしだんごの類〕を出したというのは本当かね？」

「たしかにそのとおりだよ。そしてあの連中は例のマリファナをむやみに吸ったもんで、みんな宴会の途中で乱痴気騒ぎになっちまったんだ…… おれのほうはパンとミルクしか食べなかった…… 胃潰瘍だからね」

「それから連中はみんな身体が燃えだしたと叫んで走りまわり、翌朝には大部分のやつが死んでしまった」

「ご同様だな」

「残りはそのまた次の朝にね」

「連中は東洋の悪徳で堕落しているんだから、そんなこと当然の結果じゃないか」

「やつらがまっ黒になって、足がなくなってゆくのは妙なことだな」

「マリファナ中毒の恐るべき結果さ」

「まったく同じことがおれにも起こったっけ」

「そこでおれたちは有名なラタになりかけている老人の君主《サルタン》と直接取引をした。その後は万事がとんとん拍子に運んだというわけだ」

「しかし、ほんとにそう思ってはいないんだろう。何人かの不満分子がおれたちの汽艇《ランチ》のところまで追いかけてきたじゃないか」

「足がないためにいささかハンディキャップがあったがね」

「それに頭の状態もな」

（麦角症は悪い小麦に発生する菌による病気。中世紀のヨーロッパでは聖アントニーの火と呼ばれた麦角中毒が周期的に流行して多数の人間が死んだ。しばしば脱疽を併発し、足が黒くなって落ちる。）
二人は不良パラシュートの積荷をエクアドル空軍に売りつける。演習――若い兵士たちがパラシュートを破れたコンドームのようになびかせてまっさかさまに墜落し、若い血潮を太鼓腹の将軍たちの上にはねかける……　クレムとジョディがジェット機でアンデス山脈を越えて消えてゆくとき、次々と破れるような響きがあとにつづく……

イスラム・インコーポレイテッドの目的はあまりはっきりしない。言うまでもなく関係者はみな異なる考えをもっていて、たがいにその進路のどこかで人をまこうとしている。A・Jはイスラエルの破壊を扇動して歩いている。「このような西欧に対する反感があるというのに、若いアラビア人の快楽に奉仕するなんて……　事態はほとんどがまんできないものになっている……　イスラエルこそまぎれもない目の上のたんこぶだ」典型的なA・Jの偽装物語だ。

クレムとジョディは自分たちのヴェネズエラの持株の価値をつり上げるために近東の油田地帯を破壊したいと公言している。

クレムは「はいはいして《ザリガニ》」（ビッグ・ビル・ブロンジー）の曲に合わせて歌を書いている。

石油が枯れたら、どうするの？
その場にどっかりすわりこみ、アラビア人がくたばるのを見物してやるよ。

サルバドールは国際的融資という厚い煙幕をはりめぐらして自分の液化主義活動を（少なくとも一般大衆の目から）隠している……　しかし、イェージのかたいつる草を二、三本服用すると、友人たちとすっかり打ちとけて話し出す。

「イスラムはもうどろどろのコンソメ・スープさ」と彼は液化主義者のジッグを踊りながら言う……　それから、どうにもこらえきれなくなって、とつぜんぞっとするような裏声で歌い始める。

　ふちがぶるぶる震えてる
　ひと押しすれば沈没だ
　おい、モウ、おれのベールを用意しろ

「ところで、これらの連中はマホメットの再来になりすましているブルックリンのあるユダヤ人をやとったのだ……　これは実はベンウェイ医師が帝王切開によってメッカの聖者の腹から取り出した男だ……

「アーメッドが出てこようとしないなら……こちらからつかまえに行くまでだ」

だまされやすいアラビア人たちは、この恥知らずのペテンを何の疑いもなく受けいれている。

「いい連中だよ、このアラビア人たちは……まったく無知ないい連中だ」とクレムは言っている。

そんなわけで、この詐欺師は毎日ラジオを通じてコーランの一節を発表する。「さて、聴取者のみなさん、こちらはみなさんの親友の予言者アーメッドです…… 本日は、いつも清潔にして新鮮なキッスをすることの重要性についてお話したいと思います…… みなさん、かならずジョディのクロロフィル錠をお使いください」

ところでインターゾーンの党派についてちょっと述べておこう……

一目瞭然であるのは、液化党がただ一人を除いてはことごとく間抜けなかもによって成り立っているということだ。もっとも、だれがだれのかもであるかは、最後の併合のときまではっきりしない…… 液化主義者たちはあらゆる種類の倒錯、とくに加虐被虐愛性の行為にひどく熱中している。

液化主義者たちはたいてい事態の真相を知っている。これに反して送信者たちは、送信の性質や末端の状態について無知で、野蛮な独善的な態度をとり、いかなる「事実」に対しても激しい恐れを示すことで有名である。実際主義者たちの干渉さえなかったら、送信者たちはアインシュタインを気ちがい病院にほうりこんで、その理論をたたきつぶしていたことだろう。きわめて少数の送信者だけがまともな知能を持っているのだが、これらのトップ・クラスの送信者たちは、世界で最も危険な邪悪な人間と言えるだろう…… 送信のテクニックは最初はお粗末なものだった。溶暗——シカゴの全国電子会議。

会議出席者たちはオーバーを着はじめている…… 演説者は単調なショップ・ガールのような声でしゃべる。

「終りにひと言ご注意申し上げたい…… 大脳撮影法の研究が論理的に行きつくところは生物制御であります。すなわち、被実験者の神経系統に注入した生物電気信号によって、肉体運動、精神作用、情緒反応、外見的感覚印象を支配することであります」

「もっと大きな声でおもしろくやれ！」会議出席者たちは一面にほこりを雲のように立ててぞろぞろ出てゆく。

「生後まもなく外科手術によって脳の中に連絡物《コネクシヨン》を設置することができます。それに小型ラジオ受信機をさしこめば、その人間を国家統制送信機《トランスミッター》からコントロールしうるのであります」

広い、がらあきの会議場の風のない空気の中でほこりが次第にしずまる——焼けた鉄と蒸気のにおい。遠くのほうでラジエーターがうなる…… 演説者はメモをあちこちかきさがして、つもったほこりを吹きとばす……

「生物制御装置は一方的精神感応コントロールの原型であります。被制御者は何も器具を設置しなくても、麻薬その他の方法によって送信機に感応させることができるのです。最終的には、送信者はもっぱら精神感応送信法を使うようになるでしょう…… マヤ族の古い法典を研究したことがおありでしょうか？ こんなことが書いてあったと思います。聖職者たちは——全人口の約一パーセントです——一方的精神感応放送を行なって労働者たちに指令しているのです、何を感じ、いつどうすべきかというようなことを…… 精神感応送信者は年がら年じゅう送信しなければなりません。そしてけっして受信するわけにはいかないのです。なぜなら、もし受信したとすれば、それはだれかほかに自分独自の感情を持っている者がいて、彼の連続性を断ちうるということになるからです。送信者はたえず送信しなければなりませんが、しかし他との接触によって自分に充電し直すことはできません。遅かれ早かれ、送信すべき感情がなくなります。感情だけをもつわけにはいきません。送信者が孤立しているような意味で、感情だけを持ってはいけないのです――そして、おわかりのように一つの場所一つの期間には、一人の送信者しか存在しえないのですから……　けっきょく最後には放送のスクリーンがばかになってしまいます……　送信者は巨大なムカデに変身します……　そして労働者たちが指示電波に導かれて入ってきて、ムカデを焼き殺し、世論の一致によって新しい送信者を選び出すのです……　マヤ土人の場合は他の世界からの孤立によって制限を受けていましたが……　今では一人の送信者がこの惑星を支配することもできるでしょう……　だが、いいですか、支配は決してなにも実際的な役には立ちえないのです……　支配をさらに拡大すること以外には何の手段にもなりえないのです……　麻薬と同じように……」

　分裂主義者たちは中間的立場を占めていて、事実上、穏健派と呼ぶことができる……　彼らが分裂主義者と呼ばれるのは、文字どおり分裂するからだ。彼らは自分自身の肉の小片を切り取って、胚芽ゼリーの中で自分とまったく生写しの人間を育てる。おそらく、この分裂作用が停止しないかぎり、最後には地球上にただ一種類の性と型の人間しかいなくなるような気がする。つまり、世界には無数の別々の肉体をもったたった一人の人間しかいないことになるのだ……このような肉体の群れがほんとうに独立した存在といえるだろうか？　やがてさまざまな特質を発達させることが彼らにできるだろうか？　疑わしいものだ。複製人間は周期的に親電池から充電を受けなければならない。これは複製人間の革命が起こりはしないかとびくびくしている分裂主義者たちの信条なのだ……　分裂主義者のなかには、最後に一種類の複製人間の独占ということの一歩手前で分裂作用をやめてもいいと考えている者もいる。「ただ、もう少しだけおれの複製人間をあちこちにばらまかせてくれ、旅行してもさびしくないように……」と彼らは言っている。「そして、好ましくない人物の分裂は厳重に取り締まらなければならない……」要するに自分の複製人間以外の複製人間はみんな「好ましくない」存在なのだ。もちろん、もしだれかがある地域に同一複製人間を充満させ始めれば、何が起こりつつあるかはだれにでもわかる。ほかの連中は「シュラピット」（すべての同一と思われる複製人間の大虐殺）を宣言することになるだろう。彼らは自分たちの複製人間を皆殺しにしないように、着色したりねじまげたりして顔や身体の型を変える。Ｉ・Ｒ――同一複製人間――製造の危険を冒すのは、まったく自暴自棄になった恥知らずの連中だけだ。

何代にもわたる劣性遺伝子の産物であるクレチン病にかかった白子《しろこ》のケイド（歯のない小さな口の内側には黒い毛がはえ、身体は大きなカニのようで、腕のかわりにつめがあり、目はとびでた茎状部の先端にある）は二万のＩ・Ｒをためこんだ。

「見わたすかぎり、複製人間ばかりだ」と彼は自分の家のテラスをはいまわりながら、奇妙な昆虫のような声でしゃべる。「おれはけちな野郎どもみたいにこそこそして、複製人間を糞尿だめの中で育てたり、鉛管工や配達人に化けさせてこっそり送り出したりする必要はないんだ……おれの複製人間には整形外科や下品な染色や漂白なんかで、彼らの輝くような美しさを損なったりするような必要はない。だが、彼らはだれが見ようと物ともせず裸で日なたにとび出し、その身体と顔と魂の美しさを光り輝かしている。おれは自分のイメージどおりに彼らを作り、どんどん繁殖するように命じた。彼らにこの地球を相続させたいからだ」

あるプロの女魔法使は族長《シーク》アラクニッドの複製人間培養を永遠に断ち切るために呼ばれた……女魔法使が反オルゴンを一発解き放つ準備をしていると、ベンウェイが言った。「あんまり夢中になって働くことはないよ。フリードリッヒ家族性運動失調症によって、あの複製人間どもは一掃されるさ。私はウィーンのフィンガーボトム教授のもとで神経病学を研究した……あの教授は人間の身体の神経を一つ残らず知っていた。じつにすばらしい男だったが……とても不愉快な最期をとげたよ……教授の痔が垂れさがってきて、乗っていたド・バントル公爵のヒスパーノ・スウィーザから飛び出し、後輪に巻きついたのだ。教授は身体の中身をすっかり抜きとられ、キリンの皮を張った座席の上には人間のぬけがらだけが残った……目や脳までが恐ろしいしゅぽんという音とともになくなってしまった。ド・バントル公爵はその身の毛のよだつようなしゅぽんという音は自分の壮麗な墓所に行くまで耳を離れないだろうと言っていたよ」

偽装した複製人間を確実に看破する方法はないので（どの分裂主義者も自分では間違いない

と思う方法をもってはいたが）、分裂主義者たちはヒステリーを起こして偏執狂的になっている。だれかが偏見のない意見でも述べようものなら、かならず歯をむき出してどなり声を上げる。「きみは何者だ？　どこかのいやなにおいのする黒んぼの漂白した複製人間なのか？」

酒場のけんかによる死傷者数はあきれ返るばかりの数に達している。まったくのところ、ニグロの複製人間——それは金髪色白で青い目をしているかもしれない——に対する恐怖が巻き起こす殺戮によって、全地域の人口は減少している。分裂主義者はみな潜在的ないし顕在的な同性愛倒錯者である。悪質な老いぼれホモが若い連中に言う。「女とつき合ったりしたら、自分の複製人間が育たないぞ」そして連中はたえず他人の複製人間の生産行程に魔法をかけようとしている。「おれの生産行程に魔法をかけるのか、ビディ・ブレア！」というような叫び声に続いて、どたばたと暴力騒ぎの物音が起こり、たえず町じゅうにひびき渡る……分裂主義者たちはたいてい黒魔術の練習に熱中し、捕虜にした複製人間を拷問にかけたり殺したりして親細胞（または原形質おやじ）をほろぼすためのさまざまな効力の法式を無数にもっている……　関係当局はついに、分裂主義者の間の殺人や複製人間の無免許製造などの犯罪を取り締まろうとしなくなった。それでも選挙前には手入れを行なって、複製人間密造者たちが巣食っている地域の山岳地帯でおびただしい複製人間培養盤を撲滅している。

複製人間との性行為は厳禁されているが、ほとんど至るところで行なわれている。破廉恥な連中が公然と自分の複製人間と交際する奇妙な酒場があちこちにある。私立探偵はホテルの部屋を次々にのぞきこんで、「ここに複製人間を引っぱりこんでいませんか？」と言う。

下層階級の複製人間の恋人たちの殺到に悩まされている酒場では同上符号（〃）を使って、「当店では何々おことわり」以下〃〃と記した看板を掲げている……　普通の分裂主義者は頻繁に恐怖や怒りに襲われ、送信者のようなひとりよがりの満足も、液化主義者のような気楽な堕落も味わえないで不安な生活を送っている……　とはいえ各党派は実際には分離しているわけではなく、ありとあらゆる組合わせを作って混じり合っている。

実際主義者は反液化主義者、反分裂主義者で、とりわけ送信者には強く反対している。

複製人間問題に関する照合的実際主義者の告示――「われわれは『望ましい複製人間』をこの地球に氾濫させるという安易な解決法を拒絶しなければならない。いったい望ましい複製人間などという物事の進行と変化を出しぬくような生物が存在するかどうかきわめて疑わしい。最も知的な、遺伝学的に申し分のない複製人間でさえも、おそらくこの遊星上の生活にとって口にするのもいまわしい脅威となるであろう……」

液化問題に関するT・B――試験的告示――「われわれはたえず液化の泥沼に陥ることなく最大限の融通性を維持することに努め、けっしてわれわれの原形質的精髄を否定してはならない……」不完全な試験的告示――「ことわっておくが、われわれは精神感応の研究そのものには反対しない。事実、正しく理解されて用いられる精神感応は、会社幹部や個人支配病患者たちのいかなる種類の組織的強圧政治や専制政治にも対抗できる防衛手段になりうるのだ。われわれが原爆戦争に反対するように反対するのは、このような精神感応の知識を、他の人間の個性を抑制し、圧迫し、堕落させ、搾取し、絶滅させるために使用することである。精神感応はもともと一方からだけ操作されるようなものではない。一方的精神感応《テレパシー》放送を確立しようとする企てはまったくの悪と見なさなければならない……」

D・B——決定版の告示——「送信者は否定面によって限定される。たとえば、低血圧区域、吸いこんでいく虚無。送信者は不思議なほど目立たぬ存在で、顔もなく、色もないだろう。送信者は——おそらく——目のかわりになめらかな皮の円盤をもって生まれるだろう。送信者はウィルスと同じように自分の行き先をいつも知っている。目は必要としないのだ」

「一人以上の送信者はないんでしょうか？」

「いや、最初はたくさんいる。しかし長くは続かない。感傷的な連中のなかには、送信が悪であることもさとらずに、自分が何か有益なことを送信できると考える者がいるだろう。科学者たちは『正しく制御されれば……送信は原子力のように役に立つ』と言うだろう。このとき、肛門の専門医が重炭酸ソーダを調合して、それを地球に、そして宇宙塵に変えるスイッチを引く。(げっぷ……この音は木星で聞える。)……芸術家たちは送信を創造と混同するだろう。彼らは『新しき表現方法』を謳歌してきゃーきゃー叫びつづけ、創造者としての自分が無になってしまう…… 哲学者たちは、送信がさらに送信を拡大すること以外には何の役にも立たないことは、ちょうど麻薬のようなものだということに気づかないで、目的と方法論争をさかんに繰りひろげる。何かほかのことをめざす手段として麻薬を使ってみることだ…… また、『コカコーラやアスピリン』の被実験グループの連中は、送信の悪魔的な魅力について論じることだろう。しかし、何の話だろうとあまり長くしゃべる者はいないだろう。送信者というやつはしゃべるのがきらいなのだ」

送信者は個人などというものではない……　人間ウィルスだ。（あらゆるウィルスは寄生的生活をおくる下等細胞である……　ウィルスは母細胞に対する特別の親和性をもっている。それゆえ質の低下した肝臓の細胞は肝炎などの居心地のよい場所を捜し求める。したがって、どの種類のウィルスにも親分ウィルス——その種類の堕落の象徴——がある。）

くだけた人間のイメージは刻々と細胞一つずつ移動している……　貧困、憎悪、戦争、刑事犯罪者、官僚制度、精神錯乱、すべては人間ウィルスの徴候である。

人間ウィルスは今では分離して処理することができる。

■郡事務官

郡役所の事務官は古い裁判所と呼ばれている大きな赤れんがのビルの中に事務所をもっている。そこでは実際に民事訴訟が審理され、裁判は係争者が死ぬか訴訟を放棄するまで容赦なくだらだらと続いている。これは、ありとあらゆることに関する莫大な数の記録がことごとく間違った場所にしまいこまれ、郡役所の事務官と助手たち以外はだれにも見つけることができず、事務官もしばしば捜し出すのに数年かかったりするためである。現に彼は一九一〇年に示談で事件が解決した損害賠償訴訟の関係資料をいまだに捜し続けている。古い裁判所の建物の大部分は廃墟になり、残りの部分も頻発する陥没のために非常な危険にさらされている。郡役所の事務官は危険度の高い仕事は助手たちに割り当てるので、多数の助手が勤務中に命を落としている。一九一二年には建物の北北東翼が崩れて二百七人の助手が犠牲者になった。

地域のだれかに対して訴訟が起こされると、訴えられた人間の弁護士たちはしめし合わせて事件を古い裁判所に移すようにする。ひとたびこうしてしまえば、訴訟は原告の負けになってしまう。それゆえ、実際に古い裁判所で審理される事件は、「法廷審問」を見たいと考える変り者や偏執狂がそのかした事件だけだ。だが、実際のところ裁判はめったに行なわれない。よっぽどニュース種が欠乏しないかぎり新聞記者が古い裁判所にやってくることはないから。古い裁判所は都市部の外のピジョン・ホールの町にある。この町と周辺の沼沢森林地帯の住民は非常に愚かで野蛮な習慣をもつ連中なので、行政当局は放射能のある鉄のれんが壁で囲まれた保留地の中に彼らを隔離しておくのがよいと考えている。その報復として、ピジョン・ホールの住民たちは「上品な都会人に告ぐ、この町で夜を迎えるな」としるしたポスターを町じゅうにべたべたはりつけた。だが、これは無用の戒告だ。上品な都会人は緊急の用事以外でピジョン・ホールにくることはないのだから。

リーの場合は緊急の用事だ。彼は十年間家賃を払わないで住んでいる家から追い立てられるのを防ぐためにペスト腺腫にかかっているという宣誓供述書をただちに提出しなければならない。どのみち彼はいつも隔離状態になっているのだ。そこで彼はスーツケースに供述書、請願書、強制命令書、証明書などを詰めこみ、バスに乗って辺境地域に向う。都会地域税関の検査官は手を振ってリーを通しながら言う。「そのスーツケースの中に原子爆弾があればいいがね」

リーは神経安定剤を一つかみ呑みくだし、ピジョン・ホールの税関の上屋へ入ってゆく。検査官たちは三時間もかけてリーの書類を一枚残らずひねくりまわし、ほこりまみれの法規書や税法書をひっぱり出して、「そしてこれは法令六百六十六条による科料に該当する」という文句で終るちんぷんかんぷんな不吉な感じのする一節を読む。そして意味ありげにリーの顔を見つめる。

検査官たちは拡大鏡をとりだしてリーの書類を注意深く調べ始める。

「よくわからないように下品な歌の文句が書きこんであるぞ」

「おそらくトイレット・ペーパーとして売るつもりだな。このぼろ家はきみ自身が使っているのか?」

「そうです」

「そうだと言ってるぞ」

「どうしてそれがこっちにわかるんだ?」

「宣誓供述書を出しました」

「頭のいい男だな。よし、服をぬげ」

「うん、いやらしいいれずみでもしているんだろう」

検査官たちは手荒くリーの身体をこづきまわして厳重に尻を調べ、禁制品や男色の証拠を捜す。次に、彼の髪を水にひたし、その水を分析検査にまわす。「麻薬が検出されるかもしれないからな」

最後に検査官はスーツケースを押収する。そして、リーは五十ポンドの書類の山をかかえて税関の上屋からよろよろと出てくる。

十人あまりの記録係が古い裁判所の腐った木造階段の上にすわりこんでいる。彼らは生気のない青い目で近づいてくるリーを見つめ、しわの寄った首(そのしわはほこりだらけだ)の上の頭をのろのろとねじまげて、リーが階段を登りドアの中へ入ってゆくのを見送る。建物の内部は、ほこりがもやのように空中に浮いていて、リーが歩くにつれて天井から降ってきたり床から煙のように舞い上がったりする。リーは一九二九年に不良品に指定された危険な階段を登る。一度などは足が下へつきぬけ、乾燥した木のとげが足の肉に突きささったりした。階段の終りの部分はペンキ屋の足場のようになっていて、すり切れたロープや滑車で遠くほこりのもやにかすんでほとんど見えない梁《はり》に結びつけられている。リーは注意深くロープを伝って、回転観覧車の箱に乗りこむ。彼の体重で水力機械装置が始動する。(流れる水の音。)回転観覧車はなめらかに動き、古靴の底のようにところどころすりへって穴があいている錆びた鉄のバルコニーのそばに音もなく止まる。リーはずらりとドアの並ぶ長い廊下を行く。大部分のドアは板を打ちつけて閉め切ってある。緑色の真鍮板に「近東趣味室」としるされている部屋の中では大立て者が例の長い黒い舌でシロアリをつかまえている。郡役所の事務官の部屋のドアは開いている。リーは戸口に立つ。事務官はリーのほうを見もしないでしゃべり続ける。家の中で事務官は六人の助手に囲まれ、たばこを噛みながら雑談をして坐りこんでいる。

「このあいだテッド・スピゴットにばったり出会ったよ……　いいやつだな、あいつも。まったく、地域にはテッド・スピゴット以上にすばらしいやつはいないな……　ところで、あれは金曜日だった。なぜ覚えているかというと、うちの女房が月経痙攣で寝こんじまったもので、ダルトン街のパーカー先生のドラッグストアへ行ったからなんだ。ほら、グリーンかあちゃんの純マッサージ診療所のまん前の、むかしジェドの貸し馬屋があったところさ……　ところで、ジェドといえば――苗字《みようじ》のほうはもうすぐ思い出すよ――あいつは左の目がやぶにらみだった。やつの女房は東のほうの何とかいうところ、そう、アルジェだったな、そこからきた女でね、ジェドが死んだ後で、また結婚したよ。相手はフート兄弟の一人で、ぼくの記憶に間違いがなければクレム・フートだよ、いいやつだな、あいつも。あの当時フートは五十四か五十五ぐらいだったろう…… ところでぼくはパーカー先生に言ったんだ。『うちの女房が月経痙攣で寝こんじまって、ひどいんだ。鎮痛剤を二オンスくれ』するとと先生は言ったよ。『ではアーチ、この帳面に書きこんでくれ。名前と住所と買った日付だ。法律だからね』

そこでぼくが今日は何日かなってきくと、先生は『十三日の金曜日』と答えたんだ。それからぼくは『もうサインはしましたよ』と言ってやった。『ところで』と先生が言った。『けさ、この店へある男がきたんだ。市《シテイ》の男だ。なんだかいやに派手な格好をしてたよ。それで、モルヒネをガラスびんにいっぱいというRXをもってきたんだ……なんだかおかしな処方がトイレット・ペーパーに書いてあったよ…… そこで、露骨にきいてやった。『お客さん、あなたは麻薬常用者じゃないんですか』『おやじさん、おれは足の爪が肉の中へのびる病気なんだ。苦しくてしようがないのさ』『そうでしょうが、私もかかりあいにならないように気をつけなくてはなりませんのでね。しかし、あなたの身体の状態が筋の通ったもので、りっぱな免許のある医師の処方したRXを持っていらっしゃるかぎり、喜んでお売りしますよ』

『「あの医者にはちゃんと免許があるよ」と男が言ったよ……　まあ、私が間違って下剤を一びん売ったとしても、一方の手はもう一方の手がやっていることを知らなかったってことになるだろう……　そこで、この男も下剤を飲まされたってわけだ』

『人間の血をきれいにするだけだからね』

『まさにそのとおりのことを私も考えたんだよ。硫黄や糖蜜よりははるかによいはずだとね……　ところでアーチ、私をおせっかいだと思わないでもらいたいが、いつも言っているように人間は神と薬剤師には何も隠せないものだよ……　きみはまだあの灰色の老いぼれ牝馬とよろしくやっているのかね？』

『なにを言うんだ、パーカー先生……　いいかね、ぼくはちゃんと家庭を持った男だし、第一非性欲派教会の長老なんだよ。それに、おたがいに子供だったあの時分は別だが、あれから馬のけつなんかにつっこんだことなんか一度もありゃあしないよ』

『あの頃はよかったな、アーチ、私がねじこみ油にからしを混ぜたときのことを覚えてるかい？　いつでも壺を間違えやがるってよく言われたもんだな。きみの悲鳴はマンコナメ郡じゅうに聞えるぐらいだった。きん玉をちょん切られたテンみたいにきーきー言ってたよ』

『そりゃちがうぜ、先生。からしをくらったのはあんたのほうのはずじゃないか。ぼくはあんたが落着くまで待たなけりゃならなかったんだ』

『こんな話、あられもない空想にすぎんさ、アーチ。いつだったか駅の裏のあの緑色の屋外便所の中に置いてある雑誌で読んだんだっけ……　ところでアーチ、いましがた言ったことだが、きみは私の言葉を誤解している…… 私が灰色の老いぼれ牝馬と言ったのはきみの奥方のことをさしていたんだ…… つまり、癰《よう》だの白内障《そこひ》だのしもやけだの痔だの口とか足の病気なんかで、きみの奥さんも以前のようにはいかないんじゃないかと思ってね』

『そうなんだ、先生、リズはまったく病身になったよ。十一回目の流産をしてからすっかり変ってしまった…… それには何かひどく奇妙なところがあったよ。医者のフェリス先生がはっきりとこう言ったんだ。「アーチ、あの女は、おまえのためにならんよ」って。それから先生は長いことぼくをじっと見つめるので、ぞっとしてしまった…… たしかにあんたの言うとおりだよ、先生。女房はもう昔の女房じゃない。それに、あんたの薬はさっぱりあの女を楽にしないようだ。実を言うと、先月あんたが売った目薬を使ってから、夜と昼の区別もつかなくなってるんだ…… でも先生、ぼくはあの老いぼれ牝牛のリズとつがってなんかいませんよ。死んだ悪童どもの母親を侮辱する気はさらさらないんですがね。十五歳になるかわいい女の子とつき合ってるんです…… 黒人町の髪の毛のばしと顔の色を漂白する美容院で働いていたアジア娘をおぼえているでしょうが』

『それでアーチ、そのアジア娘をものにしたのか？ その黄色い娘を？』

『ステディにやってますよ、先生、コンスタントにね。でも、大事なお勤めに尻をつっつかれてるんでね。古女房のとこへ帰らなくちゃならないよ』

『きっと彼女はうんとこさと潤滑油がいるぜ』

『たしかにあいつはからからだよ、先生…… では、鎮痛剤をありがとう』

『毎度どうも、アーチ…… へっへっへ……ときに、アーチ坊や、いつでも油が切れて錆びついたのに閉口したら、酒でも一杯ひっかけにくるがいい』
『そうするさ、先生、そうするとも。昔を思い出すからね』
それからぼくは家へ帰って、少し湯をわかし、鎮痛剤とチョウジと肉桂とサッサフラスを混ぜてリズに飲ませたんだ。リズはいくらか楽になったようだった。少なくとも、あまりてこずらせなくなった…… それからしばらくしてぼくは自分のゴムサックを買いにもう一度パーカー先生のところへ出かけた……そして、店を出たとたんにロイ・ベーンに出会った。いいやつだな、あいつも。この地域じゅうにロイ・ベーンよりすばらしい男はいないよ…… 彼はこう言った。『アーチ、あそこの空地に現われる年寄りのニグロを見たかい？ こいつは糞と税金みたいに確実なことだが、時計を合わせられるくらいぴったりと、毎晩同じ時間に現われるんだ。あそこのイラクサの陰に隠れてやつを見てみろ？ 毎晩八時半ごろあそこの空地にやってきて、台所器具みがきの鋼鉄くずを使ってファイトの練習を始めるんだ…… 説教屋のニグロと言うんだそうだ』
こんなわけでぼくは十三日の金曜日のだいたい何時かということがわかったんだ。そして、それから二、三十分以上はたたなかったはずだが、先生の店でカンタリスを少し買った。ちょうどその薬がききはじめたとき、ぼくは黒人町に向ってグレネル沼のそばを歩いていた…… ところで、この沼が湾曲しているあたりに、以前ニグロの小屋があった…… ここに住んでいた年寄りのニグロはカント・リックで焼き殺されてしまった。口とか足をわずらい、まったく目の見えないニグロだったよ…… ところがテクサカーナからきた白人女が金切り声でわめきたてたのだ。

『ロイ、あの年とった黒んぼがとってもいやらしい目つきであたしを見つめてるのよ。まったく身体じゅうよごれたような気がするわ』

『まあ、おまえ。いらいらするなよ。おれがみんなといっしょにやつを焼き殺してやるよ』

『じりじりやるのよ、あなた、ゆっくり殺してね。黒んぼのおかげで頭痛がして吐き気がするわ』

こうしてニグロは焼き殺され、男は女房を連れて、ガソリン代も払わずにテクサカーナへ帰っちまった。給油所をやっているひそひそ話のルーは秋の間じゅう、『市の連中ときたらここへきて黒んぼを焼き殺すが、そのガソリン代も払っていかねえ』という以外に話もしようとしないありさまだったよ。

ところで、チェスター・フートのやつがそのニグロの小屋をとりこわして、ブレッド・バレーの自分の家のすぐうしろに建て直したんだ。黒いきれいで窓をすっかりおおっちまったが、その中で何が行なわれてるかはとても話せたもんじゃない…… なにしろチェスターときたらまったく奇妙な癖をもってるからな…… ところで、ちょうどそのニグロの小屋が以前あった場所なんだよ、ほら、ブルックスおやじの家のちょうど向う側の、毎年春になると水が出たところさ。もっとも、あの当時はブルックスの家じゃなかった……スクラントンという男のものだった。ところで、あの土地は一九一九年に測量されたんだ…… その測量をやった男も知っているだろう……ハンプ・クラレンスという男で、よく副業に井戸を見つけて歩いていたっけ……いいやつだな、あいつも。この地域じゅうにハンプ・クラレンス以上にすばらしい男はいないよ……ところで、ちょうどそのあたりなんだよ、テッド・スピゴットが小犬にねじこみをやっているのに出くわしたのは」

リーはせきばらいをした。事務官は眼鏡ごしに視線を上に向けた。「やあ、きみ、ぼくの話が終るまで待っててくれたら、ご用をうかがいますよ」

そう言って、彼はまた、牝牛から恐水病をうつされたニグロの話に熱中し始めた。

「それからぼくのおやじがぼくに言ったんだ。『おい、仕事を片づけろ。気ちがい黒んぼを見にいこう』……そのニグロはベッドに鎖でつながれて、牛のようなわめき声を上げていたよ……ぼくはすぐにげっそりしてニグロを見ていられなくなっちまった。ところで、諸君、まことに失礼だが、私は枢密院に用ができたものでね、へっ、へっ、へっ！」

リーはこの言葉を聞いてぞっとした。郡役所の事務官はしばしば屋外便所の中でサソリやデパートのカタログを食べて何週間も過ごすことがあるのだ。彼の助手たちが便所の戸をこじ開けて、すっかり栄養失調に陥った事務官を運び出したことも数回ある。リーは最後の切り札を使う決心をした。

「アンカーさん」とリーは言った。「私は『カミソリの背』クラブの一員として同じ仲間のあなたにお願いします」リーは青年時代の名残りである『カミソリの背』クラブの会員証を引っぱり出した。

事務官は疑い深そうにカードを見つめた。「きみは本当の会員のようには見えないが……ユダヤ人をどう思うかね……?」

「そりゃ、アンカーさん、あなたもご存じのとおり、ユダヤ人がやりたがることといえばキリスト教徒の女をだますことだけですよ……　そのうちにわれわれがその欲望もなくさせてお目にかけますよ」

「なるほど、きみは都会人のわりにはまったく気のきいたことを言う……　よし、この男の用事を聞いて片づけてやれ……　いいやつだよ、こいつは」

■インターゾーン

インターゾーン原住民のなかでホモでもなくホモにすることもできない人間は、アンドルウ・キーフの運転手だけだ。このことは当のキーフにとっては気どりとかつむじ曲りとかいう問題ではなく、会いたくない人間との関係を絶つための口実として役に立っている。「きのうの晩、きみはアラクニドにちょっかいを出したな。二度とおれの家へはこないでくれ」ゾーンの連中は酒を飲もうと飲むまいと年じゅう記憶を失っている。だから、アラクニドのような魅力のない人間に絶対にちょっかいを出さなかったとはだれにも断言できないのだ。

アラクニドはおよそ役に立たない運転手で、車を走らせるのもやっとこさというところだ。あるとき、彼は木炭を背中にしょって山から降りてきた妊婦をひき倒した。女は通りのまん中で血まみれの死んだ赤ん坊を流産した。キーフは車から降りて歩道のふちに腰をおろし、ステッキで血をかきまわしていた。その間に警官がアラクニドを尋問し、けっきょく、衛生法違犯で女を逮捕した。

アラクニドは奇妙な石板のような青灰色の長い顔をした、ものすごく醜い若者だ。鼻は大きく、馬のようにばかでかい黄色い歯をしている。だれでも魅力のある運転手を見つけることはできるが、アラクニドを見つけることはアンドルウ・キーフでなければできなかっただろう。キーフは才気にあふれたデカダン派の若い小説家で、原住民街の赤線地区の改造小便所の中に住んでいる。

ゾーンはたった一つの巨大な建物だ。各部屋は塑性《そせい》セメントでできていて、それがふくらんで人びとを収容する。しかし、一室にあまりにも多数の人間がはいりすぎると、すぽんとなめらかに壁に穴があいて誰かが隣家へ押し出される。隣家というのは隣りのベッドのことだ。部屋は大部分がベッドになっていて、地域の事柄はみなベッドの上で処理されるからだ。性行為と商取引のかもし出す騒音が巨大なハチの巣のようなゾーンの空気を震わせている――

「三分の二パーセントだ。それ以上は絶対にゆずらない。どんなことをしたってだめだ」

「だけど、きみ、船荷証券はどこにあるんだい?」

「きみが探しているところじゃないよ。それじゃすぐわかりすぎる」

「陰嚢《いんのう》パッドつきお仕着せユニフォーム一梱《こり》。ハリウッド製」

「ハリウッド・シャム」

「だが、アメリカン・スタイル」

「コミッションはどうなんだ?……　コミッション……　コミッションは」

「そう、たんまりとね、目下フェゴ諸島の保健局が防疫隔離している南大西洋の正真正銘の鯨《くじら》ドレクから作ったK・Yゼリーの船荷だよ。コミッションかい、ええ、きみ!　もしこれをうまくやりとげることができたら、ぼくたちは贅沢三昧に暮らせるんだぜ」（鯨ドレクは鯨を切りきざんで処理する間にたまる廃棄物のこと。ひどく生臭きたならしいもので、その悪臭は数マイル離れたところまでにおう。これの利用法はまだ何も発見されていない。）マービーと不運なリーフの二人がやっている無限責任会社インターゾーン輸入商会はK・Yゼリーの取引で大もうけをした。実際は、彼らは薬剤を専門に扱い、副業として現在知られている六つの性病全部を網羅する二十四時間営業の売春宿を経営している。（今日までに六種類の異なる性病が確認されている。）

彼らは取引に突入する。気の短いギリシャ人の回漕業者や税関の一交替組の検査官全員に、口に出しては言えないサーヴィスをする。そのうちに二人の協同経営者は仲たがいを始め、ついには大使館に行ってたがいに喧嘩を始めるが、「そんなこと聞きたくない」という部に行くことを命ぜられ、果ては裏口から糞の散らばる空地へ押し出される。そこではハゲタカが魚の頭の取り合いをして争っている。二人はヒステリーを起こしてやり合う。

「おれのコミッションをだまし取ろうというのか！」

「おまえのコミッションだと！　最初にこのうまい仕事をかぎ出したのはいったいだれなんだ？」

「しかし、おれは船荷証券を持ってるぞ」

「人非人め！　小切手はおれの名前で書いてくるんだ」

「畜生！　おれの分け前がちゃんと第三者保管にならないかぎり、船荷証券は絶対に渡さないからな」

「まあ、キッスをして仲直りをしたほうがいいんじゃないか。おれには何もさもしい考えはないんだからな」

二人は熱のない握手をする。取引は何カ月もだらだらと長引く。二人は促進係を雇って仕事をさせる。そしてついにマービーは、四十二人のトルキスタン地方のクルド人に宛《あ》てて南アメリカの匿名銀行から振り出されアムステルダム経由で交換清算されることになっている、手続きに十一カ月ぐらいかかる小切手を持って現われる。

これでもう彼は広場の酒場でゆっくりくつろげるようになる。彼は小切手の写真コピーを人びとに見せびらかす。もちろん原物を見せようとはしない。だれか嫉妬深い人間に署名にインク消しをかけられたり小切手を破かれたりするといけないからだ。

だれも彼もがお祝いに酒をふるまってくれと言うが、彼は愉快そうに笑って、「じつは自分が一杯やる余裕もないんだ。アリの痲病のために、薬を買ってクルド金を残らず使ってしまったのさ。やつはまたすっかりやられちまいやがったんだ。おれはもう少しであん畜生を壁ごしに隣りのベッドへ蹴こむところだったよ。しかし、みんなも知ってるとおり、おれはまったく情にもろいからな」

マービーは自分が飲むビールを一杯注文し、ポケットから黒ずんだ硬貨を一枚ひねり出してテーブルの上に置く。「釣りはいいよ」給仕は貨幣をちり取りの中にさらいとり、テーブルの上につばを吐いて立ち去る。

「おこってやがる！　おれの小切手がうらやましいんだな」

マービーは彼自身の表現によれば「一昨年」以来インターゾーンで暮らしていた。彼は国務省のある不明の地位から「公務の利益のために」退職していた。明らかにかつては頭をクルー・カットにした大学生のようにきわめてハンサムな青年だったのだが、今では顔がたるみ、あごの下には溶けかけたパラフィンのようなこぶができていた。そして腰のまわりには贅肉がつき始めていた。

不運なリーフは片目に眼帯をかけた、背の高いやせたノルウェー人で、その顔にはいつも人の機嫌をとるようなにやにや笑いがこびりついていた。彼の過去には何を企てても失敗に終るという不運な記録が山ほど残っている。彼はカエル、チンチラ、シャム闘魚の飼育、ラミー麻の栽培、真珠の養殖に失敗した。また、「恋人同士を一つの棺に埋葬する墓地」を普及させようとしたり、ゴム不足の時期にコンドームの買い占めを企てたり、通信販売の女部屋の経営に乗り出したり、特許売薬としてペニシリンをばらまいたりしてさまざまな事業を試みたが、いずれも成功しなかった。また、ヨーロッパのカジノやアメリカの競馬場の賭博組織のまねを企てたが大損害をこうむった。彼の事業における裏目は日常生活で彼の身にふりかかってくる信じがたいような災難と好一対をなしていた。彼の前歯はブルックリンで野獣のようなアメリカ水兵たちにへし折られた。パナマ市の公園で鎮痛剤を半リットル近くも飲んで意識を失ったときには、ハゲタカが片方の目をほじくり出して食べてしまった。あるとき一人で乗りこんだエレベーターは階と階との間で故障して止まり、すさまじい麻薬禁断症状を起こしながら五日間閉じこめられたし、靴のロッカーにもぐりこんで密航している最中には、アルコール中毒譫妄《せんもう》症に襲われた。また、カイロでは腸閉塞と穿孔性潰瘍と腹膜炎を起こして倒れたことがあったが、病院が超満員だったので、彼は便所の中に寝かされた。そしてギリシャ人の外科医がへまをやって、彼の腹の中に生きているサルを縫いこんだ。それからアラビア人の付添人たちに強姦され、その一人は便器クリーナーの代用にペニシリンを盗んでいった。また、尻を痳病にやられたときには、ひとりよがりのイギリス人の医者が熱い硫酸の灌腸《かんちょう》で治療したし、技術医学を行なうドイツ人の開業医は彼の虫垂を錆びたかん切りとブリキ切りばさみで取り除いた。(この医者は細菌学説を「無意味なたわごと」と考えていた。)そして成功に得意になった医者は見えるかぎりのものを片っぱしからちょん切ったり、切り取ったりし始めた——「人間の身体は不必要な部分でいっぱいだ。腎臓は一つでやっていける。二つもあるのか? そら、一つになったぞ…… 身体の内部はあんまりごちゃごちゃとこみ合っているべきではない。祖国のようにスペースが必要なのだ」

促進係にはまだ金を払ってなかったので、マービーは小切手が清算されるまでの十一カ月間、なんとか彼をごまかさなければならなくなった。促進係は地域と島の間の連絡船の上で生まれたという話だった。彼の職業は商品の引渡しを促進することだった。彼の仕事が少しでも役立っているかどうかはだれにも確実にはわからなかった。彼の名前が出ると、いつも必ず論争が巻き起こり、彼の不思議な有能ぶりと徹底した役に立たなさ加減を証拠だてる実例がそれぞれに持ち出された。

島は地域のすぐ真向いにあり、イギリス陸海軍の駐屯地になっていた。イギリスは島を一年間の無料契約で借りうけ、毎年その借地契約と駐屯許可を正式に更新している。そのときには、全住民が強制的に狩り出されて市のごみ捨て場に集まる。そして島の大統領は、慣例によってごみの山の上を腹ばいになって進み、島の全住民が署名した駐屯と借地契約更新の許可証を、きらびやかな正装の軍服姿で立っている駐屯軍司令官に手渡す。司令官は許可証を受けとり、上衣のポケットに押しこむ。

「では」と彼はこわばった微笑を浮かべて言う。「きみはわれわれをもう一年駐屯させることに決定したのだね？　まことにありがたいことだ。それで、みんなこのことを喜んでいるか？……　だれか喜んでいない者がいるかね？」

ジープに乗った兵士たちがすえつけた機関銃の筒先を群衆のほうに向けてゆっくりと捜し求めるような動作であちらこちらへ動かす。

「みんな喜んでいるのか。よし、それは結構だ」司令官は愉快そうに言って、ひれ伏している大統領のほうに向き直る。「わしが不意に捕まったときの用心にきみの証明書は保管しておくことにしよう。はっ、はっ、はっ」彼の大きな金属的な笑い声はごみ捨て場の向う側までひびきわたり、群衆は銃口ににらまれながら司令官といっしょに笑う。

島にはデモクラシーの政治体制が念入りにしかれていた。上院と下院があり、絶え間なく開会されて、ごみくず処理と屋外便所検査の問題が論議されている。彼らが権限を持っている問題はこの二つだけなのである。十九世紀中頃には短期間だけヒヒ保存課の管理を許されていたが、この特権は上院の欠席戦術のために取り上げられてしまった。

大統領の地位はいつも、とくに有害な評判の悪い住民に押しつけることになっている。大統領に選ばれるということは、島の住民の身にふりかかる最大の不運であり恥辱である。この不名誉の深刻さは、任期が終るまで寿命を保った大統領がきわめて少なく、たいていは一、二年後に意気消沈して死んでしまうほど強烈である。促進係はかつて大統領だったが、四年の任期を最後まで勤め上げた。続いて彼は名前を変え整形手術を受けて、できるかぎり屈辱の記憶を抹殺した。

紫色の尻をしたトリポリ産ヒヒは十七世紀に海賊によって島にもちこまれた。そして、ヒヒが島からいなくなったときに島は陥落するという伝説が生まれたが、何者の手に、どのようにして陥落するのかは説明されていない。また、ヒヒの有害な習性はほとんど耐えがたいほどに住民たちを悩ませているが、この動物を殺すことは重大な犯罪になっている。ときおり、住民のなかには狂暴になって数匹のヒヒを殺したあげく自殺してしまう者もいる。

「ああ、もちろん……きみの報酬は払うよ」とマービーは促進係に言っていた。

「しかし、安心してろよ。たぶん、もうしばらくは……」

「安心してろだって！　もうしばらくは、か！……　冗談じゃない」

「うん、それはよくわかってるさ。金融会社がきみの女房の人工腎臓を回収し……　きみのおばあさんを人工肺から追い出すというんだろう」

「そりゃ、きみ、いささか悪趣味だよ……　率直に言うと、おれ自身はこんなことに関係したくはなかったんだ。あのべらぼうな油は、あまりにもコールタール分が多すぎる。先週のいつだったか、税関へいったがね、ほうきの柄を油のドラムかんの中へ突っこんだら、たちまち柄の先端がとけちまったぜ。おまけに、あのにおいときたら人の尻にこたえちまうよ。きみもちょっと、港のそばへ散歩に行ってみるべきなんだ」

「そんなことするもんか」とマービーは金切り声を出した。自分が売ろうとするものにけっして手をふれず、そばへ近づこうともしないのは、地域の階級的特徴の一つなんだ。商品に触れることは小売の疑いを招く。つまり普通の行商人であることを意味する。地域の大部分の商品は、街の行商人の手を通じて販売されている。

「なんだってこんなことをおれに言うんだ？　下劣すぎるぞ！　そんなことは小売の連中に心配させとけ」

「ああ、きみはそんなことを言ってすましていられるさ。どんなへまをやってもさっさと抜け出せるんだ。しかし、おれには大切にしなければいけない評判というものがある……　これにはやっかいな問題が出てくるよ」

「この仕事になにか違法な点があるというのか？」

「かならずしも違法というわけじゃない。しかしインチキだ。明らかにインチキだ」

「ちぇっ、陥落しないうちにさっさと島へ帰りやがれ！　広場の便所で紫色のけつを五ペセタで売っていた時分のおまえを知っているんだぞ」

「それも、たいして客はなかったな」とリーフが口をはさんだ。彼は「そえも」と発音した。

この島生まれの人間に向けられた当てこすりは、もはや促進係には堪えきれなかった…… 彼は居ずまいを正し、全力をつくしてイギリス貴族の冷厳な態度をまねして、ひややかで痛烈な「ぎゃふんといわせるような文句」を浴びせようとしたが、そのかわりとして彼の口からもれたのは、蹴とばされた犬の哀れっぽいすすり泣くような、うなり声だった。白熱する憎悪の光の中から、整形手術をうける前の彼の顔が浮かびあがった…… 彼はいまわしい窒息しそうな咽喉にかかった島なまりでのろいの言葉を吐き始めた。

島の人間はみんな言葉のなまりに対しては知らぬふりをしたり、その存在を頭から否定したりする。「おれたちはイギレス人だ。なめりなんてあるものか」と彼らは言う。

促進係の口の両端に泡がたまった。彼は小さな唾液の粒をこまかい綿くずのように吐き散らしていた。堕落した精神の悪臭が緑色の雲のように彼のまわりに漂っていた。マービーとリーフは驚いて身震いしながらしりごみした。

「やつは気が狂っちまった」とマービーはあえぎながら言った。「ここから逃げ出そうじゃないか」二人は冬のあいだ冷たいトルコ風呂のように地域をおおう霧の中へ手に手をとって逃げ去ってゆく。

■診察

カール・ピーターソンは、十時に精神衛生予防局に出頭してベンウェイ医師に会えという指令のはがきが自分の郵便箱に入っているのを見つけた…… 「いったい私に何の用があるというのだろう？」と彼はいらいらしながら考えた…… 「きっと何かの間違いだ」しかし彼は彼らが間違いをしないことを知っていた…… 人違いは絶対にしない……

たとえ出頭しなくても何も処罰を受けることにはならないとしても、この命令を無視する考えはカールの頭には思い浮かばなかったであろう…… フリーランドは福祉国家だ。もし市民が骨粉肥料の山からセックスの相手に至るまで何であろうと欲するならば、どこかの役所がたちまち効果的なしろものを提供してくれる。この世にあまねき慈悲深さの中にそれとなく含まれている脅威は反抗などという考えを窒息させてしまった……

カールは市庁広場を横切って歩いた…… 真鍮の生殖器をもった高さ六十フィートのニッケル製の裸像群がきらめく噴水を浴びて沐浴している…… ガラスのれんがと銅で作られた市庁

の丸屋根は空を突き上げるようにそそり立っていた。

カールは一人の同性愛のアメリカ人観光客をにらみかえした。アメリカ人は目を伏せて手に持っているライカのフィルターをいじりまわした……

カールは精神衛生予防局のエナメル塗りの鋼鉄の迷宮のような建物の中へ入り、受付のデスクの前に大股で歩み寄り……自分の名刺を出した。

「五階……二十六号室……」

二十六号室では、一人の看護婦が海底のつめたさを思わせる目で彼を見つめた。

「ベンウェイ先生はあなたをお待ちかねです」と看護婦は微笑して言った。「すぐおはいりください」

「まるで私を待つこと以外にはすることがないみたいだな」とカールは思った……

医師の部屋はまったく静まり返り、乳白色の光にあふれていた。医師はカールの手を握りながら、この若者の胸をじっと見すえた……

「この男には前に会ったことがある」とカールは思った……「だが、どこだったろう？」

カールは椅子にすわり、足を組んだ。デスクの上の灰皿を見やって巻たばこに火をつけた……それから彼は無礼というだけでは言い足りない感じのする落着きはらった詰問的な視線を医師のほうに向けた。

医師は当惑しているように見えた……　そわそわと落着かない様子で、せきばらいをしたり……書類をいじりまわしたりした……

「えーと……」と医師はやっと口を開いた……「きみの名前はカール・ピーターソンだったね……」医師の眼鏡は学者的身ぶりを諷刺するように鼻の上へずり落ちた…… カールは無言でうなずいた。医師は彼のほうを見なかったが、それでもカールがうなずいたのを感じとったようだった…… 医師は一本の指で眼鏡をもとの位置へ押しもどし、白エナメル塗りのデスクの上のとじこみ書類を開いた。

「ふううううん、カール・ピーターソンか」と医師はいつくしむような口調でその名前を繰り返し、口をすぼめて、数回うなずいた。それから急にまたしゃべり出した。「もちろんきみは、われわれが試みているのだということは知っているね。われわれはいつも試みているのだ。むろん、ときには失敗することもあるが」医師の声はしだいに弱々しくかすれて消えていった。彼は片手を額にあてた。「個々の市民の必要に国家の機能をうまく当てはめることをね。国家は単に道具だから」医師の声があまりにもだしぬけに大声でひびきわたったので、カールはびっくりした。「われわれが考えているとおり、それだけが国家の機能なのだ。われわれの知識は……もちろん不完全だ」医師はちょっと軽蔑的な身ぶりをした……「たとえば……たとえば…… 性的偏向の問題をとり上げてみよう」医師は椅子にすわった身体を前後にゆすり始めた。眼鏡が鼻の上にずり落ちた。とつぜんカールは不安な気持に襲われた。

「われわれはそれを災難と見なしている……病気……たとえば、結核のような……明らかに、それを不都合だといってとがめるべきでないと同様に、別に法的にとやかく言うべきすじあいのものではない…… そうとも」医師はまるでカールが異議を唱えたかのようにきっぱりと繰り返した。「結核だ。いっぽう、だれにもたやすくわかることだが、いかなる病気も公衆衛生の関係当局にある種の、義務を負わせるものだが、ある種の予防的性質の必要措置をとらなければならない。言うまでもなく、このような必要措置は、自分には何の過失もないのに病気に感染した不運な者に、できるだけ不自由や苦しみを与えないように施行されるべきだ……もちろん、できるだけ苦しみを与えないというのは、他の感染していない者たちの適切な保護と矛盾しないかぎりにおいてのことだ……われわれは天然痘の予防接種の義務化を不合理な処置とは考えていない……ある種の伝染病の隔離処置にしても同じことだ……きみも賛成してくれることだろうが、フランス人が『優雅な病気』と呼んでいる病気、へ、へ、へ、に感染している者は、自発的に出てこない場合には、強制的に治療を受けさせるべきなのだ」医師はくすくすと笑いながら機械仕掛けのおもちゃのように椅子にすわった身体をゆすり続けた……カールは自分の発言が待ちうけられていることに気づいた。

「もっともなことのようですね」と彼は言った。

医師はくすくす笑いをやめた。そして急に動かなくなった。「さて、この性的偏向の問題にもどることにしよう。率直に言うと、どうして性の相手役として自分と同性の者のほうを好む男や女がいるのか、われわれにわかっているとは——少なくとも完全には——言えないのだ。だが、この現象がかなり普遍的なもので、ある面では、この役所に関係がある問題だということはよくわかっている」

はじめて医師の目が光り、カールの顔を見まわした。それは、思いやりや憎しみなど、これまでにカールが自分で経験したり他人に認めたりした感情の痕跡が少しもない、つめたくてしかも激烈な、略奪的でしかも無性格な目だった。カールはとつぜん、あらゆる温かみと確実さの根源から切り離されたこの部屋の沈黙の水中のほら穴に落ちこんだ感じがした。つつましやかな軽侮の色を少したたえて油断なく、静かにそこにすわっているカール自身の姿は、あたかも生命力が体内から流れ出て、部屋の乳状の灰色の媒介物とまざり始めたかのようにぼやけていった。

「現在のところ、これらの病気の治療法は徴候だけの処理にとどまっている」医師はとつぜん身体をのけぞらせて、大きな金属的な声で笑いだした。カールはぎょっとして医師を見まもった……「この男は狂っている」と彼は思った。医師の顔は賭博師の顔のように無表情だった。カールはエレベーターが急にとまったときのような奇妙な感覚を腹のあたりに感じた。

医師は自分の前のとじこみ書類をじっと見つめていた。やや人を見下した面白そうな口調でしゃべりだした。

「ねえ、きみ、そんなに驚いた顔をするなよ。職業的な冗談にすぎないんだ。治療法が徴候の処理にとどまるというのは、患者をできるだけ楽にさせてやること以外には何も根本的な治療方法がないということだ。そして、それこそわれわれがこれらの患者に試みようとしていることにほかならない」ふたたびカールは冷たい興味が自分の顔にぶつかってくるのを感じた。「つまり、安心させることが必要なときには安心させること……そしてもちろん、他の同傾向の者と適当に交流させることだ。隔離は必要ではない……状態が癌と同じように接触伝染性ではないからだ。癌といえば、私が最初にほれこんだやつだ」医師の声は急に弱まって薄れていった。彼は実際、デスクの前に脱けがらの身体を残して、見えないドアをすり抜けて立ち去ってゆくように見えた。

とつぜん医師はまた歯切れのいい声でしゃべりだした。「そんなわけだから、きみはどうしてわれわれがこの問題に関心をもつのか知りたがってもいいんじゃないか？」医師は日なたの雪のように輝かしく冷たい微笑をひらめかした。

カールは肩をすくめた。「私の知ったことではありませんよ……私が知りたいのは、どうしてあなたが私をここへ呼んだのか、なぜ私にこんな……こんな……」

「ばかげた話をするのか、かね？」

カールは自分の顔が赤らむのに気づいて困惑した。

医師は身体をうしろにそらし、両手の指先を揃えて見つめた。

「若い者はつねに急ぐ」と医師は甘やかすような口調で言った。「きみにもいつかは忍耐の意味がわかるだろう。いや、カール……　カールと呼んでもいいかね？　私はきみの質問をそらそうとしているわけではない。結核の疑いがある場合には、われわれは――つまり適当な行政部門は――その人間に蛍光透視検査を受けにくるように頼んでもいいのだ。あるいは要求することさえできる。これは日常のきまりきったことだよ。こういう検査の結果はたいてい陰性なんだ。だから、きみがここに出頭を求められたのは、精神蛍光透視検査とでも言うべきもののためだ。まあ、こうやってきみと話をしたあとの感じでは、きっと結果は実際的には陰性だろうという確信がわりあいに持てることをつけ足してもいいよ……」

「しかし、すべてがばかげてますね。私はいつだって興味を持ったのは女だけでしたよ。今だってちゃんときまった恋人の女があります。私たちは結婚するつもりです」

「ああ、カール知っているよ。だからこそ、きみはここへきたのさ。結婚の前に血液検査をやることは筋の通ったことじゃないか、違うかね？」

「どうか先生、はっきり言ってください」

医師の耳は聞えないようだった。彼はふらふら椅子から立ち上がり、カールの背後を歩きまわり始め、その声はものうげで風の強い街を流れる音楽のようにとぎれとぎれにしか聞えてこなかった。

「これはごく内密の話だが、明らかに遺伝的要因が存在する形跡がある。社会的圧迫だ。多数の同性愛者は潜在的な者も顕在的な者も、残念なことに結婚してしまう。このような結婚の結果はしばしば……幼児期の環境の要因」医師の声はどんどん続いた。彼は精神分裂症について、癌について、視床下部の遺伝性機能障害について話していた。

カールはうたたねをした。彼は緑色のドアを開けていた。恐ろしくいやなにおいに肺をしめつけられ、ぎょっとして目を覚ました。医師の声は奇妙に単調で生気がなく、麻薬常用者《ジャンキー》のささやき声のようだった。

「クライバーグ＝スタニスラフスキー精液綿状反応検査……診断器具……少なくとも消極的な意味で表わしている。ある場合には役に立つ——全体的構想の一部として……　おそらくそのような状態では」医師の声が急に高くなって受動男色者の金切り声になった。「看護婦がきみのテストをとるよ」

「どうぞこちらへ……」看護婦がドアを開くと白い何もない壁に囲まれた小さな仕切り部屋があった。看護婦はカールに広口のびんを手渡した。

「これをお使いになって。すんだら叫んでください」

ガラス棚の上にＫ・Ｙゼリーのびんがあった。カールは、母親がハンカチを広げてくれたみたいな恥ずかしさを感じた。「あたしがカントなら二人で乾物屋でも開きましょう」みたいなつまらないメッセージが縫いつけてある。

Ｋ・Ｙゼリーを無視してカールはびんのなかに射精した。看護婦をガラスれんがの壁に押しつけて、立ったまま冷たく荒々しく犯すところを想像しながら。「おいぼれガラスカントめ」と彼は冷笑し、オーロラの下、色つきガラスのかけらでいっぱいのカントを思い浮かべた。

カールはペニスを洗い、ズボンのボタンをかけた。

なにかが冷やかな嘲笑的な憎悪をこめてカールの思考と動作を一つ残らず見まもり、彼の睾丸の動き、直腸の収縮を観察していた。彼は緑色の光のあふれる部屋にいた。よごれた木製のダブル・ベッドと全身用の鏡のついた黒い衣裳戸棚があった。カールには自分の顔が見えなかった。だれかがホテルの黒い椅子に腰かけていた。そいつは胸の堅い白ワイシャツを着て、汚れた紙のネクタイを締めていた。その顔はふくれあがって脳みそのない目だけがただれた膿汁のように光っていた。

「どうかしたんですか？」と看護婦が冷淡に言った。彼女は水のはいったコップをカールに差し出していた。そして、よそよそしい侮蔑のまなざしでカールが水を飲むのを見まもった。看護婦は横を向き、いかにも不愉快そうに広口のびんを取り上げた。

看護婦はカールのほうを振り向いた。「なにかお待ちになってるんですか？」と彼女はぴしゃりと言った。カールはおとなになってから人にこんな言い方をされたことはなかった。「どうしていけないん……」「もう帰ってもいいんですよ」看護婦は広口のびんのほうに向き直った。彼女は小さな嫌悪の叫びをあげて、自分の手についた精液のしずくをぬぐう。カールは部屋を横切り、ドアの前で立ちどまった。

「またくることになりますか？」

看護婦は驚きながら非難する目つきでカールを見つめた。「もちろん通知がいきますよ」彼女は仕切り部屋の戸口に立って、カールが外側の事務室を通りぬけてドアを開けるのを見まもった。カールは振り返り、陽気に手を振ってみせた。看護婦は身動きもせず、表情も変えなかった。階段を降りかけたカールは、みじめな偽りの笑顔が残っていて恥ずかしさで顔が熱くなった。ホモの観光客が彼を見て、抜け目なさそうにまゆげを上げた。「どうかしたのかい」

カールは公園に走りこみ、シンバルを持った青銅製の半人半羊《フォーヌ》のそばにあいているベンチを見つけた。

「ぼうや、髪をたらしてごらん。そのほうがいい気分になるよ」観光客がカメラをカールの目の前で大きな垂れさがった乳首のようにぶらぶらさせながら、かがみこんできた。

「失せやがれ！」

カールはこの女役ホモの卵巣をとり除いた動物のような茶色の目の奥に、何か下劣ないまわしいものが光っているのを見た。

「ああ！　私がきみだったら人をののしったりはしないな、ぼうや。きみもひっかかったんだ。私はきみがあの役所から出てくるのを見ていたよ」

「それはどういう意味だ？」とカールは詰問した。

「いや、べつに。なんでもないよ」

「さて、カール」医師は微笑を浮かべ、カールの口の高さに視線をすえて話し始めた。「ちょいとばかりいい知らせがあるよ」医師はデスクの上から青写真用紙を一枚とり上げると、もっともらしい身ぶりでじっと見つめ、「きみの検査は、えーと……ロビンソン゠クライバーグ綿状反応検査は……」

「ブロンバーグ゠スタンロウスキー検査ではなかったですか」

医師はくすくす笑った。「いやあ、違うよ……　きみは先まわりして考えすぎる。誤解したにちがいないよ。ブロンバーグ゠スタンロウスキーというのは、そりゃ、まるっきり違う種類の検査だ。それが必要でないことを望んでいるがね……」医師はまたくすくす笑った。「しかし、前にも言ったように、まったく愉快な口出しをうけたものだ……わが学識ゆたかな若き相棒にね。さて、きみのＫＳはどうやら……」医師は腕をいっぱいに伸ばして青写真用紙を宙にかざした。「……完全に陰性だな。これでたぶん、これ以上きみに手数をかけることはあるまい。それにまた……」医師は青写真用紙を注意深くたたんでとじこみに収めた。彼はとじこみをめくりかえし、最後に手をとめて、顔をしかめ、口をすぼめた。それから、とじこみを閉じ、その上に片手をぺたんと置いて身を乗り出した。

「カール、きみが軍隊に行っていたときは……きっと……いや実際のところ、女性によって得られる慰めや便利さを取り上げられていた長い期間があったわけだ。この疑いもなくつらい苦しい時期には、たぶんピンナップ写真で気をまぎらしていたのだろうね？　おそらく、べたべたと壁の上にハーレムを作って？　はっ、はっ、はっ……」

カールは嫌悪をむき出しにして医師を見つめた。「ええ、もちろん。みんなやっていましたよ」と彼は言った。

「では、カール、きみに見せたいピンナップ写真があるんだ」医師は引出しから封筒を取り出した。「それで、ひとつ選び出してもらいたい。きみがいちばん、その、何したいと思うやつを、へっ、へっ、へっ……」医師は急に身を乗り出して、写真の束をカールの目の前に扇形に広げた。「どの女でもいい、ひとり選べ！」

カールはしびれた指をのばして一枚の写真にさわった。医師はその写真をほかの写真の中にもどし、よくかきまぜて切り、そろえた束をカールのとじこみの上に置いて、手ぎわよくぴしゃりとたたいた。それから表を上に向けて写真をカールの前に広げた。「その女はいるか？」

カールは首を振った。

「もちろん、いないよ。彼女はここの、本来いるべきところにいるのだ。分を守ったところにね」医師はとじこみを開き、ロールシャッハ試験図に貼りつけた女の写真をさし出した。「この女かね？」

カールは無言でうなずいた。

「きみはいい趣味をもっているよ。これはごく内密の話だが、この女たちのなかには……」医師は賭博師のような手つきで、スリー・カード・モンテのパスのように写真の位置を移し変えた——「ほんとうは少年がまじっているのだ」医師のまゆは信じられないほどの速さで上下に動いた。カールは自分がなにか異常なものを見たのかどうかはっきりわからなかった。向い合っている医師の顔はまるっきり動かず、無表情だった。またもやカールは、急にエレベーターが停止したときのような、ふわっとした感じを下腹から生殖器のあたりに味わった。

「そうなんだ、カール、きみはわが障害物競走のコースを堂々と勝利をおさめて走っているらしい……　きみはこれを実にかわいらしいと思うんだろう、いまでも……？？？」

「まあ、実を言えば……　そうですね……」

「率直だな、カール……　いいことだ……　ところで……カール……」医師はその名前をいつくしむように長く引きのばして発音した。まるでやさしく振舞う刑事がオールド・ゴールドを吸わしてくれるように——（オールド・ゴールドを吸ってるなんてまったく警察官らしいよ。）

刑事はちょっとダンスのステップを踏む。

「どうして売人に話を持ちかけない？」彼は「売人」とか「幹部」といつも三人称で呼ぶ憎々

しい顔つきの超エゴイストのほうをあごでしゃくって言った。

「それが幹部というものなんだ。こっちがよくしてやれば、むこうもよくしてくれる……　きみとは愉快にやりたいものだよ……　なんとか手伝ってもらえるならね」彼の言葉は次第に広がって、荒涼とした広野のように人気のない軽便食堂《カフェテリア》や街角や簡易食堂《ランチ・ルーム》へ流れてゆく。麻薬常《ジャン》用者《キー》たちはそっぽを向きながらパウンド・ケーキをむしゃむしゃやっている。

「ホモはどうかしている」

ホモは麻薬に酔って舌をだらりとたらしながらホテルの椅子の中に沈没している。

彼は麻薬に陶酔したまま立ち上がり、表情も変えず舌もひっこめずに首を吊る。

刑事は調書の上を指でこつこつたたいている。

「マーティ・スティールは知ってるか」こつ。

「はい」

「あいつから買えるか?」こつ?　こつ?

「疑り深いやつですよ」

「でも買えるだろう」こつこつ「先週もあいつから買っただろう、え?」こつり???

「はい」

「じゃあ今週も買えるだろう」こつ……　こつ……　こつ……「今日にでも買えるな」コツはなし。

「いやだ、いやだ、それだけは!」

「いいか貴様、協力するのか」——悪意に満ちたこつ三回——「それともあいつに……あいつに犯されてるのか?」

刑事は軽く片方のまゆをあげる。

「だからカール、何回ぐらい、どんな状況のもとできみが同性愛的行為にふけったか聞かしてもらいたいのだがね???」医師の声は吹き流されるように消えてゆく。「もしそんなことは一度もしたことがないというのなら、きみはいささか型やぶりの若者だと考えたくなるね」医師は遠慮がちに忠告するように指を一本突き出して高く上げる。「とにかく……」医師はとじこみをこつこつたたき、ぞっとするようないやらしい流し目を光らせる。カールはとじこみの厚さが六インチもあるのに気づいた。まったく、このとじこみは彼がこの部屋にはいってから後に途方もなく厚くなったようだった。

「なるほど、私が兵隊に行っていたときに……ホモの連中はよく誘いをかけてきたものだし、ときには……こっちがぼんやりしているときに……」

「むろん、そうだろうとも、カール」と医師は元気よく大声を上げた。「私がきみの立場にいたら、同じことをしただろうと言ってもいいよ、へっ、へっ、へっ……どうやら、この財源補充のいかにもよくわかるやり方の話は関係なしとして却下してもよかろう。ところでカール、たぶん」——一本指がとじこみをこつこつたたくと、かびくさいサポーターと塩素の臭気がかすかに漂ってきた——「ときにはあったろうね。金の問題がからんでいない場合も」——荒い息

緑色の炎がカールの頭のなかで爆発した。彼はハンスのやせた褐色の身体を見た——

を肩に吐きかけながら、からみついてくる肉体。炎は消えた。なにか巨大な昆虫が手の中でのたくりまわっていた。

彼の全身が電撃的な嫌悪感で飛びあがるように痙攣した。

カールは激しい怒りに震えながら立ち上がった。

「何をそこに書いているんです？」と彼は詰問する。

「きみはたびたびそんなふうに居眠りをするのかね？？？　人と話をしている最中に……？」

「居眠りなんかしませんでしたよ」

「しなかったって？」

「な、な、なにもかもが現実ばなれするだけのことです……　私はもう行きますよ。かまうもんか。むりに引きとめることはできませんよ」

彼は部屋を横切りドアに向って歩いていた。長いあいだ歩き続けていた。いつのまにか足が麻痺して動かなくなった。ドアはうしろへ退いてゆくようだった。

「どこへ行けるというのかね。カール？」医師の声がひどく遠方から伝わってきた。

「外へ……出て行くんだ……ドアを通って……」

「緑色のドアかね、カール？」

医師の声はやっと聞きとれるぐらいだった。部屋全体がすごい勢いで空間に広がり始めていた。

■パントポン・ローズに会ったかい？

若者よ、クィーンズ広場に近寄るな……　麻薬を金切り声を上げて追いまわすやつらが出没する悪い場所だ……　接触の種類が多すぎる……　熱い欲望がアンモニアのにおいのぷんぷんするほうき戸棚からぱっと燃えあがり……たけり狂うライオンのように……介抱どろぼう専門の哀れな老いぼれホモに襲いかかり、その血管を徹底的に痛めつける……　そして一週間も注射で皮膚がはれあがるか、ニューヨーク市が浮浪中毒者《ジャンキー》たちに無料で提供する五カ月と二十九日間の治療を受けることになる……

だから、ホモも、スパイも、アイルランド人も、船乗りも、気をつけろ……　そこでひと仕事する前によく見まわせ、全体をよく見まわせ……

地下鉄は黒い鉄の風とともにかすめ過ぎる……

――クィーンズ広場は介抱どろぼうホモには悪い場所だ……　地下鉄の熱さの中ではやりきれない接触の種類や隠れ場所が多すぎるのだ。それに、手を出したら最後、隠すわけにはいかない。

五カ月と二十九日間。身体をくっつけ合ったために、つまり、明白な意図をもってかもに手をふれたために申し渡される判決だ……　中毒者でない連中は殺人の判決を受けることはあるかもしれないが、こんなことで有罪になることはない。

ホモ、スパイ、アイルランド人、船乗り、おれの昔なじみの中毒患者《ジャンキー》と介抱どろぼうホモたち……　なつかしい百三番街の溜り場でのむだ話……　船乗りとアイルランド人は墓地で首を吊った……　スパイは麻薬の盛りすぎで死んだし、ホモは気がへんになった……

「パントポン・ローズに会ったかい?」と老いぼれジャンキーは言った……　「見物にお出ましになる時間だよ」黒いオーバーを着て、スクェアのような格好をして……　安っぽい歓楽街からマーケット街を見おろすと、あらゆる種類のマスターベーションが展開している。少年たちは特にそれを必要とする……

コンクリート詰めのギャングは川底をころがってゆく……　ギャングは蒸気室で惨殺された……これは「タオル・ボーイ」のチェリー・アッス・ギオか、それともウェストミンスター・プレースのおばちゃん、マザー・ジリングか?　死者の指だけが点字法でしゃべっている……ミシシッピー河は沈黙の道を大きな石灰岩の丸石をころがしてゆく……

「何でもぶちまけろ」と動く国の船長が絶叫した……

遠くでごろごろと腹の鳴る音……　毒殺されたハトが北極光《オーロラ》の中からばらばらと降ってくる……貯水池はからっぽだ……　大地のほら穴のような都市の飢えた街区や裏通りのいたるところで真鍮の彫像がすさまじい音を立てて崩れ落ちる……

麻薬が切れて胸がむかつく朝、注射を打つ血管を捜しまわる……
純粋にせき止めシロップだけで作った……
多数のジャンキーが病院を襲い、白髪クラブの婦人たちを興奮させてしまう……
石灰岩のほら穴の中で、ある男が帽子箱にはいったメドゥーサの首を見つけ、「気をつけろ」と税関検査官に言った……　上げ底から一インチのところに永遠に凍りついた手……
陳列窓装飾家たちが駅全体にひびきわたる金切り声を上げ、同性愛男のヒポコンデリーで出納係たちを困らせる……
「多発性骨折だ」と大先生は言った……「わしは非常に専門的な用語を使うが……」
柱廊では肺結核が猛威をふるい、結核菌のまじったつばでぬるぬるしている……
ムカデは、無数の同性愛男に小便をかけられて腐食し薄い黒い紙のようになった鉄のドアにしがみついて鼻をすりつける……
これは生殖の豊かさは少しもなく、埃を毒するものであって、注射のとき骨をはっきり浮き出させる古ものの脱脂綿〔麻薬を入れて火にかける土びんの中に入れる綿、溶解した薬が濾しとられる物質として使われ、それ自身もいざというときに麻薬として用いられる〕だ……

■コカイン虫

船乗りの灰色の中折帽とオーバーコートは萎縮した欲望のつぼの中にねじ曲ってぶら下がっていた。朝日が麻薬の黄褐色の炎のように輝いて船乗りの姿を浮かび上がらせた。彼はコーヒー茶わんの下に紙ナプキンをしいていた――これは、世界じゅうの広場やレストランや終着駅や待合室でコーヒーを飲むことの多い連中の特色だ。常用者《ジャンキー》は、船乗りほどの者でも、麻薬時間どおりにやってゆく。そして、あらゆる嘆願者のように他人の時間にしつこく割りこもうとしても、待たなければならない。（一時間に何杯のコーヒーを飲むだろうか？）

ひとりの少年がはいってきて、吐き気を催しながら麻薬を待っている連中が、長い不規則な列を作っているカウンターの前に腰をおろした。船乗りは身震いをした。彼の顔はぶるぶる震える褐色の霧の中でもうろうとぼやけた。彼の両手はテーブルの上で動きだし、少年の点字を読みとり始めた。彼の目はゆっくりと探りまわるように動いて、少年の首筋にかかる茶色の髪の渦巻を追いかけ、小さなくぼみや円を見つけ出した。

少年は身体を動かして、首のうしろをかいた。「なにかに刺されたぜ、ジョー。きみはなんてひでえ店を経営してるんだ？」

「コカイン虫さ」とジョーは卵を明りにすかしながら言った。「おれはアイリーン・ケリーといっしょに旅をしてたんだ。女は淫売さ。モンタナ州のビュートで、女はコカイン中毒の発作を起こして、シナ人のおまわりが肉切り包丁を持って追いかけてくるとわめきながらホテルじゅうを走りまわった。それからシカゴのおまわりでコカインをくんくんかいでるやつを知ってたが、いつもコカインは結晶、しかも青い結晶で入るんだ。そいつが気が狂ってGメンが追いかけてくると叫びだし、裏通りに駆けこんでごみのかんの中に頭を突っこんだ。おれが『なにをやってるつもりなんだ？』ときくと、『むこうへ行け。行かないと撃つぞ！　おれはうまく隠れているところだ！』と言うのさ。むこうで名前を呼んだら行くんだぜ、いいな？」

ジョーは船乗りを見つめ、常用者《ジャンキー》らしく肩をすくめて両手を広げた。

船乗りはつめたい指で言葉をつづりながら、相手の頭の中で再構成される触感の声でしゃべった。「きみの連絡線はこわれてるぜ」

少年はびくっとしりごみした。彼の麻薬の不吉な傷痕にかきむしられた街の少年らしい顔には、灰色の恐怖の唐草模様をすかして凝視する用心深い動物のような、野生の打ちひしがれた純真さが残っていた。

「あんたの言うことがわかんないよ」

船乗りはたちまち鮮明な麻薬常用者《ジャンキー》の姿を現わした。彼は上着の折りえりをめくってかびと緑青《ろくしょう》におおわれた真鍮の皮下注射器を見せた。「事業の利益のために隠退したんだ……　腰をおろして、コケモモのクラム・パイを交際費で食えよ。きみのサルはそれが大好きなんだ……そいつを食うと毛なみにすばらしく脂がのるそうだ」

少年は朝の簡易食堂の八フィート離れたところから腕にさわられるのを感じた。そして、とつぜんサイフォンで吸われるようにボックス席の中に吸いこまれ、聞えない音を立てて座席に落下した。少年は船乗りの目をのぞきこんだ。つめたい黒い気流にかき乱される緑色の宇宙のような目。

「あんたは売人《ばいにん》かい?」

「こう言ったほうがいいな……病原菌媒介虫」船乗りの大きくひびく笑い声は少年の全存在を震動させた。

「あんた、持ってるんだね? 金はあるよ……」

「金はいらないよ。きみの時間がほしい」

「わかんないな」

「ほしいのは注射か? ストレートか? それともヌードか?」

船乗りはなにかピンク色のものを手のひらの中に入れていて、焦点のない震え方をしていた。

「そうだな」

「おれたちは独立派なんだ。でかだって専用のやつがいる。ピストルは持たずに、鞭を持ってるんだ。ホモと二人でクィーンズ広場にころがりこんだときのことを思い出すよ。クィーンズ広場には近寄るなよ……悪い場所だ……やたらにでかが出てきやがる。面倒が多すぎる。欲望の熱がアンモニアのにおいのぷんぷんするほうき戸棚から猛り狂うライオンのように燃えあがって……哀れな年とった介抱どろぼうホモに襲いかかり、その血管を徹底的に痛めつける。一週間も注射で皮膚がはれあがるか、さもなければニューヨーク市が中毒者《ジャンキー》に無料で提供する五カ月と二十九日間の治療を受けることになる……　だから、ホモも、スパイも、アイルランド人も、船乗りも気をつけなければいかん！　よく見まわすんだ、ひと仕事する前に全体をよく見まわすんだ……」

　地下鉄が黒い鉄の風を巻き起こしてかすめ過ぎる。

■駆除業者はいい仕事をする

船乗りはそっとドアにさわり、指先をゆるやかにくねらせてカシ板のはげたペンキの模様をなぞり、かすかに虹色に光る泥の渦巻を残す。彼は片腕をひじまで突っこんだ。そしてドアの内側のかんぬきをはずし、わきに寄って少年を先にはいらせた。

重苦しい、無色の死のにおいががらんとした部屋に充満していた。

「害虫駆除業者がコカイン虫退治の煙をいぶして以来ずっと風を通してないんだよ」と船乗りは弁解するように言った。

少年の鋭くむき出しになった感覚は狂暴に部屋の中を駆けまわって探索した。安アパート――音もなくがたがたと震える鉄道線路沿いの安アパート。台所の一方の壁ぎわには、金属製の水槽――ほんとうに金属製だろうか？――があり、それは半透明の緑色の液体が半分ほどはいった養魚タンクのようなものにつながっていた。床の上には用途不明の使い古されたかび臭い品物が散乱していた――平べったい扇形の微妙な器官を保護するように作られたサポーター、各種の脱腸帯や包帯、多孔性のピンク色の石で作られた大きなU字形のくびき、一方の端だけ穴のあいた小さな鉛管。

二人の人間が動きまわるにつれて部屋にたまっていたよどんだ臭気がかき乱された——ほこりだらけのロッカー室の半ば退化した少年のにおい、水泳プールの塩素のにおい、かわいた精液のにおい……。そのほかさまざまなにおいがピンク色の渦を巻いて未知のドアの上をはいまわっていた。

船乗りは洗面台の下に手を突っこんで、紙包みを引き出した。包みはばらばらになって彼の手から黄色いほこりの中に落ちた。彼はよごれた皿が一面に並んでいるテーブルの上に注射器、針、調合スプーンを並べた。しかし、どんなアブラムシの触角も暗黒のパン屑を探し求めに出てきはしなかった。

「害虫駆除業者はなかなかいい仕事をしてるな」と船乗りは言った。「よすぎるときもあるくらい」

彼は黄色い粉末のはいった四角いかんの中に手を突っこみ、赤と金の唐紙にくるまれた平たい包みを取り出した。

「かんしゃく玉の包みみたいだな」と少年は思った。十四のときに指を二本ふっとばしたっけ……独立祭の花火の事故……そのあとで病院で初めて味わった麻薬の無言の独占的な感触。

「こいつはここへくるんだよ」船乗りは自分の頭のうしろへ片手を当てた。そして、細長い穴や上張り包装でごたごたしている包みを開きながら、いやらしい姿勢ですわった。

「百パーセントまじりけなしのヘロインだ。もうほとんど生きているやつはいない……だから全部きみにやるよ」

「それで、かわりに何を？」

「時間さ」

「わかんねえな」

「おれはきみのほしいものを持っている」船乗りの片手は包みにふれた。彼の姿はふわふわと居間のほうへ流れ去り、その声は遠くぼやけ始めた。「きみはおれのほしいものを持っている……ここで五分間……どこかよそで一時間……二時間……四時間……八時間……ことによると少し先へ行きすぎるかもしれない……　毎日少しずつ死んでゆく……　時間がかかるんだ……」

船乗りはまた台所にはいってきて、その声は大きく明瞭になった。「一包み五年だ。町じゃこんな有利な取引をしてくれるやつはいないぜ」彼は少年の鼻の下の分割線に指を一本押し当てた。「ちょうど、このまん中の下」

「だんな、あんたの言ってることがさっぱりわかんないんだけど」

「わかるさ、きみ……　いずれね」

「オーケー。で、どうすればいいんだい？」

「承知かね？」

「うん、まあ……」少年はちらっと包みに目を走らせた。「何だって……　承知するよ」

少年は黒いコルクが音もなく落ちてきて自分の身体の中を通り抜ける感じがした。船乗りは片手を少年の目に充てがい、閉じたままぴくぴく鼓動する目が一つついたピンク色のぴかぴかした卵をとり出した。卵の半透明の肉の内部では、黒いふわふわした綿毛のようなものが沸き返るように揺れ動いていた。

船乗りは恐ろしく人間ばなれのした手で卵を愛撫した——短く切りつめたような指先からは黒味がかったピンク色の、太い、繊維質の、長く白っぽく光る巻きひげが生えていた。死の恐怖と死の無気力さが少年を襲い、呼吸をとめ、血行をさえぎった。少年は麻薬の焦点に自然に落着いた。

船乗りは一注射分の麻薬を調合していた。「むこうで名前を呼ばれたら行くんだぜ、いいな?」と彼は言って、老婦人のようなやさしい手つきで鳥肌立った皮膚をさすりながら少年の血管を捜した。彼は針をすべりこませた。注射器の底に赤いランの花が咲いた。船乗りはバルブを押し、溶液が勢いよく少年の血管に流れこみ、無言の血の渇きに吸いこまれるのを見まもった。

「うわあ!」と少年は言った。「こんなのはまだ打ってもらったことがないよ!」

少年は巻たばこに火をつけ、砂糖ほしさに身体をぴくぴくひきつらせながら台所を見まわした。「あんたはやらないのかい?」と少年はきいた。

「あのろくでもない乳糖といっしょにか? 麻薬の道は一方通行だ。Uターンはできない。もう引き返すわけにはいかないぜ」

おれは害虫駆除業者と呼ばれている。たしかに、ほんの一時期この仕事をやって、黄色い粉の中で窒息するアブラムシの尻ふりダンスを見た。(「このごろは害虫退治のこの薬はなかなか手に入りませんよ、奥さん……戦時中だからね。少しやりましょうや……　二ドルだよ」)ノース・クラーク街のみすぼらしい芸人ホテルのバラ色の壁紙の中から出てくる肥ったナンキンムシも殺したし、ときどき人間の赤ん坊をかじるドブネズミも毒殺したよ。どうだね?

　おれの現在の仕事は、生きているやつを見つけて皆殺しにすることだ。人間じゃなくて「カビ」の話だよ——　しかし、あんたたちにゃ理解できないってことを忘れてたな。おれたちはごく少数のほかは全部やっつけたよ。だが、たった一つだってご馳走全部をめちゃくちゃにしちまうからね。危険のもとはいつものように責任を果たさないスパイたちだ——A・J、自警団員、ブラック・アルマジロ(シャガス病の保菌者で、ほら、一九三五年にアルゼンチンで流行したとき以来、風呂にはいっていないやつだ)、それにリー、船乗りベンウェイなどの連中だ。そして、どこかのスパイがそのへんの暗やみにもぐりこんで、おれを捜していることはよくわかってるんだ。代理人はみんなずらかるし、抵抗者はみんなだましやがるからな……

■必要の代数

でぶのターミナルは市の圧力タンクから出てきた。このタンクからは開いた生命管が無数の形状の人間を噴出し、その人間はたちまち食われ、食った連中は黒い時間の警官に抹殺される……

だから、広場までたどりつく者は少ない。広場には、生き残った人間たちを運ぶ潮の流れがタンクから吐き出される。生存者たちは毒の粘液や肉を腐らせる黒いキノコ、肺を焦がし胃をねじりしぼるように締めつける緑色のにおいなどの防御手段を身に備えている……

でぶの神経はいためつけられ、中毒治療の禁断時の死の発作を感ずるためにずたずたにされている……　でぶは必要の代数を学んで生きのびたのだ……

ある金曜日にでぶは広場の中へまぎれこんだ。半ば透明な灰色のサルの胎児のようなやつで、その小さな、やわらかい薄紫色の手には吸盤があり、内側に黒い直立した中空の歯が生えている、冷たい灰色の軟骨でできたヤツメウナギのような円盤状の口は麻薬患者の傷痕を追いかける……

やがて、一人の金持の男が通りかかって、この怪物をにらみつけた。すると、でぶは恐怖のあまり小便や大便をもらしてころげまわり、自分の糞を食った。金持はこの自分のにらみの威力に捧げられた賛辞に心を動かされて、金曜日のステッキから貨幣を取り出して投げ与えた。（金曜日はイスラム教徒の安息日にあたり、金持は施しをすることになっている。）

それから、でぶはブラック・ミートを食べさせる商売をやるようになり、肉のたんまり入った水族館をつくった……

そして彼の無表情な潜望鏡のような目は世界じゅうを見わたした……　彼の麻薬患者のあとに続いて、半透明の灰色のサルたちが魚とりのもりのようにさっと麻薬のかもに襲いかかり、しがみついて生血を吸い取った。そして、すべての養分はでぶの体内に逆流したので、彼の身体は全世界の広場やレストランや待合室を灰色の麻薬の分泌物で満たしながら、どんどん太っていった。

党本部から出される告示は、思春期痴呆患者やラタや類人猿が行なう卑猥なジェスチャー遊びでつづられる。ニグロたちは口を開いたり閉じたりして金歯を光らせて通信を送る——アラビア人暴徒はおべっか使いの宦官をゴミの山で燃えるガソリンの火の中に投げこんで煙の信号を送る——宦官は最高の煙をたてる、空中に黒く、糞みたいに固まったような煙だ——メロディのモザイク、せむし乞食の悲しいパンフルート、チンボラッチの葉書から冷たい風が吹きおろし、ラマダーンの笛、ピアノ音楽が風吹く通りを流れ、歪んだ警察の呼び笛、チラシが街場の喧嘩と同期してSOSとつづる。

課報員二人が身分を明かしあい、外国の盗聴マイクの裏をかいて原爆の秘密を暗号セックスでやりとりするけれどあまりに複雑なので世界でも二人の物理学者が理解しているふりをしているだけで、その両者とも相手を頭ごなしに否定している。後に暗号受信側の課報員は、神経系不法所持のかどで死刑を宣告されて絞首刑になり、臨終のオルガスム痙攣でメッセージを、ペニスに接続された電極から送り出してプレイバックする。

尻ふりダンサーの不規則な心臓の鼓動のような呼吸のリズム、油の浮かぶ水面のかなたにひびくモーターボートの音。給仕はグレーのフランネルの服を着た男の上へドライ・マティーニを落とす。男は自分が見つけられたことを知って夕方の六時十二分の汽車で急いで逃げる。ジャンキーたちは轟然と鳴る高架線の音にふるえるチャプスイ屋の便所の窓からはい出す。ウォルドーフ・アストリアでカウボーイ式に殺されたびっこはぞろぞろとネズミの子を生む。（カウボーイはニューヨークのギャング用語で、裏切り者を見つけ次第に殺すこと。ネズミとはネズミであり、ネズミであり、ネズミである。つまり密告者のこと。）そして、愚かな乙女たちでさえも、悲鳴を上げるイノシシを突き刺した槍をかざして馬を走らせて行くイギリスの陸軍大佐に注目する。エレガントなホモは死んだ母親からの通信を受けるために隣り近所の小便つぼを愛用し、神経細胞連接部のぎりぎりのところで生き、素晴らしいサディストのイメージを創り出す。学校の便所で自慰を行なう少年たちは、おたがいにはなやかなX星雲の手先であることを知って二流ナイト・クラブに場所を移し、ぼろ服姿で堂々とすわりこんでアルコールの入った酢を飲んだりレモンをしゃぶったりして、宿敵送信者の疑いのあるテナーサックス奏者

（青い眼鏡をかけたクールなアラビア人）を狼狽させる。全世界の中毒者《ジャンキー》のネットワークは腐った油のようなにおいのする精液のコードに調子を合わせ……家具付きアパートの部屋の中で固く結ばれ……吐き気のする朝の空気の中で震える……（年とった金庫破りたちはシナ人の洗濯屋の奥の部屋でアヘンを吸う。悲しい奴さんは薬の盛り過ぎか治療のときの窒息で死ぬ――アラビアでも――パリでも――メキシコ・シティでも――ニューヨークでも――ニューオーリンズでも――）生きている者も死んでいる者も……吐き気を催したり、うっとりと陶酔したり……麻薬に溺れたり、やめたり、また溺れたりして……麻薬の周波に浮上し、売人《ばいにん》はドロレス街でチャプスイを食べている……ビックフォードではパウンド・ケーキをコーヒーにひたし……取引所はわめきたてる群衆に襲撃される。全世界の瘴気《しょうき》がぶるぶる震える原形質の中にごたごたと集まる。恐怖が楔《くさびがた》型文字の文書に封印をする。忍び笑いの暴徒が焼かれているニグロの叫び声と性交をする。孤独な司書が口臭のきついディープ・キッスをする。あのきつくしめつけられる感じかい、相棒？　のどがいつまでもしつこく痛んで、熱い午後の風のようにいらいらするのか？

ようこそ、国際梅毒結社支部へ……「メソジスト監督派の畜生め」（不全麻痺の特徴である言語障害のテストに使われる文句。）それとも、はじめて下疳《げかん》がこっそりご入来というのなら、名士の仲間入りだぜ。音もなく震える深い森林とオルゴン集積器のざわめき……都会がとつぜん沈黙すれば、中毒者《ジャンキー》が相手と交接し、囚人までがコレステロールの詰まった血管を震わせて接触を求める。オルガスムの閃光信号はぱっと燃えあがって世界じゅうに広がる。マリファナ吸飲者がとび上がって「恐いぞ！」と叫びながらメキシコの夜に駆けこみ、世界の後脳をひきずりおろす。死刑執行人は死刑囚を見たとたんに恐怖にかられて糞をする。拷問者は自分のなだめにくい犠牲者の耳もとで金切り声を上げる……　ナイフで戦う男たちが副腎分泌ホルモンの中で抱き合う……　癌は歌う電報とともに戸口まできている……

■ハウザーとオブライエン

その朝八時に連中がおれのところへやってきたとき、おれはそれが自分の最後のチャンス——唯一のチャンスであることを知った。しかし、連中は知らなかった。どうして連中に知ることができようか？　いつもの型どおりの逮捕の一つにすぎない。だが、完全に型どおりというわけではなかった。

ハウザーが朝食を食べていたとき、部長が電話をかけてきた。「きみときみの相棒にやってもらいたいことがある。下町へ行く途中にリーという男を連れてきてくれ。ウィリアム・リーだ。ランプリ・ホテルにいる。B通りのちょっとさきの百三番地だ」

「ええ、どこだか知ってます。やつもおぼえてます」

「よし。部屋は六百六号。つかまえるだけだ。部屋の捜索に手間どるなよ。本と手紙と手書きのものを全部もってくるだけでいい。印刷、タイプ、手書きのもの何でもだぞ。わかったか？」

「ええ。しかし、なんだって……本なんか……」

「言ったとおりにやればいいんだ」部長は電話を切った。

ハウザーとオブライエン。彼らは市の麻薬取締班に二十年つとめていた。おれと同じように古顔だ。おれのほうは麻薬に十六年。彼らの経歴は相当なものだ。少なくともオブライエンのほうは。オブライエンは詐欺師だったし、ハウザーはよた者だった。彼らはヴォードヴィルの二人組のようだ。ハウザーはいつでも何か言う前に、堅苦しさをほぐそうとして、ひひひと笑う癖があった。それからオブライエンはでかのように紙巻たばこのオールド・ゴールドをくれる——オールド・ゴールドを吸うなんていかにもでからしい……それからざっくばらんなところを話して聞かせる。悪いやつじゃない。おれはあんなことはやりたくなかった。しかし、おれのたった一つのチャンスだったのだ。

ちょうどおれが朝の麻薬を打とうとして腕を縛っていたときに、連中は親鍵を使ってはいってきた。その鍵は特別のもので、内側からドアの錠がおりて鍵をさしこんだままになっていても使うことができた。おれの前のテーブルの上には、麻薬の包み、注射器——おれはメキシコで正規の注射器を使う習慣がついて、点滴器《ドロッパー》は二度と使わなかった——アルコール、脱脂綿、水のはいったコップがあった。

「これは、これは」とオブライエンが言う……「ずいぶん久しぶりじゃないか、え？」

「上着をきろよ、リー」とハウザーが言う。彼は拳銃を出していた。彼はジャンキー逮捕のときにはいつも拳銃を抜く。心理的効果と、相手が洗面所や流しや窓に向って突進するのをあらかじめ牽制《けんせい》するためだ。

「なにはともあれ、一発やっていいかね？」とおれはきいた……「証拠なら、ここにはいっぱいあるし……」

だめだと言われたら、どうやってスーツケースにたどりつけるだろうか、とおれは頭をひねっていた。ケースには鍵はかかっていなかったが、ハウザーは拳銃を握っていた。

「打ちたがってるぜ」とハウザーが言った。

「そんなことを許すわけにいかないのはわかっているだろう、ビル」とオブライエンはその甘ったるい詐欺師の声で言った。彼は下品でいやらしく、しかも当たりのよい、こびるようななれなれしさをこめて、人の名前を引きのばして発音した。

もちろん、「おれたちのために何をしてくれるのかね、ビル?」という意味なのだ。彼はおれの顔を見て、にこりとした。その微笑はぞっとするような、露骨な感じで長すぎるくらい続いた。オブライエンのあいまいな職務から生まれる否定的な悪をことごとく結集した、厚化粧の老いぼれ倒錯者を思わせる微笑だった。

「マーティ・スチールをおびき出してやってもいいな」とおれは言った。

連中がひどくマーティをつかまえたがっていることはわかっていた。マーティは五年も売人《ばいにん》をやっているが、連中に証拠を押さえられて、とっつかまったことは一度もなかった。彼は古顔で、自分が麻薬を売る客のこととなると非常に用心深かった。相手の人間をよく知って、安全と見きわめるまでは取引をしようとはしなかった。もちろん、おれのおかげで食らいこんだなどと言える者は一人もいない。おれの評判は申し分なかった。だが、それでもマーティはまだ十分といえるほど長くおれを知らないからというわけで、おれに売ろうとはしなかった。それくらいマーティは疑い深かった。

「マーティだって！」とオブライエンは言った。「あいつから買えるのか？」

「買えるとも」

彼らは疑わしげな様子だった。しかし、おまわりをやってれば直観的判断力はいやでもつくようになる。

「オーケー」とハウザーがついに言った。「しかし、リー、やることはやったほうがいいぞ」

「そりゃもう、ぬからずやるさ。恩に着るぜ」

おれは注射のために腕を縛った。いかにも麻薬患者らしく、おれの手は切迫した欲望をおさえきれず、ぶるぶる震えた。

「まるで老いぼれジャンキーだな。無害な、もうろくして震えているだけの、ジャンキーのなれのはての姿というわけさ」おれはそんなふうにもちかけた。望みどおり、おれが血管を探りはじめると、ハウザーは目をそらした。こいつはまったく乱暴な、ぞっとしない見ものなのだ。

オブライエンは椅子の腕に尻をのせてオールド・ゴールドを吸いながら、恩給でももらったら何をしてみようかしらといったような夢見る表情で窓の外をながめていた。

おれはたちまち血管を探りあてた。一瞬、赤い糸のようにくっきりとした血柱が注射器の中に噴き上がった。おれは親指でプランジャーを下へ押した。そして、何百万の飢えた細胞の渇望を満たし、全身の神経と筋肉に力と活気を与える麻薬が、大きく脈打ちながら血管の中へ流れこんでゆくのを感じた。連中はおれを見ていなかった。おれは注射器の中へアルコールを満たした。

ハウザーは自分の拳銃——銃身の太く短いコルトのディィテクチブ・スペシャル——をひねくりまわし、部屋の中を見まわしていた。彼はけだもののように危険をかぎつけることができる。彼は左手で押入れの戸を押しあけ、なかをざっと見た。おれの胃がぎゅうっと収縮した。「スーツケースの中をのぞかれたら、もうだめだ」とおれは思った。

ハウザーは急におれのほうを向いた。「もうすんだのか?」と彼はどなり声で言った。「マーティのことでおれたちに糞をひっかけるようなまねはしないほうがいいぜ」その言葉があまりにも意地悪そうに聞えたので、ハウザーはわれながらぎょっとした。

おれはアルコールを満たした注射器をとり上げ、針をねじって、固く締まっていることを確かめた。

「もうすぐだ」とおれは言った。

おれは細いアルコールの噴水を一気に射出し、注射器を横に振ってハウザーの目に命中させた。彼は大声で苦痛の悲鳴を上げた。そして、なにか見えない包帯でもむしりとろうとするように、左手で目のあたりをかいているのが見えた。おれは片ひざを床につけて、スーツケースに手をのばした。すばやくスーツケースを押し開くと、おれの左手は銃の台じりを握った——おれは右ききだが、銃は左手で撃つ。銃声を聞くより早く、ハウザーが撃った弾丸の衝撃を感じた。銃弾はおれのうしろの壁にめりこんだ。おれは床にころがって撃ち返し、続けざまに二発、ハウザーの腹のチョッキの端から白いワイシャツが一インチほど顔を出しているところにたたきこんだ。彼はぞっとするようなうなり声を上げ、身体を二つに折って前のめりに倒れた。うろたえて身体が硬直してしまったオブライエンは、肩吊りホルスターの拳銃を片手で何度もかきむしっていた。おれは銃を握っている手の手首を、もう一方の手でしっかりと押さえつけ、遠射ができるように手もとをかためた——この拳銃の撃鉄はダブル・アクションでしか使えないようにまるくしてある——そして、オブライエンの銀色の髪の生えぎわから二インチほど下の血色のいい額のまん中を撃ち抜いた。この前オブライエンに会ったときは、彼の髪は灰色だった。十五年ほど前、おれが初めて逮捕されたときのことだ。オブライエンの日の光が消えた。

彼は椅子からころげ落ちて、うつ伏せに倒れた。早くもおれの手は必要なものをつかみ始め、ノートブックをかき集めて、原稿、麻薬、弾丸の箱といっしょに書類かばんの中につっこんだ。まもなく、おれは拳銃をベルトの間にさしこみ、上着を着ながら廊下に出た。

ホテルの受付係とボーイががたがたと階段をかけ登ってくる音が聞えた。おれは自動エレベーターで下へ降り、だれもいないロビーを通り抜けて外の通りへ出た。

すばらしい小春日和の日だった。おれにはあまりチャンスがないことはわかっていたが、どんなチャンスだってぜんぜんないよりはましだ。ST(6)だか何だか、そんな頭文字のつく実験の材料になるよりはましだ。

何よりもまず、麻薬を仕入れなくてはならなかった。飛行場や鉄道の駅やバス・ターミナルとともに、すべての麻薬地域と販売網に追手の目が光るだろう。おれはタクシーを拾ってワシントン広場で降り、四番街を歩いて、街角でニックを見つけた。この売人《ばいにん》はいつでも見つけることができる。こっちが必要に迫られると、呪文で呼び出されるお化けのように出てくるのだ。

「なあ、ニック」とおれは言った。「町を出るところだが、ヘロインを手に入れたい。すぐにやれるか？」

おれたちは四番街に沿って歩いていた。ニックの声はどこからともなくおれの知覚の中へ流れこんでくるような感じだった。気味の悪い、肉体から離脱した声だ。「ああ、やれると思うよ。ちょいと山の手まで行かなくちゃなんねえな」

「タクシーを拾えばいい」

「オーケー。だけど、あんたを相手のところまで連れてくわけにゃいかねえよ」

「わかってる。さあ行こう」

おれたちはタクシーに乗って北へ向った。ニックは例の単調な生気のない声でしゃべっていた。

「近ごろはおかしな物《ぶつ》がはいってくるよ。ききめが弱いってわけじゃないんだ……　おれにゃわかんねえが……　違うんだな。たぶん、なんか代用品をまぜてんだろ……　ドリーかなにか……」

「なんだって！　もうそれが出てるのか？」

「え？……　いや、おれがいまあんたを連れてくやつは大丈夫だよ。まったくのところ、こいつはおれの知ってる最高の取引先と言ってもいいのさ……　ここで止めろ」

「頼むぜ、早くやってくれ」とおれは言った。

「やつが物《ぶつ》を切らしていて、よそへ行かなきゃなんねえっていうんでなきゃ、まあ十分間ってとこだ……　あすこにすわって、コーヒーでも飲んでたほうがいいぜ……　このへんは物騒だからな」

おれはカウンターの前に腰をおろしてコーヒーを注文し、プラスチック・カバーの下にあるデーニッシュを指さした。そのかび臭いゴムのような菓子をコーヒーで流しこみながら、おれは神に祈った——お願いです、この一回だけはニックがすぐにうまくやりますように、手ぶらでもどってきて、やつは物《ぶつ》を切らしているからイースト・オレンジだかグリーンポイントだかへ行かなくちゃならないなんて言いませんように……

さて、ニックはもどってきて、おれのうしろに立った。おれは口をきくのを恐れて、彼の顔を見た。おかしなことだ、とおれは思った——あと二十四時間生きのびるチャンスが百に一つぐらいしかないというのに、おれはこんなところにすわりこんでいる——おれは、降服して、このさき三、四カ月を死の待合室で過ごすようなまねはしない決心を固めたではないか。それが、ここで麻薬のことをくよくよと気にしてる。だが、おれにはもう注射五回分ぐらいしか残っていないのだ。麻薬がなかったら、おれはまるっきり動けなくなるだろう……　ニックはうなずいた。

「ここでは渡すな」とおれは言った。「タクシーに乗ろう」

おれたちはタクシーを拾って下町に向った。おれは片手を出して包みをつかみ、五十ドル札をニックの手の中にすべりこませた。ニックは札をちらりと見てから、歯のない歯ぐきをむき出してにやりとした。「どうもありがとう……　これで勘定があうよ」

おれは座席に深く腰をすえて、無理に考えようとしないで自然に頭を回転させるようにした。頭はあまりに激しくこづきまわすと、充電し過ぎた配電盤のようにこわれたりして、いうことをきかなくなる……　それに、おれには誤りをおかす余裕はない。アメリカ人は自分が手を出すのをやめて、勝手にどうにでもなるように物事をほっとくのが非常にきらいだ。彼らは自分で自分の胃の中に飛びこんで食物を消化し、糞をシャベルでほじくり出したがる。たいていの問題は、ゆったりと楽にかまえて解答を待つようにすれば、自分の頭がひとりでに答えてくれるものだ。例の考える機械のように、問題をほうりこんで、ふところ手をして待っていればいい……

おれはある名前が浮かんでくるのを待っていた。おれの頭は無数の名前をえり分け、F・L（おまわりの恋人《ファズ・ラバー》）、B・W（生まれぞこない《ボーン・ロング》）、N・C・B・C（いい奴だが臆病もの《ナイス・キャット・バット・チキン》）などの名前をすぐに捨て、また他の名前を再考のためにわきへのけたり、次第に範囲をせばめたり、ふるいにかけたりして、正しい答の名前を捜しまわっていた。

「ときには三時間も待たせることがあるんだよ。そして、ときにはこのとおりたちまち上首尾というわけさ」ニックは話のあいまをつなぐのに卑下するような微笑を浮かべてみせた。これは、言葉で表現する必要があることといえば、「いくら?」とか「どのくらい?」という金と麻薬の量の問題しかない常用者の精神感応的世界でむだなおしゃべりをしたりしていることを弁解しているようなものだった。ニックもおれも待つということについてはよく知っていた。

麻薬商売はあらゆる点で予定表なしに運営される。偶然による以外、時間どおりに物《ぶつ》を持ってくる者はいない。常用者は麻薬時間どおりに動きまわる。ジャンキーは自分の身体が時計なのだ。そして麻薬はその身体をすり抜ける砂時計の砂だ。ジャンキーにとって時間が意味をもつのは自分の必要に関係があるときだけだ。だから、だしぬけに他人の時間に侵入するのだが、あらゆる局外者や嘆願者と同じように、たまたま他人の麻薬時間外にちょうど具合よくぶつかりでもしないかぎりは待たなければならない。

「なんとも言いようがないもんな。むこうはこっちが待つにきまってるのを知ってるんだから」とニックは笑った。

その夜おれはエバー・ハード温泉で過ごした——(スパイの使える最善の万能偽装法は同性愛だ。)——ここではがみがみ声のイタリア人の付添人が赤外線透視双眼鏡を使いながら宿を歩きまわり不安な雰囲気を作り出している。

(「北東コーナー異常なし! こら、見えるぞ!」彼は照明灯にスイッチを入れ、各個室の床や壁にあるはね上げ戸から首を突っこむ。多数のホモが拘束服を着せられて運び出されたところだ……)

おれはそこのまわりだけ囲った仕切り部屋に横たわって天井を見つめた……でたらめの、打ちひしがれた欲情がかもし出す悪夢のような薄明りのなかから、さまざまなうなり声やきいきい声やどなり声が聞えてくる……

「失せろ!」

「眼鏡を二つかけてみな。たぶん何か見えるぜ！」

その日の朝、外へ出て、新聞を買う……　何も出ていない……　おれはドラッグストアの電話室にはいり……麻薬取締課を呼び出す。

「ゴンザレス部長だ……だれかね？」

「オブライエンと話をしたいのです」一瞬、電話線がたれさがってひどい雑音が入り、連絡が切れる……

「ここにはそんな名前のやつはいないが……　きみはだれだ？」

「それじゃあ、ハウザーと話したいんです」

「おい、きみ、この役所にはオブライエンてやつもハウザーというやつもいない。いったい、なんの用だ？」

「ねえ、これは大事なことなんです……　私はヘロインのでっかい船荷がはいってくるというネタを持ってるんだ……　ハウザーかオブライエンと話したいんですよ……　ほかの人じゃ、だれとも取引しません……」

「待て……　アルシビアデスをきみのところへ行かせるよ」

いったいあの役所にはアングロ・サクソン系の名前の人間は残っていないのだろうか、とおれは思い始めた……

「ハウザーかオブライエンと話したいんです」

「何度言ったらわかるんだ。ここにはハウザーもオブライエンもいないんだ……　いったい、きみは何者だ?」

おれは電話を切り、タクシーを拾って、その地域を離れた……　車の中で、おれは何が起こったかをさとった……　おれは、サルガッソー海に向う途中のウナギが食べるのをやめると尻の穴が閉じるように、時空の世界の扉が閉じて外にほうり出されたのだ……　締め出しをくったのだ……　もう二度とふたたび交点たる鍵をもつことはないだろう……　ここから外には警察の追跡もない……それはハウザーやオブライエンとともに、ヘロインがいつも一オンス二十八ドルし、スー・フォールズ市のシナ人の洗濯屋でアヘンが買える陸に囲まれた過去の麻薬の世界へ追いやられた……　世界の鏡の中の現実から遠い、はるか彼方のハウザーやオブライエンとともに過去へ突入している……　精神感応官僚制度や時間独占、完全制御麻薬や重液体常用者などのまだ存在しない世界をひっかきまわしている——

「ぼくはそれを三百年前に思いついたよ」

「きみの計画はその当時は実行できなかったし、今では役に立たない……　ダ・ヴィンチの空飛ぶ機械の設計図のようにね……」

■萎縮した序文――あんただってそうするだろ?

どうしてこのような紙くずが人びとを一つの場所から他の場所へ連れてゆくのであろうか? たぶん、急激な空間の変化によるストレスから読者を落着かせるためではないのか? そういうわけで切符を買い、タクシーを呼んで、飛行機に乗ることになる。そして、あたたかなももの間のくぼみをちらりとのぞきこましてもらえるのは、彼女(もちろん、航空会社のホステス)が頭の上からかがみこんできて、チューインガムやドラマミン〔乗物酔い予防剤〕、ネンブタールまで持ち出して、いかがですかとささやくときだ。

「かわいい人よ、鎮痛剤の話をしてごらん。そしたら喜んで聞くよ」

私はアメリカン・エクスプレスの人間ではない…… もし私の作品の登場人物が一般市民の服装でニューヨークを歩きまわっていたら、そして次の文章ではいきなりティンブクトゥーでカモシカのような目をした少年に話しかけていたら、その男は(ティンブクトゥーの住人でないとして)通常の交通機関によってやってきたと考えるのが普通だろう……

エージェントのリー(スパイ第四四八一六号)は麻薬の治療を受けている……この麻薬常用

者にとって四次元の旅行は麻薬取引の場所のように驚くばかりなじみ深いものだ……治療は次第に速くなる時間の沈黙の風の中で震える彼の幽霊にも似た身体の中を過去と未来図のように写真を追羽根みたいに打っては返す…… 注射するものを見つけろ…… どんな注射《ショット》でもいい……

警察のブタ箱製の痛烈なげんこつの、床をころがる打撃《ショット》…… 「ヘロインを一発やりたいかい、ビル？」

次第に光線の中に消えるあやふやな印象……吐き気のする朝、老いぼれジャンキーがせきをしたり唾を吐いたりしながら掃き捨てる腐ったおびただしいエクトプラズム……

日なたの泥のようにそり返って、ひびがはいっている古い赤茶けた色の写真——パナマ・シティ……ビル・ゲインズはシナ人の薬剤師から鎮痛剤をだましとろうとしている。

「おれはその競走犬を手に入れたんだ……純血種のグレー・ハウンド…… そいつがみんな赤痢にかかってね……熱帯の気候に……あの糞だ……糞《シット》は知ってるな？ おれの競走犬は死にそうなんだよ……」 彼は金切り声を上げた…… 彼の目は青い炎に輝く…… その炎が消えた……金属の焼けるにおい…… 「目薬の点滴器を使うんだ…… あんただってそうするだろ？…… 月経の痙攣で……うちの女房……タンポン……年とったおふくろは……痔……ひどく痛む……出血している……」 彼はカウンター越しにシナ人に向って一心に嘆願する…… 薬剤師は口の中からつまようじをとり出し、その先端を見つめながら首を横に振った……

ゲインズとリーはパナマ共和国をデービッドからダリアンに至るまで鎮痛剤で焼き落とした

……彼らはしゅうしゅう音をたてて別々に分れて逃げた…… 麻薬常用者は一つの肉体にいっしょにもぐりこむ傾向がある…… とくに暑い地方では気をつけなければならない…… ゲインズはメキシコ・シティにもどった…… 慢性的な麻薬欠乏症にコデインやバルビツール酸塩の上塗りだけをかけた命知らずの骸骨のにやにや笑い……彼のバスローブにはたばこで焼いた穴……床にはコーヒーのしみ……いぶる石油ストーブ……錆びついたオレンジ色の炎……

大使館では、埋葬場所がアメリカ人墓地だということ以外は何も詳細を語ろうとはしなかった……

そしてリーは、またセックスと苦痛と服役とアマゾンの魂のつる草イェージの世界へもどる……

私はいつだったかマジューンの盛り過ぎをやったあとのことを覚えている。(この薬は、大麻を乾燥させて緑色の粉砂糖のように細かい粉末にしたものに、なにかの菓子、普通はじゃりじゃりしたプラム・プディングのような味のものを混ぜて作る。しかし菓子を入れる入れないは自由である……) 私はルルまたはジョニーまたはリトル・ボーイという男の部屋(萎縮症の子供と便所にいく癖のよくついていないにおいのする部屋)からもどる途中、あのタンジール郊外にある別荘の居間を見渡したとたんに自分がどこにいるのかわからなくなった。おそらく他人の家のドアをあけて入りこんだのだろうが、いつなんどき最初の占領者であるこの家の所有者がかけこんできて絶叫するか知れたものではない——

「おまえはここで何をしているのだ？　おまえは何者だ？」

そして私には、自分が何をしているのかも、自分が何者なのかもわからないのだ。私は冷静になろうと決心する。たぶん、所有者が現われないうちに自分がどこにいるかがわかるだろう……　だから、「ここはどこだ？」と叫ぶかわりに、冷静にあたりを見まわせ。そうすれば、だいたい見当はつく……　自分はここへきた最初の人間でもないし、最後の人間にもなりはしない……　第一、何が起こっているかということに関する人間の知識にしてからが、ごく上つらで相対的なものでしかない……　ここにいる生アヘンを頼りに生きている黄色い枯木のような若いジャンキーの顔について、私が何を知っているというのだ？　私はその男に、「そのうちに朝目がさめたら、自分の肝臓が膝の上にのっかっているかもしれないのですよ」と言って、生アヘンの完全な毒性を軽減する処理法を話そうとした。しかし彼の目はどんよりとくもり、何も知りたがらない。麻薬常用者《ジャンキー》はたいていみんな似ている。彼らは知りたがらない……彼らには何も教えることはできない……　アヘン吸飲者はアヘンを吸うこと以外は何も知りたがらない……　ヘロイン常用者も同じことだ……　注射器の針だけしかほしくない、あとのものはどうだっていい……

だから私は、今もなお彼はあのタンジール郊外の一九二〇年に建てられたスペイン風の別荘にすわりこんで、あの糞と石とわらくずだらけの生アヘンを食べていると思う……損をしちゃいけないと思って懸命に……

作家が書くことができるものは、ただ一つ、書く瞬間に自分の感覚の前にあるものだけだ……　私は記録する器械だ……　私は「ストーリー」や「プロット」や「連続性」などを押しつけようとは思わない……　水中測音装置を使って、精神作用のある分野の直接記録をとる私の機能は限定されたものかもしれない……　私は芸人ではないのだ……

人びとはそれを「憑依される」と言っているが……　ときとして、ある実在物が人間の肉体に飛びこむことがある――身体は黄褐色のゼリーのように震える――そして手が動き出して、長年にわたる住宅不足を軽減しようと通りすがりの淫売婦のはらわたをえぐり出したり、近所の赤ん坊を締め殺したりする。私はあたかも正気でただときどき麻薬で酔っぱらったりするように聞える……　いや、違う！　おれは正気なんかじゃない……　完全に悪魔にとりつかれているわけではなく、なんとか無分別な行動は先手を打っておさえることができる……　実際、パトロールをすることが私の第一の仕事なのだ……　だが、防備がいかに固かろうと、私はいつも外側のどこかで注文を出しているし、内側では、伸縮性はあるが常にあらゆる外国の検査スタンプのついている行動や思考や衝動に先立って形を変えるゼリー製の拘束服の中でも指令する……

作家連中は甘ずっぱい死のにおいのことをよく論じているが、ジャンキーならだれでも知っている――死には何もにおいはない……とはいうものの息をつまらせ血の流れを止める一種のにおいはある……死の無色無臭のにおい……肉体のピンク色の渦巻と黒い血のフィルターを通して死のにおいを吸いこみ、かぐことはだれにもできない……死のにおいはまぎれもなく一種のにおいで、完全な無臭だ……すべての有機的生命は嗅覚を持っているから、無臭はまっさきに鼻を襲う……嗅覚の停止は目には暗黒のように、耳には沈黙のように、平衡と位置の感覚には無重力のように感じられる……

麻薬の禁断時には、つねにこのにおいをかぎ、みずからそれを発散して他の人びとにかがせる……麻薬切れのジャンキーはその死のにおいでアパートじゅうを人間の住めないものにしてしまう……しかし、風通しをよくすれば、ふたたびその場所は人間の吸いこめる普通のにおいがするようになる……また死のにおいは、アヘン中毒者がとつぜんシャクトリムシのようにはねまわり始めて、ものすごい山火事のように暴れるときにも、かぐことができる……治療法はつねに、よーい、どん、だ！

私の友人のある男はふと気がつくと、マラケッシュのホテルの二階の部屋で裸になっていた……（彼は子供のころ自分に女の子の服を着せたテキサスの母親のやり方をつねに非難している……幼年期の原形質には、簡単だがたしかな悪影響がある……）いっしょに部屋にいるのは三人のアラビア人で……手にナイフを持ち……彼を見つめ……黒い目の中には金属的なきらめきと光線の先端が……殺意の弾丸がグリセリンの中に沈むオパールのかけらのようにゆっくりと落下する……のろのろした動物的反応のおかげで彼は決断の隙を見つける――まっしぐらに窓から飛び出し、太陽にきらめくガラスの破片の尾を引いて流星のように街路の群衆の中へ落下する……足首をくじき、肩に傷を負い……吊り棒がついたままの透明なピンク色のカーテンをまとって、びっこを引きながら警察へ連行される……

おそかれ早かれ、自警団員も、田舎者も、スパイのリーも、A・Jも、麦角双生児のクレムとジョディも、後産の王者ハッサン・オリアリーも、船乗りも、害虫駆除業者も、アンドルウ・キーフも、でぶのターミナルも、ベンウェイ医師も、フィンガース・シェーファーも、みんな同じ言葉で同じことを言って、四次元の世界のあの交点で同じ位置を占めることになるのだ。新陳代謝装置まで備わっている普通の言語表現器官を使えば、これはまったく同一人物であるということだ――白日下の裸のジャンキーという認識の表現としてはまったく不正確なものだ……

作家はいつも鏡に向って語りかける自分自身を観察している…… 彼はときどき、分離行動の犯罪が起こらなかったこと、起こっていないこと、また起こりえないことを確かめておかなければならない……

鏡をのぞいたことがある者ならだれでも、この犯罪が何であるか、反射がもはや制御できないということが何を意味するかを知っている…… 警察に電話をかけるには遅すぎるのだ……

私個人としましては、死の原料を売り続けるわけにはいかないという理由で、ただいまかぎり自分の仕事を打ち切りたいと思います…… 貴殿の場合は絶望的かつ有害であります……

「防衛はわれわれの知識の現状では無意味です」と防衛が電子顕微鏡から顔を上げて言った……

あなたの仕事をウォールグリーンへ
なんでも目につくものを盗め

われわれに責任はない

私にはそれを白人の読者に話すすべがわからない。

それについては書くことも叫ぶことも小声で歌うこともできる……それについて画くことも……演じることも……モビール彫刻をひねり出すこともできる……　ただし、それをするのが自分でなければ……

上院議員が勢いよく立ちあがって、がんこな欲望ウィルスの熱狂をもって死刑を叫ぶ……麻薬常用者に死刑、ホモの女王に死刑、軽やかな物腰の失望した動物の無邪気さを持った弱気のみすぼらしい肉を驚かす精神病患者に死刑を……

強烈な死の黒い風はうねうねと国じゅうを吹きわたり、分離生命の犯罪——おびただしい確率の上昇曲線図のもとで震えている恐怖にすくんだ肉欲の発動者たちをさぐりまわり、かぎまわって追いかけている……

チェッカー遊び式の集団虐殺計画で人口問題の障害が消滅する……　このゲームはだれでも参加できる……

自由な新聞とあまり自由でない新聞と反動的な新聞とが大げさに書き立てて賛成する。「とりわけ、ほかの種類の経験があるというような作り話は根絶しなければならない……」そして、いくつかの苛酷な現実についてうす気味わるい調子で語る……　口蹄疫にかかった牝牛……予防法など……

全世界の権力集団は狂気のように連結を断ち切る……

惑星は行き当たりばったりの昆虫的な破滅に向って漂ってゆく……

熱力学は一足ちがいで勝利する……オルゴンは柱にぶつかって止まり……　キリストは血を流し……　時間は使い果たされた……

人は時空のいかなる交点においてでも、裸の昼食《ランチ》に割りこむことができる……　私は多数の序文を書いてきたが、どの序文もだんだん萎縮して自然に切断されてしまう。ちょうど西アフリカのニグロ原住民だけに発生する小指のちぎれる病気のように。街を歩いていたある金髪女がその金属的な足首をちらつかせたとたんに、マニキュアをした小指がクラブのテラスをころがっていったことがある。すぐに彼女の連れていたアフガン犬が飛んでいって小指をとりもどし、主人の足もとに置いた……

「裸のランチ」は青写真で、方法解説書だ……　黒い昆虫の欲情は広大な他の惑星の眺望に通じている……　代数のようにむきだしの抽象概念は次第にせばまって黒い糞か、老いぼれた睾丸になる……

方法解説は長い廊下の突当たりのドアを開いて経験の領域を拡大する……　ただ沈黙に通じているにすぎないドア……　「裸のランチ」は読者に沈黙を要求する。この要求に応じないなら、自殺行為をすることになる……

ロバート・クリスチーは解答を見つけた……　年とった女たちを殺し……陰毛をロケットの中にしまいこむ……どう思いますか？

子供が首飾りにするヒナギクの花輪のように多数の女の首を締めた大量殺人者ロバート・ク

リスチー——一九五三年に絞首刑。

一八九〇年代のまぎれもない剣士で、ついに逮捕されなかった「切り裂き」ジャックは……新聞にこんな手紙をよこした。

「この次は、おなぐさみに耳を一つ送ってやるよ……どうだね？」

「ああ、気をつけて！ほら、また、とびだした！」と老いぼれホモの女王はひもが切れて床の上にころがり出した丸いパッドを見て叫んだ……「つかまえて、ジェームズ、役立たずのろくでなし！ そんなところに突っ立っているだけじゃ、大事な玉が石炭箱にころがりこんじゃうじゃないか！」

陳列窓装飾家たちは駅で金切り声を上げて騒ぎ立て、その隙におかまヒップに出札口で仕事をさせる。

ディローディッドは哀れなぼくに偉力を示す。（ディローディッドは効果を強めた脱水モルヒネ。）

黒いチョッキを着た郡保安官は死刑執行令状をタイプで打つ。「どうしても合法的にして、麻薬を……免除……」

公衆衛生法第三百三十四条違犯……オルガスム獲得の手段として詐欺的……

ジョニーは四つんばいになり、メァリーは彼をなめながら、もものうしろ側に沿って指を動かし、そっとボールのまわりを……

こわれた椅子をこえ、道具小屋の窓をくぐり抜けて、川を見おろす石灰岩の断崖の上で冷たい春の風に吹き飛ばされる白い液体……月くずがまっ青な空にかかる……ほこりだらけの床を横切って長い糸をひく精液の上にも……

モーテル……モーテル……モーテル……こわれたネオンのアラベスク模様……静まりかえった潮河の油の浮く水面を流れる霧笛のように、大陸を横切りながら孤独がうめき声を上げる……

病気のレモンの皮のようにしぼり上げられた睾丸が水道管に落としたハヤシ肉料理から取りのけられたナイフで尻のまわりに輪を切りつける——ブッブッ、ブッブッ——それはかつて私の一部だったものだ。

「川の用意はできました、だんな」

枯葉は泉水を埋めつくし、ゼラニウムはハッカとともにやたらにはびこって、芝生一面に自動販売機ルートをまきちらす……

老プレイボーイは一九二〇年の署名入りレインコートを着て、悲鳴を上げる妻をごみ処理機にほうりこむ……　毛と糞と血は一九六三年を壁の上に吹き上げる……　「そうです、みなさん、糞はほんとうに一九六三年を吹き上げました」と、時空のどこにいようと人をうんざりさせる退屈な老予言者が言った……

「ところで、たった二年前のことだからよく覚えているが、ボリビアのある便所で育った人間口蹄疫の病菌がチンチラのコートを媒介にして外へ飛びだし、カンサス・シティの所得税のある訴訟事件を解決した……　また、リズという女は無原罪懐胎をするると主張して、へそから体重六オンスのクモザルを生んだ……　この一件に関係した医者は年じゅうそのサルを背中におぶっているそうだ……」

私、このハヤシ肉のような頭の地下鉄の隊長ウィリアム・シュワードは、この怪物ネッシーをロテノン〔南米土人が毒矢に使う植物性毒物で、殺虫剤などに使われる〕で退治し、シロイルカをカウボーイ式に殺します。また私は悪魔を自動服従機械に化し、他の子分の鬼どもをみんな骨抜きにしてしまいます。さらにまた私はおたくの水泳プールからカンディルを追っぱらいます。

――私は無原罪産児制限に関する教書を発表しよう……

「物事はたびたび起これば起こるほど、ますます類のないすばらしいものになるんだ」と、体操用ぶらんこに乗ってフリーメーソン式の自習をしているうぬぼれの強い北欧青年が言った。

「ユダヤ人はキリストを信じてやしないよ、クレム……　連中がやりたがってることといえば、キリスト教徒の女の子をだますことだけだ……」

思春期のエンジェル〔同性愛の男役〕たちが世界じゅうの便所の壁の上で歌う。

「さあ、はじめて……」一九二九年。

「びっこが乳糖のくそをする……」ジョニーが絞首刑になる。最近では一九五二年に。

（もうろくしてコルセットをつけたテナー歌手が女装して「ダニー・ディーバー」を歌う。）

ラバはこの上品な国と、灰捨て場の中のフードをかぶって死んだおしゃべりの上では子を生まない……　公衆衛生取締法第三百三十四条。

では、その彫像と手数料はどこにあるのか？　だれにわかろう？　私は言葉をもっているわけではない……灌水器の袋の中に住んで……王様は火炎放射器をもってうろつきまわり、無数ののらくら者の作るエフィジー〔人の姿に模したのろいの人形〕に責めさいなまれた王様殺しは社会のどん底にすべり落ちて、石灰岩の野球場で糞をする。

若きディリンジャーはまっすぐに家を出て歩き、二度とふりかえらなかった……

「決してふりかえるなよ……　どこかの牛がなめる塩になるよ」

裏通りには警官の銃弾……イカルスの破れた翼、老いぼれジャンキーが吸いこむ燃える少年の悲鳴……広大な平原のように空虚な目……　（乾燥した大気の中ではハゲタカの翼が風を切る。）

介抱どろぼうホモの最古参者カニは甲殻製の服を着て深夜の仕事あさりに出かけ……口を開いて眠りこんでいる者を見つけると鋼鉄の爪で金歯や金冠を引っこ抜く……　眠っていた男が立ち向ってくると、カニはさっと後足で立ちあがって、爪を鳴らし、男色《クイーンズ》平原で勝負をつけようと申し出る。

長い間刑務所にくらいこみ、金を払わないので墓地から追い出された少年夜盗はわけのわからないおしゃべりをしながら、かび臭い質札を持っておかまバーに入ってきて、去勢したセールスマンたちがＩＢＭの歌を歌っているテント町のこぼれボール拾いをすることにする。

彼の森の中ではカニたちが浮かれ騒ぎ……夜通し興奮しっぱなしのエンジェルとレスリングをやり、ホモの勇猛果敢なフォール投げをくって、錆色の石灰岩のほら穴へ引きあげてゆく。

アヘン地区は、何ひとつ、マンダラゲさえ生えない塩沼一面に射精する……

平均の法則……少数の女の子……ただ一つの生きる道……

「やあ、キャッシュ」

「たしかにここか?」

「もちろんたしかさ……　さあ、はいれよ」

シカゴへ向う夜行列車……おれは通路で一人の女に会い、気があるのを見抜いて、どこで薬を買えるかときく。

「おはいり、ぼうや」

おれは子供ではなく一人前だということを示そうとする……「まず一発打つか?」

「だめ。できなくなるわよ」

三回やって……目をさますと、窓から吹きこむ暖かい春の風にむかつきながら身を震わす。

シャワーの水が酸のように目にしみる……

女は裸のままベッドから抜け出す……　隠し場所はコブラの形をしたランプの中……　調合……

「うつ伏せになって……　お尻にやってあげるわ」

女は針を深々とすべりこませ、引き抜いて、尻の肉をもむ……

女は自分の指についた血のしずくを吸いとる。

彼は寝ころがり、硬直したコックは麻薬の灰色の滲出液に溶けてゆく。

コカインと無知の谷間で、悲しげな目をした若者たちは迷子のダニー・ボーイをさがしたとヨーデルを歌う……

おれたちは一晩じゅう粉麻薬を吸って、四回やれたよ……指は黒板をさぐり……白い骨をこする。故郷《ホーム》とは海からヘロインが着き、あいまい屋からハスラーがきたことを意味する……大道商人はそわそわしながら言う。「ぼうや、ここを見ててくれよ? サルのことで人に会わなくちゃならないんだ」

言葉というものは全部で一個のまとまったものになるいくつかの構成単位に分れているし、そう考えるべきものだ。しかし個々の単位は興味深い性の配列のように、前後左右どんな順序に結びつけることもできるものである。この本の内容は四方八方にこぼれ出す――追憶の万華鏡、音楽的旋律と街の騒音のごたまぜ、屁の音と暴徒の絶叫と商店の鋼鉄の扉のひびき、苦痛と悲哀の叫びと明白な受動男色者の金切り声、交尾するネコ、忘れられた牡牛の頭の凌辱されたような鳴き声、ナツメッグに陶酔している魔の予言のつぶやき、へし折れる首と悲鳴を上げるマンダラゲ、オルガスムの吐息、三十の個室で夜明けのように物言わぬヘロイン、たばこの競売のように狂暴にわめきちらすカイロ・ラジオ放送、そして、灰色の地下鉄の夜明けにデリケートな指で緑色のしわのひびを探り求める物静かな介抱どろぼうホモのように、吐き気を催すジャンキーの心をかきたてるラマダン〔イスラム暦の九月で、日出から日没まで断食する月〕のフルートの音……

これは、FM装置がなくても、私の一九二〇年製の鉱石ラジオに精液のアンテナをつけて聞きとることができる黙示と予言である…… 私たちは尻の穴を通してオルガスムの閃光電球の輝きの中に神を見る……　これらの穴によって人間の身体は変質する……　出口は入口なのだ……

さて、私、ウィリアム・シュワードはわが言葉の宝庫の錠をあけよう……　私の心は大きな褐色の河の上へ飛んでゆく。そこではジャングルの黄昏の中に発動機の音がひびき、すべての木は枝の間に巨大なヘビをからませて水に浮かび、悲しげな目をしたキツネザルは岸を見つめる。そしてミズーリの草原を横切って（少年はピンク色のアローヘッドの花を見つける）、遠い汽車の汽笛の音とともに空き腹をかかえた私にもどってくる。まだ街の少年は神から授かった尻を売ることを知らないからだ……　おとなしい読者よ、言葉はヒョウ男の鉄の爪をむき出してあなたに飛びついてくるだろう。それは手足の指を日和見主義の陸ガニのように切り離すだろう。それは測り知れる犬のようにあなたを絞殺し、あなたの精液をかぎつけるだろう。それは南米の巨大な毒ヘビのようにあなたのももにからみつき、さかずき一杯の腐った原形質を注入するだろう……　だが、どうして測り知れる犬でなければならないのか？

先日、年がら年じゅう口から尻へつながってゆく長い糸のような昼食《ランチ》からの帰りに、私は一人のアラビア少年が後足で歩くすべを知っている白と黒の犬を持っているのを見かけた……　そこへ一匹の大きな黄色い犬が愛情を求めて少年に近づいてゆくと少年は犬を押しのけた。すると黄色い犬はうなり声を上げて小さな犬にかみついた。そのうなり声は、人間並みの舌さえ授かっていたら、「これこそ自然に反する犯罪だ」と言ったに相違ない。

だから私はこの黄色い犬をすぐよめると呼ぶのだ……　この点をパスするついでに（私は誠

実なスペードのカードのようにいつもパスしているが）言わせてもらえば、測り知れない東洋はそれをはっきり知るためにはまゆつばものをとかす塩の山を必要としている……　われらの報道記者は一日に三十グレーン〔二グラム弱〕のモルヒネを打ち、糞のように測り知れない状態で八時間も過ごしている。

「きみは何を考えているんですか？」とアメリカの観光客がもじもじしながら言う……

それに対して、私は答える——「モルヒネによって私の視床下部、つまり性的衝動と感情を支配する部分が抑圧されているし、また、前脳は後脳の刺激によって二次的なものとして活動するだけで、代償型の人間なら後ろからでなければ興奮を感じられない状態なのだ。だから事実上、脳の中には何も起こっていないと言わなければならない。私にはきみがそこにいるのはわかる。しかし、そのことは私にとって何の感情的意味も含んでいない。私の感情は麻薬の代理人によって金を払わないという理由で切り離されてしまったのだ。だから私はきみの行動に何の関心もない……　行こうが来ようが、糞をたれようが、やすりでマスをかいてホモの女王にぴったり合うようにしようが——死人とジャンキーはちっとも気にしない……」彼らは測り知れない。

「便所へ行く通路はどれでしょうか？」と私はブロンドの案内ガールにきいた。

「これをまっすぐですわ……　もう一つ内側の部屋です」

「パントポン・ローズに会ったかね？」と黒いオーバーを着た老いぼれジャンキーは言った。

テキサスの郡保安官は、馬のヘロイン密売にいっしょに手を出した共犯の獣医、いい加減野郎のブルーベックを殺した…… 口蹄疫にかかった馬はその苦痛をやわらげるために多量のヘロインが必要になる。おそらく、そのヘロインの一部はさびしい平原をこえて移動し、ワシントン広場《スクエア》でいななくことだろう…… ジャンキーたちは大声を上げて駆けつける。「ハイヨー、シルヴァー！」

「だが、彫像はどこにあるんだ？」このあわれな美術品は竹の装飾をほどこした喫茶店のカクテル・ラウンジでなくなった。メキシコDFにかけてエアレズを呼べ…… そこで強姦罪にとわれて……女のほうからズボンをつかんで引きおろしても強姦罪だ。それが法律だよ、きみ……

シカゴからかかりました……どうぞ、お話しください……シカゴが呼んでいます……どうぞ、お話しください…… おれが何のためにゴムサックを持ってきたと思うんだ、プヨのシチュー料理のためとでもいうのか。読者よ、すごく湿ったところだよ、そこは……

「ぬげ！　ぬげ！」

老いぼれた女役ホモは青春のバーレスクを気どって向うからやってくる自分自身に出会い、オールド・オールド・ハワードの自分の過去の姿から始めて……社会のどん底の街を通ってマーケット街の博物館へ行き、ありとあらゆる種類のマスターベーションを見せる……少年たちにはとくに必要だよ……

彼らはつみとってもいいほどに成熟し、はるかかなたのトウモロコシの穴で帰り道を忘れた…… 飛び散る歓喜の断片と燃える渦巻に包まれて行方不明になる……

盲目の指で脳症を読め。

関節炎の化石のお告げ……

「売ることは使うこと以上に癖になる」——ローラ・ラチャタ、メキシコ連邦。

針の傷痕から恐怖を吸いこみつつ、ひどい渇きの発作の前ぶれを水の下で神経がしびれるまで絶叫する……

「もし神が何かをもっとよいものを作ったとしても、そいつを自分のためにとっておいて人間にはくれなかったのだ」と船乗りはよく言っていた。彼の送信は二十の麻薬包みとともに速度が落ちていった。

(殺人の麻薬はグリセリンの中のオパールの破片のようにゆるやかに落ちる。)

あなたを見つめながら、何度も何度も「ジョニーは博覧会でさようなら」を口ずさむ。

自分の麻薬癖を維持するために小規模の売人にもなる……

「それと、そのアルコールは使えよ」おれはそう言って、アルコール・ランプをテーブルの上にどすんと置く。

「ちったあ待てねえのか、よたよたのジャンキーどもがいつも人のスプーンをマッチで真っ黒にしやがる……それだけで無期の独房送りだぜ、イヌがおれのショバで黒くなったスプーンなんか見つけやがったら……」

「やめたんじゃなかったの?…… 治療法を邪魔するのは気がすすまないからなぁ」

「この習慣をやめるにはたいへんな勇気がいるんだぞ」

暖まってきた身体の中の血管を捜す。麻薬の砂時計はその最後の黒い粒を腎臓の中にこぼす……

「ひどくおかされた地帯だ」と彼はネクタイをまさぐりながら、つぶやいた。

「死は彼らの文化にとっては英雄だったのよ」と私の女房がマヤ族の古写本から顔を上げて言った……「彼らは火と話と穀物の種子を死から得た……死がトウモロコシの種子に変るんだわ」

オワブの時代はわれらの上に

憎悪と不幸の身を切る風は

うなりを立てて注射器を破る

「あの汚ならしい絵をここからほうり出せ」と私は彼女に言った。古い家柄シュメッカーは麻薬に陶酔して椅子の背にもたれていた……家門の恥辱だった。

「あなたは何？　この麻薬芸術家の一人なの？」

彼が手のひらを上に向けて突き出しそうだというジャンキーの身振りをしたとき、どん底の街のシェリー酒と閉塞している肝臓の黄色いにおいがその着衣から漂った……

便所としめったオーバーと萎縮した睾丸のにおい……

彼は治療中の試験的な、原形質の肉体の中から私を見た……麻薬をやめると一カ月で十五キロの肉がつく……やわらかなピンク色のパテ、それは麻薬に音もなくふれたとたんに色あせる私はその様子を目撃した……十分間で五キロの肉が消えた……片手に注射器を持って立ち……もう一方の手でズボンを押さえているうちに……

病気にかかった金属の鼻をつく悪臭。

空に向って、ごみの山の中を歩けば……　散らばるガソリンの火……煙は糞のように黒く固く、風のない空中に浮かび……真昼の熱の白いフィルムを汚す……D・Lは私の横を歩く……私の歯のない歯ぐきと髪のない頭に対する投影……ゆるやかな冷たい火に消耗される腐りかけた燐光を放つ骨の上のよごれた肉……　彼はガソリンの空きかんを持ち運び、ガソリンの臭気は彼をおおい包む……　錆びた鉄くずの山までくると、原住民の一団に出会う……腐肉を食う魚に似た平べったい二次元的な顔……

「やつらにガソリンをぶっかけて、火をつけろ……」

早く

白い閃光……ずたずたに切られた昆虫の悲鳴……

死人から逆もどりして目を覚ますと、口の中に金属の味がした。

無色の死のにおいをたなびかせつつ

しなびた灰色のサルの後産

まぼろしの切断手術の激痛

「タクシーの若い運ちゃんたちはモーションがかかるのを待ちかまえてるぜ」と言ったエドゥ

アルドは麻薬の盛り過ぎのためにマドリッドで死んだ……
　火薬列車は腫瘍だらけの肉がピンク色に渦巻く中を疾走し……オルガスムの閃光電球を爆発させる……魅力的な動作のピン・ポイント写真……なめらかな褐色の脇腹がねじれて、シガレットに火がつく……
彼はだれかにもらった一九二〇年製の麦わら帽子をかぶってそこに立っていた……　低い乞食の言葉が死んだ鳥のように暗い街にこぼれ落ちる……
「いやだ……　もういやだ……　二度とマス……」
下水溝のガスの腐った金属性の臭気が漂う紫褐色の夕闇の中に湧き起こるエアー・ハンマーの響き……　若い労働者の顔はカーバイド灯の黄色い光輪に包まれて震えながらぼやけてゆく……　露出する折れた導管……
「市の立て直しをやっているんだ」
リーはうわのそらでうなずいた……　「そう……　いつもな……」
どちらにしても東党派には悪い動きだ……
知っていれば、喜んで話すのに……
「だめだ……　よくない……　自分で売ってる……」
「ひとつまみもないよ……クロム・フライデー」
一九五九年　タンジール

補遺――危険薬物中毒の熟練者からの手紙（「イギリス中毒学会誌」五十三巻二号より）

前略

お手紙拝見いたしました。これまで使用した各種ドラッグの効果に関する記事を同封いたします。そちらで出版なさるのに向いているかはわかりませんが。わたしの名前を出してもさしつかえはありませんので。

酒を飲んでも問題はありません。ドラッグを使いたいとも感じません。健康はおおむね申し分ない状態です。××氏によろしくお伝えください。氏の体操法を毎日実践していますが、結果はすばらしいものです。

麻薬などの薬物に関する本を書こうかと思っています。技術面を手伝ってくれるような、しかるべき共著者が見つかればですが。

草々

一九五六年八月三日

ヴェニスにて
ウィリアム・バロウズ

アヘンと、アヘンの誘導物の使用は、ある特殊な「中毒」と称される状態をもたらします。(「中毒」ということばは、人がある物に慣れ親しんだ状態、あるいはそれを求める状態を漠然と示すのに使われます。キャンディー中毒、たばこ中毒、温暖な気候への中毒、テレビ中毒、推理小説中毒、クロスワードパズル中毒、などという言い方がされます)。手あたりしだいに使われすぎて、このことばは有効性のある正確な意味というものを失っています。モルヒネの使用は、モルヒネに対する新陳代謝上の依存につながります。モルヒネが、水のように生物学的に必要なものとなり、それを突然奪われると常用者は死ぬかもしれません。糖尿病患者も、インシュリンがないと死にますが、インシュリン中毒ではない。その人は、ふつうの代謝を維持するためにインシュリンが必要なのです。モルヒネ中毒患者の場合は、モルヒネ代謝を維持し、ふつうの代謝への復帰という耐えがたい苦痛を避けるためにモルヒネが必要なのです。わたしは二十年間にわたって数々の「麻薬」や「覚醒剤」を使ってきました。あるものは、上記の意味で中毒性があります。ほとんどは非中毒性です。

アヘン類　十二年間にわたってわたしはアヘンを使用してきました。喫煙し、口から飲みます（皮下注射は膿瘍をつくります。静脈注射は不快であり、危険かもしれません）。ヘロインは皮下注射、静脈注射、筋肉注射し、鼻で吸い（注射器がないときです）、その他モルヒネやディロ―ディッド、パントポン、ユーコダル、パラコダイン、ディオナイン、コデイン、デメロール、メタドンをやりました。程度の差こそあれ、どれも習慣性があります。その摂取法による差はあまりありません。喫煙しようと、鼻で吸おうと、注射しようと、飲もうと、座薬として肛門から挿入しようと、その結果は同じです。中毒。喫煙による中毒は、静脈注射による中毒と同じくらいやめにくいものです。注射による中毒が特に有害であるとする考えは、注射に対する不合理な恐怖のせいです（「注射は血液を汚す」などと言われます。消化器や肺、粘膜からの物質による血液汚染がいささかでも少ないわけではないのに）。デメロールは、たぶんモルヒネより中毒性が少ないようです。中毒者にとっての満足も少なく、鎮痛剤としての作用も少ない。デメロール中毒はモルヒネ中毒よりも治しやすい一方で、デメロールは健康にとって、特に神経系にとって害が大きいのは確かです。以前、デメロールを三カ月使って、数々の不快な症状を経験しました。手の震え（モルヒネでは手はいつも安定していました）、進行性の協調運動欠如、筋肉の収縮、偏執狂的な強迫観念、発狂するんじゃないかという恐怖など。とうとう好都合なことにデメロールに対する不耐性にかかってしまい――自己防衛作用にまちがいありません――メタドンに切り替えました。すべての症状はすぐさまおさまりました。

つけ加えると、デメロールはモルヒネと同じくらい便秘を起こしやすく、性機能や食欲に対する抑制作用はモルヒネより強く、瞳孔の収縮は起こさないのです。わたしは消毒しない、はっきり言って汚ない注射針で何年間にもわたり何千という注射をしてきましたが、デメロールを使うまで注射針からの感染は一度もありませんでした。デメロールを使ってからはいくつも膿瘍ができて、いちいち潰して膿を出してやらなくてはなりませんでした。つまり、デメロールはモルヒネより危険な薬であるように思えます。メタドンは中毒者にとって完全に満足がいくものであり、鎮痛剤としても優秀で、中毒性はモルヒネに匹敵する高さです。

わたしは苦痛が激しいときにモルヒネを摂取しました。苦痛を減らすのに効果的なアヘン類は、同じくらい禁断症状を和らげてくれます。結論は明白でしょう。鎮痛作用のあるアヘン類はすべて習慣性があり、鎮痛剤としての効果が高いほど、習慣性も強いのです。習慣性を持つ分子と、鎮痛作用を持つ分子は、おそらく同一の分子であり、モルヒネが痛みを和らげるプロセスも、耐性と中毒をもたらすのと同じプロセスなのでしょう。習慣性のないモルヒネは、現代の賢者の石とも言うべきもので、存在しないものと思われます。一方で、アポモルヒネの派生物質は、禁断症状をコントロールするのに非常に有効かもしれません。しかし、その薬が同時に鎮痛剤になるとは考えないほうがいいでしょう。

モルヒネ中毒という現象はよく知られており、この場でそれを復習する必要もないでしょう。しかしわたしの見るところ、これまでに十分な関心を得ていない点が二、三あります。モルヒネとアルコールが代謝上共存できないことが観察されていますが、わたしの知る限り、誰もこれに対するつっこんだ説明を行なっていません。モルヒネ中毒患者がアルコールを飲んでも、気分がよくなったり多幸症的な気持になったりすることはありません。ゆっくりと不快感がつのり、また注射を打ちたくなります。アルコールはたぶん肝臓によってバイパスされてしまうのでしょう。黄疸の発作が治りきらないときに酒を飲もうとしたことがあります（その時はまだモルヒネは使っていませんでした）。代謝的な感覚は同じでした。一方では黄疸によって肝臓が部分的に機能せず、もう一方の場合では、肝臓が文字どおりモルヒネ代謝によって占拠されていたわけです。いずれの場合も、アルコール代謝は生じませんでした。もしアルコール中毒患者がモルヒネ中毒になると、モルヒネは確実かつ完全にアルコールと置きかわります。モルヒネを使うようになったアル中を何人か知っています。彼らは即座に大量のモルヒネ注射に耐えられ（一本一グレーン）、なんの悪影響もありませんでした。そしてものの数日のうちにアルコールをやめたのです。その逆は決して起きません。モルヒネ中毒は、モルヒネを使っているときや、その禁断症状の最中には絶対にアルコールを受けつけません。アルコールを受けつけるというのは、中毒が治ったという確実な証拠です。つまり、アルコールでモルヒネを直接置き換えることはできないわけです。もちろん、モルヒネ中毒から治った男が、その後で酒を飲みはじめてアル中になることはあり得ますが。

禁断症状の最中、中毒者は自分をとりまく環境に非常に敏感になります。感覚的な印象が、幻覚に近いほど鋭敏になります。見慣れた物体が、こっそり悶えるように息づいているような気がします。中毒者は外部や体内の感覚の集中砲火を浴びることになります。たまに一瞬だけ美しさやノスタルジアを感じることもありますが、全体としての印象は苦痛に満ちたものです（苦痛なのは、その感覚が強烈であるせいかもしれません。喜ばしい感覚も、ある程度以上強烈になると耐えがたくなります)。

初期の禁断症状として、特別な反応が二つあります。

(1) すべてが襲いかかってくるように見える

(2) 軽度のパラノイア

医者や看護婦が鬼のように見えてきます。かつて数回の治療中、わたしは自分が危険な気ちがいに取り囲まれているように感じたものです。デント医師のところで、ペシダイン中毒の治療を終えたばかりの患者と話をしたことがあります。彼も同じようなことを言っていました。二十四時間前には看護婦や医者が「無慈悲で気にくわない」と思えた。そしてすべてが青く見えた、と。ほかの中毒患者とも話してみましたが、同じ反応を体験していました。さて、禁断症状の最中の偏執狂的な考えの心理学的原因は明らかです。こうした反応が著しく似ているということは、それが共通の代謝上の原因を持っているということです。禁断症状と、ある種の薬物中毒状態との類似は驚くほどのものです。ハッシシ、Banisteria Caapi(ハルマリン)、ペヨーテ(メスカリン)は強烈な鋭敏状態をつくりだし、幻覚的な視点ももたらします。何もかも生きているように見えます。パラノイア的な考えがひっきりなしに浮かびます。特にBanisteria Caapi中毒は、禁断症状そのものをつくり出します。すべてが襲いかかってくるようです。パラノイア的な考えが起きます。特に量が多すぎたときはそうです。Banisteria Caapiを摂取すると、まじない師やその弟子たちが自分を殺そうと陰謀をめぐらしていると確信したほどです。肉体の代謝状態が、さまざまな薬物の効果と同じものをつくり出せるようです。

アメリカでは、ヘロイン中毒患者は望みもしないのに、売人たちから減量治療法を受けさせられていきます。売人たちは自分たちの商品を、粉ミルクや砂糖、バルビツール類でどんどん薄めていくからです。結果として、中毒の治療を求めてやってくる中毒患者の多くは中毒の度合いが軽く、ごく短期間（七、八日）で完全に治ります。特に処方がなくても急速に治ってしまうのです。しかし精神安定剤、抗アレルギー薬、鎮静剤などは、なんであれ多少の気休めにはなります。特に注射した場合には。中毒患者は、自分の血管を外的な物質が流れていると知ると安心するものですから。トルセロル、ソラジンや、それに類する「精神安定剤」、バルビツールのあらゆる変種、クロラール、パラルデヒド、抗ヒスタミン、コーチゾン、レゼルピン、さらにはショック療法（じきにロボトミーまで動員されるでしょう！）までが過去に使用され、いずれも「有効」だったと表現されています。わたし自身の体験から言えば、こうした結果は保留つきで考慮すべきです。もちろん、症状に応じた治療は必要でしょう。これらの薬物すべて（ただし最も一般的に使用されている薬、バルビツールは別かもしれません）は、禁断症状の治療において、それなりの意味をもっています。しかしどの薬物も、それ自体で禁断症状に対する解答とはなりえません。禁断症状は、個々人の代謝と肉体のタイプによって異なります。鳩胸、花粉症、喘息を患っている人は、禁断症状の過程でアレルギー症状に苦しみます。鼻水、くしゃみ、痛み、涙目、呼吸困難など。こうした場合には、コーチゾンや抗ヒスタミン剤は確実に効きます。嘔吐はおそらく、ソラジンのような抗嘔吐剤でコントロール可能でしょう。

わたしは治療を十回受け、その過程で上記の薬をすべて使用しました。急速減量、緩速減量、睡眠延長、アポモルヒネ治療、抗ヒスタミン、「アモルヒネ」と称する無価値な製品を使用するフランスの手法など、ショック療法以外のありとあらゆる治療を受けてきました（ショック療法を受けた人のその後の報告について知りたいものです）。どんな治療法でも、中毒の度合いと中毒期間、禁断症状の段階（後期、あるいは軽度の禁断症状に有効な薬でも、激しい症状に使うとひどい結果をもたらすことがあります）、個々の症状、健康状態、年齢、その他によって、失敗と成功がわかれるものです。ある治療法は、ある時点ではまったく効果がないかもしれませんが、それが別の時点ではめざましい効果をあげることもあるのです。あるいは、わたしには何の役にもたたなかった治療法が、ほかの人には有効だということも。わたしは最終的な判断を下そうとしているのではなく、さまざまな薬物や治療法に対するわたし自身の反応を報告しているだけです。

減量治療法　これは、治療法としてもっとも一般的なものであり、重度の中毒の場合には、これに完全にとってかわる治療法はいまだに発見されていません。患者は、ある程度はモルヒネが必要なのです。あらゆる中毒にあてはまる法則が一つあるとすれば、これです。しかしそのモルヒネも、なるべく早めになくすべきです。緩速減量治療法もやってみましたが、毎回必ず途中で嫌になってしまって、やがて中毒に逆戻りしてしまいます。気がつかないほど少しずつ減らすというやり方は、ほとんど減らさない状態がいつまでも続くことになりがちです。中毒者が治療を求める時は、すでに何度も禁断症状を経験している場合がほとんどなので、不快な事態がふりかかるのは覚悟の上であり、それに耐える覚悟もできています。しかし禁断症状が十日でなく二カ月にも及ぶなら、患者はそれに耐えられないかもしれません。耐えようとする意志を砕いてしまうのは、苦痛の強さではなく、それが続く時間です。もし中毒者が、禁断症状の後期の虚脱感や不眠、退屈、不安などを和らげるために、どんなに少量でも習慣的にアヘン類を摂取するなら、禁断症状はいつまでも続き、いずれ中毒が再発するのはほぼ確実でしょう。

睡眠延長治療法　理論的にはもっともらしく聞えます。眠りについて、目をさますと中毒が治っている。莫大な量の抱水クロラール（麻酔剤）とバルビツールとソラジンを投与されて、結局は半覚醒状態で悪夢が続いただけでした。五日後に、鎮静作用が消えると、強烈なショックがやってきました。強烈なモルヒネ切れの症状が併発。最終的な結果は、比類のない恐怖の複合シンドロームです。この通称「苦痛なしの治療」ほど苦痛に満ちた治療法はありませんでした。睡眠と目覚めのサイクルは、禁断症状の間はいつも大きく乱れます。それを大量の鎮静剤でさらに乱すというのは、文句なしに禁忌です。モルヒネの禁断症状はそれだけで十分に苦しいものであり、それにバルビツール類の禁断症状を加えられてはたまりません。二週間の入院で（五日間の鎮静、十日の「休息」）、わたしは衰弱しきってしまい、軽い登り坂を登ろうとしただけで気絶してしまったほどです。睡眠延長は、禁断症状治療に最悪の方法だとわたしは思います。

抗ヒスタミン剤　抗ヒスタミン剤の使用は、禁断症状アレルギー説に基づいたものです。モルヒネを突然絶つと、ヒスタミンの過剰生産が促進され、結果としてアレルギー症状が起きます（強い痛みを伴う、外傷などによるショックの場合、大量のヒスタミンが血液中に放出されます。中毒に見られるような極度の苦痛時には、有害と思われる量のモルヒネでも問題になりません。血液中のヒスタミン濃度が高いウサギは、モルヒネに対する耐性が高いのです）。わたし自身の抗ヒスタミン剤による実験結果は、はっきりしたものではありません。かつて、抗ヒスタミン剤だけが使用される治療を受けたことがあって、その結果はなかなか良いものでした。でも、その時はまだわたしの中毒も軽く、治療が始まったのも、モルヒネなしですでに七十二時間経過した時点でした。それ以来、禁断症状を抑えるために何度も抗ヒスタミン剤を使いましたが、その結果は不満足なものでした。むしろ、憂鬱と苛立ちを増す感じだったのです（わたしには通常のアレルギー症状は出ません）。

アポモルヒネ　アポモルヒネは、わたしが経験した範囲では禁断症状の治療に最も適した手法です。禁断症状を完全になくすわけではありませんが、耐えられるレベルにまで抑えてくれます。腹のさしこみや脚のこむらがえり、痙攣、パラノイア状態などは完全に抑えられます。アポモルヒネ治療は、減量治療よりも不快感が少ないようです。回復も速く、完全です。アポモルヒネ治療を受けるまで、モルヒネに対する渇望が本当に治ったと感じられたことはありませんでした。治療後に残る「心理的」なモルヒネへの渇望は、実は全然心理的ではなく、代謝上のものなのかもしれません。アポモルヒネのもっと強力な変種は、あらゆる中毒の処置に計量的な有効性を示すのではないでしょうか。

コーチゾン　コーチゾンは、静脈注射の場合に特に苦痛を和らげてくれるようです。

ソラジン　禁断症状を多少は和らげてくれますが、大したことはありません。効果は疑わしいですし、憂鬱、視野の狭まりや消化不良などの副作用はそれを上回るものです。

レゼルピン　この薬は、軽い憂鬱をもたらす以外、わたしには何の効果もありませんでした。

トルセロール　無視できるほどの効果しかありません。

バルビツール類　禁断症状での不眠症に対し、バルビツール類の処方がよく行なわれています。しかし、バルビツール類の使用は通常の睡眠への復帰を妨げるものであり、禁断症状の期間を長びかせ、再発にむすびつくこともあります（中毒者は、ネンブタールといっしょに少量のコデインやパレゴリックを飲んでいいと言われます。が、通常人にはまったく無害な量であっても、こうしたアヘン類は回復した中毒者の中毒を即座に再発させてしまいます）。わたしの経験は、「バルビツール類の使用は禁忌だ」というデント医師の意見をまさに裏付けるものです。

クロラールとパラルデヒド　鎮静剤が必要なら、バルビツール類よりはましでしょうが、ほとんどの中毒者は、パラルデヒドをすぐに吐いてしまいます。

わたしは自発的に、以下の薬も禁断症状中に試してみました。

アルコール　禁断症状の期間中は、完全に禁忌です。アルコールの使用はまちがいなく禁断症状を増悪させ、再発を引き起こします。アルコールは代謝が正常に戻ってからでないと耐えられません。重症の中毒の場合、これにはふつう、一カ月はかかります。

ベンゼドリン　禁断症状後期の憂鬱を一時的に抑える効果あり。症状が激しいときには最悪。

禁断症状のあらゆる段階で禁忌。一種の落着かなさを生じさせるため。この落着かなさは生理学的にモルヒネによってしか解消できない。

コカイン　ベンゼドリンの効果を倍にしたようなもの。

Cannabis Indica（マリファナ）　後期あるいは軽度の禁断症状で憂鬱を抑え、食欲を昂進させる。激しい禁断症状下では掛け値なしの惨事（かつて禁断症状初期にマリファナを吸って、悪夢のような結果を得たことがあります）。カンナビスは感覚を鋭敏にするものです。気分が悪い状態で吸えば、もっと気分が悪くなります。禁忌。

ペヨーテ、**Bannisteria Caapi**（ヤーヘ）　これらについては実験に及んでいません。ヤーヘ中毒に激しいモルヒネの禁断症状を重ねてみると、わけがわからなくなります。モルヒネの禁断症状後期にペヨーテに切り替えて、モルヒネに対する欲求が完全に消えたと主張した男がいましたが、後にペヨーテの毒にやられて死亡しました。

重症の中毒の場合、完全な肉体的禁断症状は少なくとも一カ月は続きます。

発狂したモルヒネ中毒者というのは、見たこともないし聞いたこともありません。つまり、アヘン類に中毒している最中に、精神異常の症状を見せるようになった人物は、という意味です。むしろ中毒者はうんざりするほど正気です。精神分裂症とアヘン類への中毒の間には、代謝上の競合性があるのかもしれません。一方で、モルヒネの禁断症状はしばしば精神異常じみた反応――ふつうは軽いパラノイア――を引き起こします。精神分裂症の治療に効果のある薬や療法が、禁断症状の処置にも有効なことがあるのは興味深いことです。たとえば抗ヒスタミン剤、精神安定剤、アポモルヒネ、ショック療法など。

チャールズ・シェリントン卿による苦痛の定義はこうです。「避けがたい自己防衛反応に付随する心理的な付随物」

神経系は植物的なものであり、内臓のリズムと外的な刺激に反応して拡張し、収縮します。好ましいと感じられた刺激――セックス、食物、楽しい交際など――に対しては拡張し、苦痛や不安、恐怖、不快感、退屈などに対しては収縮します。モルヒネはこの拡張と収縮、弛緩と緊張のサイクルをまるっきり変えてしまいます。性機能は不活性となります。蠕動は停止し、瞳孔は光と暗闇に反応するをやめます。肉体器官は、苦痛にあっても収縮せず、通常の快楽源にあっても拡張しません。モルヒネのサイクルに適合するのです。中毒者は退屈に対する免疫ができます。何時間でも自分の靴をながめ、ベッドにこもっていられます。性欲のはけ口もいらなければ、人との交際の必要もなく、仕事も気晴らしも運動も、モルヒネ以外はすべて不要になります。モルヒネは肉体に植物の特性を植え付けることで苦痛を和らげるのかもしれません（植物はほとんどの場合は不動であるため、自己防衛反応を行なうことができず、したがって痛みを感じる必然性もありません）。

科学者たちは、習慣性のないモルヒネを探そうとしています。つまり、快楽をもたらさずに苦痛を抑える薬です。一方で中毒者たちは、中毒なしで陶酔感の得られる薬を求めています。というか自分では求めているつもりです。わたしはモルヒネの効能が分離できるとは思いません。効果の鎮痛剤は、すべて性機能を抑え、陶酔性を持ち、中毒をもたらすでしょう。完全な鎮痛剤は、おそらく確実に習慣性を持つでしょう（ちなみにそうした薬を開発したいと思う人は、ジヒドロ酸ヘロインから始めるのがよいと思います）。

中毒者は苦痛もセックスも時間もない状態に存在します。動物的な生のリズムへの復帰は禁断症状を伴います。この復帰が快適に行なえるようになるとは思いません。苦痛を伴わない禁断症状は、しょせんは努力目標なのです。

コカイン　コカインは、わたしが使用した中で最も気分を引き立たせる薬です。この陶酔感は頭の中に中心があります。たぶんこの薬は脳の中の快楽をもたらす神経の連鎖を直接励起するのでしょう。たぶん、しかるべき部位への電気刺激も同じ効果を生み出すのではないかと思います。コカインのもたらす爽快感を完全に引き出すには、静脈注射しかありません。快楽効果は五分から十分くらいしか続きません。もし皮下注射すると、効果が急速に薄れて楽しめません。鼻から吸いこんだ場合はなおさらです。

コカイン使用者は、一晩中起きていて、一分間隔でコカインを打ち、純粋なコカインと、同量のモルヒネを混ぜた注射とを交互にやって「スピードボール」にすることがよくあります（わたしの知っている範囲で、コカインを定期的に打っている者は、必ずモルヒネ中毒でもあります）。

コカインに対する欲求は強烈なことがあります。まる一日、次から次へと薬局をはしごして、コカインの処方を受けようとしたこともあります。しかし、コカインが強烈に欲しくなっても、それは代謝上の必要性ではありません。もしコカインが手に入らなければ、飯を食って寝て、忘れてしまうだけです。コカインを何年も使い、いきなり供給が断たれた人の話を聞きましたが、だれも禁断症状は経験していません。確かに、前頭葉の刺激剤が中毒性を持つというのは考えにくいことです。中毒は、鎮静剤の専売特許なのでしょう。

コカインの継続使用は、神経過敏、憂鬱、ときにはパラノイア的幻覚を伴う精神異常につながります。コカインの使用でもたらされる神経過敏や憂鬱は、コカインの量を増しても抑えられません。モルヒネを使えば効果的に抑えられます。モルヒネ中毒者によるコカイン使用は、必ずモルヒネの使用量と使用回数の増加につながります。

Cannabis Indica（ハッシシ、マリファナ）　この薬の効能については、おどろおどろしい記述が何度もなされてきました。時空間認識の障害、感覚の著しい鋭敏化、思考の飛躍、バカ笑い、いたずらっぽさなど。マリファナは感覚を鋭敏化するものであり、その結果は必ずしも快いものではありません。悪い状態はいっそう悪くなります。憂鬱は絶望になり、不安はパニックになります。モルヒネの激しい禁断症状のときにマリファナをやってひどい目にあったことは前に書いたとおりです。かつて、ちょっと何か気がかりなこと（「くだらんことだよ」とは本人の言です）がある来客にマリファナをあげたことがあります。マリファナたばこの半分まで吸い終えたところで、「ああ恐い！」と叫んで立ち上がり、家から飛び出してしまいました。

マリファナの非常に悩ましい特徴は、好き嫌いの感覚が混乱してしまうことです。自分が何かを好きなのかどうかわからなくなりますし、ある感覚が気持いいのか悪いのかもわからなくなってしまうのです。

マリファナ使用の効果は、個人差が激しいものです。ある人はいつも吸っているし、ある人はたまにしか吸わないし、極端に嫌う人も少なくありません。特に自他ともに認めるモルヒネ中毒者は嫌う人が多く、マリファナ喫煙について潔癖さを発揮することが多いようです。アメリカではマリファナの悪影響について大げさに言われすぎています。アメリカの国指定ドラッグはアルコールです。それ以外のドラッグ使用は、特別な恐怖をもって見られる場合が多い。このような外国の悪徳に染まった人間は、身も心も完全に破滅させられるべきだ、とでも言わんばかりです。人は事実などに関係なく、自分の信じたいことだけを信じるものですから。マリファナに習慣性はありません。軽度の使用が害をもたらすという証拠も見たことがありません。あまりに長期にわたる過度の使用は、精神障害をきたすかもしれません。

バルビツール類　一定期間にわたって大量に摂取すれば、バルビツール類は確実に中毒を生じます。一日一グラムで中毒になります。禁断症状はモルヒネよりも危険であり、癲癇性の痙攣発作を伴う幻覚が起きます。中毒者はコンクリートの床の上でバタバタ暴れて怪我をすることが多いのです（急速減量治療所の床はコンクリートがふつうなので）。モルヒネ中毒者は、少ないモルヒネ量の効き目を増すためにバルビツール類を飲みます。中にはそのままバルビツール中毒になってしまう者もいます。

かつて四カ月間ずっと、毎晩ネンブタールのカプセル二錠（カプセルあたり一グレン半入り）を飲み続けていましたが、禁断症状はありませんでした。バルビツール類への中毒は量の問題なのです。たぶんモルヒネのような代謝上の中毒ではなく、脳の過度の鎮静からくる機械的な反応なのだと思います。

バルビツール類の中毒は見ていてショッキングなものです。中毒者は身体を操れず、よろめき、バーのスツールから転げ落ち、話の途中で急に眠りこみ、口から食物をこぼしてしまいます。混乱していて、すぐに口論をはじめ、ばかです。そして必ずほかのドラッグを使っていきます。手あたり次第に。アルコール、ベンゼドリン、アヘン類、マリファナなど。バルビツール使用者は、中毒者のコミュニティの中でも見下されています。「バルビツールのよた者めが。まったく、品も何もあったもんじゃない」といった具合。もう一段ランクが低いのが、石炭ガスとミルク、あるいはバケツのアンモニアを嗅ぐやつです。「お掃除おばさんのなぐさみもの」と言われて。

バルビツール類は最悪の中毒をつくりだすように思えます。見苦しく、頽廃的で、治しにくいのです。

ベンゼドリン　これはコカインと同じ脳の刺激剤です。大量に飲めば、陽気になって睡眠がなくても平気になります。陶酔感に続いて、ひどい憂鬱がやってきます。このドラッグは不安を増す傾向があります。消化不良と食欲減退も生じます。

ベンゼドリンの禁断症状が起きた例は一件しか知りません。この人はわたしの知り合いの女性で、信じがたい量のベンゼドリンを六カ月にわたって飲みつづけていました。この間に、ドラッグによる精神異常を起こして十日間入院しました。その後もベンゼドリンの使用を続けていましたが、いきなり供給が断たれました。彼女は呼吸困難状の発作を生じました。息ができなくなり、青くなってしまったのです。わたしが抗ヒスタミン剤（テフェレン）を与えると、すぐにおさまりました。症状は再発していません。

ペヨーテ（メスカリン）　これはまちがいなく刺激剤です。瞳孔を拡大させ、目をさましまます。ペヨーテは非常に吐き気を催すものです。使用した人の多くは、効果が出る以前に吐いてしまいます。効果自体は、ある点でマリファナと似たものです。感覚的な印象、特に色彩感覚が鋭敏になります。ペヨーテが効いてくると、奇妙な植物的意識が生まれます。あるいは、自分が植物と同化するような気分がすると言いましょうか。あらゆるものがペヨーテのサボテンのように見えてきます。インディアンたちが、ペヨーテのサボテンには精霊が宿っていると考えている理由も理解できようというものです。

ペヨーテの過剰摂取は、呼吸器の麻痺を起こし、死ぬこともあります。そうした例を一件知っています。ペヨーテに中毒性があると信ずべき理由はありません。

Bannisteria Caapi（ハルマリン、バニステリン、テレパシン）　Bannisteria Caapi は、成長のは

ヤいつるです。有効成分は、切ったばかりのつるの茎に含まれています。芯の部分がもっとも効き目があるとされており、葉は絶対に使われません。一人につき、長さ二十センチのつるが五本は必要です。つるは潰して Palicourea Sprubiaccea と同定された茂みの葉といっしょに二時間以上ゆめには、かなりの量のつるが必要となります。

ヤーへまたはアユファスカ (Bannisteria Caapi のインディアン名で最も一般的なもの) は幻覚剤であり、感覚の著しい混乱をもたらします。過剰に摂取すると痙攣性の毒になります。解毒剤としては、バルビツール類などの強力な痙攣抑制効果のある鎮静剤です。はじめてヤーへを飲む人は、飲みすぎに備えて鎮静剤を用意しておくべきでしょう。ヤーへの幻覚成分のため、インディアンのまじない師は自分たちの力を増すためにこれを使用します。また、さまざまな病気を治療するための万能薬としてもこれを使用します。強力な虫下しでもあり、胃や内臓の寄生虫駆除にも使えるでしょう。ヤーへは意識の麻酔状態を引き起こすので、新参者が縛ったつる草の鞭で打たれたり、アリに刺されたりしなくてはならないような儀式で使用されます。わたしにわかる範囲では、新鮮なつるでないと効果がありません。乾燥したり、有効成分を抽出したり、保存したりしようとしましたが、どの方法もだめでした。チンキ化すると効かなくなってしまいます。乾燥したつるはまったく役にたちません。抽出原液でさえあれほど強力な幻覚剤なのですから、類似体での研究が必要となるでしょう。

補遺

を合成できたらすさまじい結果が生まれるかもしれません。これは絶対にもっと研究が必要です。（原注——この論文が出版されてから、バニステリアに含まれるアルカロイドは、実験的に精神異常を引き起こすために使用されていたＬＳＤ６と密接な関連があることを知った。その後、すでにＬＳＤ２５あたりまで研究が進んだはずである。）

ヤーへの使用による悪影響はまったく観察されませんでした。耐性がすぐに生じるので、吐き気やその他の障害なしに、すぐに抽出液が飲めるようになります。

ヤーへはユニークな薬物です。ヤーへの作用は、ある点でハッシシの作用と似ています。どちらの場合にも視点の推移があり、通常の体験を超えた意識の拡張があります。でもヤーへのほうが実際の幻覚による感覚の混乱が深い。目の前で青い閃光が散るのがヤーへの特徴です。

ヤーへの受けとめかたは様々です。多くのインディアンや白人の多くは、酒と同じような陶酔剤の一つと考えています。ほかの集団にとっては儀式用のものであり、儀式的な意味を持ちます。ヒバロ族では、若者は先祖の霊に会って来世のブリーフィングを受けるためにヤーへを飲みます。イニシエーションの儀式で使われ、新参者が苦痛の多い行《ぎよう》を受けるときに使われます。あらゆるまじない師が、未来を予言したり、なくしたものや盗まれたものを見つけたり、犯罪の下手人を名指したり、病気の診断や治療を行なうのにヤーへを用います。

Banisteria Caapi のアルカロイド成分は一九二三年にフィッシャー・カルデナスによって分離されました。彼はそのアルカロイドをテレパシンと命名。またの名をバニステリンです。ラムフはテレパシンが Perganum Harmaia のアルカロイドであるハルマリンと同一であることを示しました。

Banisteria Caapi は明らかに習慣性はありません。

ナツメッグ　犯罪者や船乗りはときどきナツメッグに頼ることがあります。茶さじ一杯分くらいを水といっしょに飲みこみます。効果はなんとなくマリファナに似ていて、頭痛と吐き気という副作用があります。ナツメッグ中毒などというものが可能だとしても、中毒になる以前に死んでしまうでしょう。ナツメッグは一度しか飲んだことがありません。

南アメリカのインディアンの間では、ナツメッグの仲間の薬物が数多く使われています。ふつうは乾燥して粉末にした植物を、鼻から吸わせるようにして処方されます。まじない師はこうした有害な物質を摂取して、癲癇状態になります。その引きつりやつぶやきが、予言としての価値を持つと考えられているのです。友人で、南アメリカでナツメッグの一種で実験を行なったために死ぬほど苦しんだ人がいます。

ダチュラ・スコポラミン　モルヒネ中毒者は、モルヒネとスコポラミンをいっしょに摂取して、その毒にやられることがしばしばあります。

前に、モルヒネ六分の一グレーンとスコポラミン百分の一グレーンの入ったアンプルを入手しました。百分の一グレーンなら無視できる量だろうと考えて、一回でアンプル六本分注射しました。結果は、精神異常状態が数時間続き、たまたま長いことわたしに悩まされてきた家主に助けられたのです。翌日、わたしはなにも覚えていませんでした。

ダチュラの仲間の薬物は、南米とメキシコのインディアンたちに利用されています。死亡も多いと言われています。

スコポラミンは、ソ連によって自白剤として使用されていますが、結果のほどは疑わしいものです。被験者は秘密を自白したくてたまらなくても、肝腎の秘密を思い出せないことがあるのです。しばしば、でっちあげの話と本当の秘密がごちゃまぜになって出てきます。容疑者から情報を引き出すためには、メスカリンのほうが成功率が高いそうです。

モルヒネ中毒は、モルヒネの使用によってもたらされる代謝上の病気です。わたしの意見では、心理学的な治療法は役にたたないばかりか、禁忌でさえあります。統計的に見ても、モルヒネに中毒する人びとは、モルヒネが手に入る位置にいる人びとです。医者や看護婦や、闇市場とコンタクトのある人びとです。イランでは、アヘンが何の制限もなしにアヘン屋で売られています。成人の七割は中毒しています。それなら、彼らをアヘン使用に走らせた内心の葛藤や不安を知るために、何百万というイラン人に精神分析を行なわなくてはならないのでしょうか。そうではないでしょう。わたしの経験によれば、ほとんどの中毒者は精神異常ではないし、サイコセラピーを必要としていません。アポモルヒネ治療と、再発時のアポモルヒネの処方のほうが、どんな「心理学的リハビリテーション」計画よりも高い完治率をあげると思います。

〈山形浩生／訳〉

訳者付記

「中毒」という用語は、バロウズも指摘しているとおり、非常に広い意味を持っている。文中での主な意味は、肉体的な依存症を生じるような薬の作用ということであり、アヘン系以外のドラッグではいっさい中毒は生じない、といった書き方がなされている。しかし、それ以外のコカインなどについても「一日中薬屋をはしごしてコカインを手にいれようとした」などの記述にも見られるように、非常に強い精神的依存症が生じるケースが多い。無理にやめさせても禁断症状こそ起きないものの、使用時と非使用時の精神状態の激しい落差のため、どうしても使わずにいられなくなる。通常はこうした依存症状も含めて「中毒」と呼ぶ。ここでのバロウズの「中毒」という用語は、「肉体の代謝レベルでの依存」という非常に狭い意味で使われていることはご留意願いたい。

ちなみに医学の分野では、ここで述べたような肉体的／精神的な依存を表現するときには「中毒」という言葉は使わない。こうした症状は「嗜癖《しへき》」と呼ばれる。「中毒」は、ある薬物に汚染された状態すべてを指し（たとえば一酸化炭素中毒など）、本人がその薬物を自発的に求める状態である「嗜癖」とは厳密に区別する、とのことである。

また、本稿執筆の一九五六年以降、薬物の研究は飛躍的な進歩をとげており、すでにアヘン類の中毒治療においてここで挙げられたような治療薬が処方されることはない。痛みなどの伝達機構についても解明が進み、バロウズがここで「不可能」と断言している嗜癖（中毒）なしの鎮痛剤の開発も、必ずしも絶望的ではないらしい。

訳者あとがき

ウィリアム・バロウズ（一九一四―九七）は戦後に出現した最も特異なビート派の作家として、最近急速に各国の文学界の注目を集めつつある。ノーマン・メーラー、ジャック・ケルアック、ジョン・チアルデ等の最大級の讃辞から、読者の好奇心をそそるだけの二流作家といった「タイムズ」文芸付録の揶揄《やゆ》に至るまで毀誉褒貶《きよほうへん》はさまざまだが、その反響の大きさはまさに国際級であって、バロウズの作品は現代世界文学の最前衛における台風の目のような存在になってきている。その彼も、『裸のランチ』が出版されるまでは、英米読書界の一部をのぞいてそれほど知られていなかったのであるから、本書の出現は大きな文学的事件として記憶されるに足るものと言えるだろう。

一九五八年に、ニューヨークのデル社がアメリカ、イギリス両国における戦後の文学運動を代表するビート・ゼネレーションとアングリー・ヤング・メンのアンソロジイを編集して刊行したことがある。アナトール・ブロヤード、R・V・カシル、ジョージ・マンデル、クレロン・ホルムス、ジャック・ケルアック、アレン・ギンズバーグ、ジョン・ウェイン、キングスレー・エイミス、コリン・ウィルソン、ジョン・オズボーン、ケネス・レクスロス、ノーマン・メーラー等の名前がならんでいた。その中にただ一人括弧つきの匿名で“William Lee”という作家が『わが麻薬中毒記、最初の日日』という体験記風の小説をのせている。これがバロウズである。（すでに本書を読了された読者は、『裸のランチ』を代表する一人称がウィリアム・リーであり、それが作者の分身にほかならないことにお気づきであろう。）

しかし、なぜこのときあえて匿名を用いたかは分らない。おそらく書かれた事実に対する顧慮からだろうと推測されるだけである。この小説に付された紹介文によると、「ウィリアム・リー」はアメリカにおける屈指の名家の出であり、麻薬中毒、売人、泥棒、ぽん引きなどをやったことになっているが、彼が法律を犯したとしても、それは貧乏のためでもなければいわゆる出世の機会に恵まれなかったためでもない、といった意味のことが記されている。本当に法を犯したことがあるのかどうかは手もとの資料で明らかでないが、彼が刑務所に入っていたことがあるという噂は、聞いたか読んだかした記憶がある。名家の出ということに関しては、彼の祖父は電子計算機の発明者であり、バロウズの商標は金銭登録機その他の販売で、わが国のテレビなどでもさかんに宣伝しているから知っている人も多いであろう。

しかし、彼の経歴とか私生活とかについては不明な点が多い。前述の『わが麻薬中毒記、最初の日日』や『ジャンキー——回復不能麻薬中毒患者の告白』（一九五三年）などによってある程度まで窺い知ることができようし、またホルムスの『ゴー』とかケルアックの『路上』などに彼らしい人物が登場していると言われているが、その行動は多分に謎につつまれている。近著『ノヴァ急報』のダスト・ジャケットの紹介文によれば、セントルイスに生れて、ハーバード大学卒業後、ヨーロッパに旅行し、アメリカに帰ってからは、私立探偵、害虫駆除員、バーテンその他の職業を転々とした旨が記されている。現在は主としてタンジール、ロンドン、パリなどに住んでいて、本の執筆は本国でよりも南米とかメキシコとか外国でなされた場合が多いようである。

代表作と目される『裸のランチ』がパリのオリンピア社から刊行されたのは一九五九年で、この作品が完成されたのはタンジールにおいてであった。それまでは比較的寡作であったが、麻薬中毒患者の実態の恐ろしさと人間の醜さを赤裸々に描いたこの作品は、ヨーロッパおよびアメリカの読書界にそれこそ文字どおり驚愕的反響を捲き起こしたのであった。その後は『ソフト・マシーン』（オリンピア社、パリ）、『死者の指は語る』（ジョン・カルダー社、ロンドン）、『ノヴァ急報』（グローヴ社、ニューヨーク）と毎年一冊くらいの割合で新作を発表し、多産な作家活動に入っているようである。

*　　　*　　　*

バロウズの作品の評価ということになると、これを支持する側も否定する側もほとんど最大級の言葉を使ってやり合うので、一般の読者はとまどいしがちである。それに、バロウズ文学の提示する問題は大きくかつ激烈であって、単なる小説の好みの問題を超えているため、いっそう議論に混乱を来しやすいところがある。また、その衝撃的効果と考えられているものには、通常の文学観とは相容れないところが多々ある。常識に対して反抗的なビート・ゼネレーションの作家たちの中にあっても、バロウズは相当極端な例である。

しかし、『裸のランチ』において彼が択んだその主題なり方法なりについて少しく検討してみると、その内面的根拠の必然性が、一般にもかなりの程度にまで理解されるのではないかと思う。

この小説は、見方によってはウィリアム・リーを主人公とした一種の体験記であり、またその反対のものでもあって、恐怖小説、諷刺小説、SF、政治小説、ユーモア小説といった区分けも可能である。ようするに小説のジャンル的な見方を極力排除した小説ということになるであろう。

内容について言えば、すでに読まれた方にはおわかりのことと思うが、かなりショッキングなものである。

まず目につくのは、麻薬中毒患者の生活の実態をとおして、人間性を破壊するアディクション（惑溺）の恐ろしさを描いていることである。もちろん、アディクションの対象となるものは麻薬だけとはかぎらない。アルコールでも昆虫採集でも十六歳の少女でも学問でも金銭でも、アディクションによる自己破壊の恐ろしさは同じである。しかし、たとえばアルコールなら、人によって体質的にそれを受けつけないということがあるが、ヘロインにはそれがない。誰でも確実にアディクト（中毒者）になり得るのである。その点からみても、彼のテーマにとって麻薬は格好の材料を提供している。三十分おきに「充電」しなければならない仕入係、身体中いたるところに傷だらけで木のように固くひからびた円盤のウィリー（目にまで注射を打つようになっている）、血とさびのこびりついた安全ピンで足に大きな穴をあけ点滴器を傷口の中へ突っこんですっかり埋没させてしまう女とか、奇怪なぞっとするような人物がぞくぞく登場してくる。彼らの時間は麻薬の時間で、自分の身体が時計になっている。この自らつくり出した地獄の住人たちにとって、唯一のゴールは、次の麻薬を打つことだけである。そして麻薬は、砂時計の砂のように彼らの身体をすり抜けて行く。無色無臭の死のにおいを持ったグロテスクな人間が住む世界――これはバロウズ自身が直接に体験した世界であり、象徴的な意味ではこの世の縮図でもある。すべての麻薬中毒者にとっての願いは売人になることだが、バロウズはこのジャンキーと売人の関係を残酷なまでにつきつめて、すべての人間関係の基本的な図式にしている。代理人とかスパイといった観念も、この図式のアナロジイから出てきている。

この小説の最初のショッキングな場面として、中毒者との接触欲が昂じてだめになった仕入係ブラッドレーが地区監督官から呼び出されて仕事をとり上げられそうになるところがある。そして、追いつめられた仕入係は、とつぜん意外な行動にでる。およそ予知できない展開を含んだこの場面は、イマジナティブな寓意としてよりも、人間の醜さの表現として独特である。

これなどは単に一つの例にすぎないので、他にもこうしたショッキングな場面はたくさんあり、約言すれば、バロウズの前述の人間関係の基本的図式には、人間の醜さのイメージが充満しているのである。

「ブラック・ミート」の章でマーブという男が二人のアラビア人の少年を連れてくるところが

ある。

「この二人の坊やがねじこみっこをするのを見たいかね?」

「もちろんさ。いくらだ?」

「五十セントでやるだろう。なにしろ、がつがつしてるからね」

「それこそ願ってもない話だ」

そして、そのあとで「生きてゆくために必要なんだ」といったせりふがでてくる。ここなどは、短い会話のやりとりだが、醜さの必要性を幾何学的な正確さで表現しているとでも言ったらよいであろうか(この引用部分は新版では書き直されている。相当部分は本書九二頁。版の問題については解説参照。――編集部注)。

人間獣は、自分の身体を永遠に保証してくれるものがあったら、何だって犠牲にするだろう、自分の息子だって売りとばすし、生まれない赤ん坊の足がまだ大地につかないうちに、その大地をも永遠に売りとばしてしまうだろう、そして永遠に脱糞しつづけるだろう、といったような言葉が近作『ノヴァ急報』の中にあったと記憶する。糞とか尿といったコトバがやたらにとび出してくるのが、バロウズの特徴の一つとなっているけれど、これは人間の生活をその最低線まで徹底的に圧縮しなければおさまらない彼の超ペシミスティックな認識によるものと思われる。

『裸のランチ』はいくつかの興味深いエピソードから成り立っているが、エピソードといってもそこにはストーリーとかプロットとかいったものはほとんど存在しない。映画におけるストップ・フレームの手法のように、瞬間を凍結停止させ、そこに内包されている影像なり意味なりを伝達するやり方であって、小説全体がそのような情景のモンタージュから成り立っている。過去と未来の「連続性」を断ちきり、あくまでも現在に集中して、さまざまな段階における恐怖のヴィジョンを現出させるのである。

なぜこのように、彼の小説には不断の現在しか存在しないのか。現在がすべてであるという考えはどこからくるのか。これはかならずしもバロウズだけの特徴ではなく、ある程度他のビート派の作家にも共通していることだが、彼らの生き方というものは、現代の社会機構の内部に安住しようとする態度とは正反対のものである。ジョン・オハラ、ジョン・チーバー、ジョン・アップダイク、J・D・サリンジャーといった「ニューヨーカー」の常連作家が描くツー・カー・ファミリイの生活の理想からは最も遠い、酷薄なまでにむきだしの人間性の極限に生きようとする。そして、一歩誤れば奈落の底といった現代生活のぎりぎりの端っこのところから現代文明のからくりを覗こうとするのである。

彼らはとうぜんアウトサイダーであり、現代文明に対する仮借のない批判者である。また、それだけの実力があるかどうかは別として、新しい人間の生活の探究者であり、実践者でもある。(名誉や地位を捨てたバロウズの放浪は、おそらくこのような点から解明されるであろう。)徹底的に現代生活から自己を疎外した幻視者の目には、現代文明の諸相は呪うべきものとしてしか映らない。

彼らにとって過去とは、何であったであろうか。ファシズム、ナチズム、コミュニズム、スペイン、帝国主義、ヒットラー、スターリン、不可侵条約、真珠湾、アウシュヴィッツ、ヤルタ、ヒロシマ、朝鮮、ハンガリー、スエズ、コンゴ、ヴェトナム……狂気と破壊と裏切りと暴力と殺戮と不毛とを暗示するこれらの名が現代史に登場したのは、近々四十年内のことである。これらの名の連続性によって、はたしていかなる未来が保証されるであろうかと問うならば、よほど楽天的な人でも、未来が原水爆による大量死によってとつぜん切断されるというヴィジョンを全く払いのけるというわけにはいかないであろう。過去においては、これらの名の連続の網目からこぼれ落ちることによって、わずかな安逸をむさぼることも可能であった。しかし、未来においても偶然が生き残った人類に幸運をもたらすとは、少なくとも同時代の歴史の動力は保証していないのである。

かくして、ビート派における「連続性」の拒否は、同時代の歴史の拒否に通じてくる。過去と未来と秩序を放棄して、彼らは現在に集中する。「作家が書くことができるものは、ただ一つ、書く瞬間に自分の感覚の前にあるものだけだ」とバロウズは言う。そして、「私は記録する機械だ」とも言う。

だが、「連続性」を拒否した作品は断片の集積とならざるをえない。すこし古風な趣味の批評家は、これらの作品を紙屑ひろいのバタ屋と同じだと酷評している。しかし、むろんそれらの価値は、その中に含まれた現実性、真実性によって判断されなければならないであろう。

*　　　*　　　*

バロウズは、以上に述べてきたような位置から、多彩な手法を駆使して「現在」の牢獄にとじこめられた人間の醜悪さと現代文明の底に横たわる地獄の恐ろしさを大胆に描き出した。そこには彼が身を以て体験したすべてのものがかけられており、その内にひそむ毒素、悪しきものを吐き出すことによって、今日の人間はわずかに救抜されると信じているかにみえる。おそらく、精神の健康法を守る唯一の方法としてこのようなカタルシスを必要とするところまで、現代文明の底辺に存在する醜さと恐怖の領域は広くかつ深いものになっているのだと言えるであろう。

いかなる人間もジャンキーと変りないものだという認識は、現実を回避したがる多くの人びとに嫌悪を催させ、身慄いさせるかもしれない。しかし、過去と現在と未来の連続性を断ち切られた人間の「現在」にとって、これがありうる人間獣の赤裸々な姿だと感ずる人もあるであろう。いずれにしてもバロウズが自分の感覚の前にあるものとして再現してみせたものは、すぐれた幻視者にとってのみ見ることの可能な現代の地獄図なのである。彼はそれを、ほとんど最後のもの、言語による表現としてはこれ以上のものは望めないというところまで徹底的に表現してみせた。カフカの文学の中にすでに来るべきヒットラーの時代の到来が黙示されていた、と第二次大戦後になって説いた批評家があったが、バロウズの文学の中に黙示されているものは、はたしていかなる未来の国なのであろうか。「人はいかなる時空の交点においてでも、裸のランチに割りこむことができる」と彼は書いている。それに参加した人たちは、いやでもその黙示のひややかな炎にふれないわけにはいかないであろう。

一九六五年七月

『裸のランチ』ノート（補）

（一）麻薬は何もかも奪い、麻薬切れの苦しみを確実に防ぎとめるという保証以外は、何も与えない。ときおりおれは、自分自身に対してやっていることをつくづく考えて、治療をする決心をしたものだ。麻薬がたっぷり手に入るときには、麻薬の使用をやめることなど造作もないように思える。「もう麻薬を打ったって何もおもしろいことなんかありやしない。やめたほうがましだ」と言いたくなる。だが、ひとたび麻薬切れの病気に落ちこむと、事態はまるで違う様相を呈してくる。……（中略）……いつまでも麻薬をつづけたくないことは自覚していた。もしおれが何か一つでも決意を固めることがありえたとすれば、それは麻薬をやめる決意だったろう。だが、いざ麻薬をやめる段階になると、それを乗り切る気力がなかった。まるで自分で自分の行動を制御する力がないかのように、自分の作った計画を、片っぱしからこわしていく自分の姿をながめるのは、恐ろしい無力感を味わわずにはいられないことだった。

（二）麻薬をやめるということは、一つの生き方を放棄することだ。おれは何人ものジャンキーが麻薬をやめて酒に溺れ、二、三年のうちに死んでしまうのを見てきた。元ジャンキーのなかには自殺する者がしばしば出てくる。なぜジャンキーは自分から進んで麻薬をやめるのだろうか？　この疑問に対する解答はだれにもわからない。麻薬がもたらす損失や恐怖をいくら並べたところで、麻薬をやめる心の推進力にはなりはしない。麻薬をやめようという決意は肉体の細胞の決意なのだ。ひとたびやめようと決意してしまうと、前に麻薬からはなれられなかったのと同じように永遠に麻薬にはもどれなくなる。……（中略）……おれはもうすぐ南へいって、麻薬のような衰滅しかけているもののかわりに、これから開発される刺戟的な快楽を捜そうとしている。快楽とは物事を特別な角度からながめることだ。快楽とは、次第に老いぼれていく、用心深く、口やかましく、いつもびくびくしている肉体の束縛からほんの少しのあいだ解放されることだ。たぶん、おれは、麻薬やマリファナやコカインのなかに捜し求めていたものを、イェージのなかに見出すだろう。イェージこそ最後の物《ぶつ》になるかもしれない。

以上の文章は、ウィリアム・バロウズが一九五三年に刊行した『ジャンキー――回復不能麻薬中毒患者の告白』からの引用で、（一）は第十三章の終りの部分、（二）は第十五章の終結部である。

「最後の物」を捜し求めて南米へ赴いたバロウズの旅がどのようなものであったかは、アレン・ギンズバーグに宛てた『麻薬書簡』に詳しいが、けっきょくはイェージもまた他の麻薬と同様「最後の物」とはならなかった。「だれもかれもいなくなり、ぼくはどこでもない場所にひとりとり残される。夜ごと人々は醜く、愚かになり、備付品はいやらしく、給仕は図々しくなり、音楽は耳ざわりになり、機械的に調子の狂った映画みたいに早くなって、無意味に変っていく……　とつぜん、ぼくはリマを離れたくなった……　そんなに急いでどこへ行くのか？　タララ、ティンゴ・マリア、プカルパ、パナマ、ガテマラ、メキシコ・シティに用があるのか？　よくわからない。とにかく、たった今、出ていきたくなったのだ」

こうして「最後の物」を求めるバロウズの旅は果てしなくつづくようにみえるが、未知のフロンティアに向って進むハックルベリー・フィンとは違い、麻薬入手の困難と官憲に逮捕される恐怖に苛《さいな》まれながらの旅であるから、世界における最低社会の暗部からより深い暗部への逃避行とならざるをえない。この世と麻薬でしかつながっていない人間にとって、「どこでもない場所にひとりとり残される」ということが、どのような恐怖であるかは、普通人には容易に想像もできないことである。タンジールの原住民地区の一室に住み、一年間も風呂へ入らず、毎時灰色の筋肉に注射を打つという以外は絶対的に何もしないという状態で、彼は自分が完全に世界を映し出す鏡の外側に出てしまったことを悟る。後年になって当時を回想してバロウズは次のように語っている。「一九五七年、ぼくはタンジールに住み、カスバの小部屋で足先を見つめて一カ月を過ごした。部屋はユーコダルの空箱で一杯だった。不意に、ぼくは何もしていないことに気づいた。ぼくは死にかけており、どんづまりにきていた」

そのときはじめて、『裸のランチ』の断片的なヴィジョンが、十五年にわたる麻薬常用期間中に累積された記憶と想像の殻を破って次々と迸り出たのであろう。快楽が現実の緊張と肉体の束縛からの解放なら、麻薬は人生のプロセスそのものからの逸脱であり、「最後の物」を捜し求める逃避行は、とりもなおさず死出の旅にほかならなかったというどんづまりの場所にきて、とつぜん逃亡者は仮面をかなぐりすてて追跡者に変貌するのである。そして、今までの麻痺した受身の姿勢から反撃に転じ、世界を映し出す鏡の裏側から、鏡を見ている人間の知らない「事実」を告知し、現代の文明や社会や人間の愚かさ、醜悪さ、残酷さ、の告発を開始するのである。そこから、死そのものが最後の物であるような、幻視された怪奇な地獄のパノラマが現出する。十五年にわたって見つづけてきた悪夢は逆転し、想像と抽象が縦横に交錯する時空を超えた世界で、今度は患者が医師を診断する番がきたのである。

それにしても、喜劇的であると同時に恐怖的な人物ベンウェイ医師を見つめるバロウズの眼は、冷たく無感動に透徹している。実際主義者として、裸の「事実」を記録する機械と化したようである。そして、作家が書くことができるのは、書く瞬間に自分の感覚の前にあるものだけだと言う彼は、その後ブリオン・ガイシンとの共著『殲滅者』で「切り刻み《カット・アップ》」の技法と自ら名づけた手法を用いて、書かれた文章をばらばらに分解し、いくつにも区分し整理し再構成することによって、自分の声をひびかせようと試みたのである。それにどういう意味があるかなどということは考える必要はないし、理論化することもいらない。ただ「切り刻み」を試みさえすればよい、と彼は主張する。こうして、通常の書き言葉の意識の干渉を排除し、鋳型によって製造される偽のリアリティを破壊して、断片的にスポットをあてた「事実」をとり出す彼の方法は、シュルレアリストのそれにきわめて近いといえるかもしれない。「自然発生的なものは自分の意志で作ることはできない。しかし、予期しえない自発性の要素は一対のハサミで導入できる」と彼は言う。悪とは、個人の生活の自発性を損うものである。外側から人間の生活を規制し支配しようとする悪の力に対して、彼は「切り刻み」の方法を対置し、自己を圧迫してきた既成の秩序を破壊しようとしたのである。

それは、どんづまりの場所にまで追いつめられた人間に残された最後の手段であったといえるかもしれない。あるいは、最悪の事態に直面した人間の、出たとこ勝負の戦略と呼ぶべきものかもしれない。バロウズ自身は、この方法は、書くこと以外の領域、たとえばゲームとか軍事作戦とかにも応用できるとして、無作意《ランダム》な行動の意義を強調している。少なくとも敵にこちらの手を読まれないだけましだというわけである。

もちろん、「切り刻み」の手法は、既成の言語の組織を破壊するだけでなく、シュルレアリストたちが発見したように、イメージ間の新しい結合を可能にし、意識の領域を拡大し、人間のヴィジョンの及ぶ範囲をより遠くまで延長する。

人は、断片的な連想の塊りだけで満足するものではない。相互に孤立してばらばらにみえるイメージの中にも、それらを結びつける糸を発見するし、混沌とした集塊の中にもさまざまなパターンを見出すであろう。『裸のランチ』を読んだ人なら、バロウズの「切り刻み」の方法が、単なる気まぐれな破壊に終るものではなく、複雑怪奇な現代文明下における人間生活の、明断にして痛烈なアレゴリーが随所にちりばめられていることに驚かされるであろう。

疑う人は、「イスラム・インコーポレイテッドおよびインターゾーンの党派」を読まれるがよい。コミュニケーションによる醜い支配の現実を、きわめて露骨に鋭く分析して、まさに事実をありのままに述べる最も非情なリアリストであるヴィジョナリイの面目を、そこに見出すにちがいない。

一九七一年二月

鮎川信夫

解説

山形浩生

ウィリアム・シュワード・バロウズは一九一四年、アメリカ合衆国ミズーリ州セントルイスで生まれた。バロウズ家は地元では新興の名家だったが、はやくも落ち目にさしかかっていた。かれの祖父は、歯車式加算機の油圧駆動装置を発明し、一時的に財をなしたが、われらがウィリアム・バロウズが生まれる頃にはその会社も人手に渡ってしまったという。なお、この会社は、コンピュータのバロース社（現在はユニバックと合併してユニシスになっている）とは無関係とのこと。

こうしてアメリカ中西部の、落ち目の成り上がり名家に生まれたウィリアム・バロウズは、大学を出てから定職につくこともなく、親のスネをかじり続けて、アメリカやヨーロッパ、メキシコの各地を転々とする。気が向けば害虫駆除業や私立探偵などのパートもこなし、そのうち同性愛と麻薬の味を覚えて深みにはまり、売人生活に入った。

これと前後して、バロウズはアレン・ギンズバーグやジャック・ケルアックなどと知りあい、いろいろな意味で深いつきあいを始める。この三人を核として、いつしか奇妙な不良集団のようなものが形成される。男色家とはいえ、当時はまだ女嫌いでもなかったバロウズは、その集団の一員だったジョーンとなりゆきで結婚。やがて麻薬所持で起訴されたバロウズは、一九四九年メキシコに逃れ、ここで処女作『ジャンキー』を書き上げる。ボーイフレンドと一緒に南米に伝説のヤーへを探しに出かけ、失敗。メキシコシティに戻ってきたバロウズは飲んだくれ、「ウィリアム・テルごっこ」をして誤って奥さんを射殺してしまう。

一九五三年、保釈中にコロンビアに逃れたバロウズは、そこからさらにタンジールに向かった。

執筆と出版の背景

一九五〇年代初期、バロウズはタンジールで男遊びと麻薬三昧の日々を送っていた。すでに『ジャンキー』は刊行されていたものの、それが特に話題を呼んだわけでもない。ケルアックとギンズバーグがそれぞれ『路上』と『吠える』で名声を確立する一方で、自分は四〇になってもまだモノにならずに親のスネをかじってる、おれには才能がないんだ、と悩みつつも、日々タイプに向かうが何も書けない。そうこうするうちに麻薬の量が多くなり、まったく何もしない状態が続くようになる。

しかし一九五六年、麻薬から立ち直ったバロウズは憑かれたように執筆を開始する。そしてすさまじいつぎはぎ編集の末に完成した原稿を、パリのアレン・ギンズバーグに送り、その後も数回にわたって訂正や追加差し替え原稿を送る。一応の完成を見た原稿を、ギンズバーグがパリのアングラ出版社オリンピア・プレス（フランス語読みではオランピアだが、英米人専門の英語出版社であったので、ここではオリンピアと表記する）に持ち込む。その原稿が物理的にあまりにひどい状態だったため、一度は「読めるようにしてから出直せ」と追い返されたものの、半年後に無事出版されたのが、ジャック・ケルアック命名の本書『裸のランチ』初版だった。

オリンピア・プレスは、パリで英米からの観光客相手に裏部屋でポルノを売っている出版社だった。客が中身を吟味して買うことなどまずない出版物が専門だったため、社長の趣味で一割ぐらいは文学っぽい小説をまぎれこませることができた（もっともそのために同業他社からは「上品すぎる」と嫌われていたそうだが）。すでに述べたとおり、時代的にもそれまでは考えられなかったような野心的な試みが多くなされ、発表場所を求めてウロウロしている時期。ベケットの『ワット』『モロイ』『マロウンは死ぬ』、アレキサンダー・トロッキの諸作などが続々とポルノにまぎれて刊行された。なかでもナボコフの『ロリータ』は有名だろう。日本では、富士見ロマン文庫がシリーズの雰囲気として似ているかもしれない。

出版社としての編集作業は皆無。雑多なセクションがいい加減な順番で印刷所にまわされ、ゲラができた時点で構成を考えるはずだったが、その出鱈目な順番が「なんとなくいい感じ」だったのでそのまま使った、という話が伝わっている。が、オリンピア・プレスという出版社の性格上、これは本当だろう。その後も数カ月おきに『ソフト・マシーン』『爆発した切符』がオリンピアから刊行される。印税などの条件はあまりよくなかったが、ケルアック『路上』出版にいたるまでの苦労を知っているバロウズは、あまり強気には出なかったという。

健全なポルノだと期待して本書を読まされた読者の反応は、あまり芳しいものではなかったそうだ。『裸のランチ』を有名にしたのは、各種の裁判である。まず、『裸のランチ』の抜粋を掲載した雑誌が、郵便法違反で次々につかまる。そしてボストンでは、本屋がわいせつ文書販売のかどで逮捕される。この『裸のランチ』以降、アメリカでは書物のわいせつ裁判というものは二度と起きていない（音楽などではつい最近もラップで歌詞をめぐる騒動などがあるが）。ともあれ、こうした裁判のなかで強調される「文学的価値の高さ」が『裸のランチ』評価に大きく寄与したのは事実であり、またわいせつ裁判の対象となったという事実が売上に大きく貢献したのも、これまた事実である。

原書刊行の時代背景

アメリカでわいせつ文書の指定をうけかけた本書は、イギリスでも、タイムズ文芸付録というそれなりに権威のある書評紙で「こんな文学的せんずりと同じシリーズに入っているほかの作家がかわいそうだ、このような代物が出回るからいい本まで検閲されてしまうのであって、出版社はそこのところを考慮して、こんな本は自主規制すべきである」といった内容の酷評を受け、それに対して大論争が展開された。

どちらも、登場するのはなかなかのビッグネームだ。ノーマン・メイラー、アレン・ギンズバーグ。マイケル・ムアコックにアントニー・バージェスなどなど。もちろんバロウズ本人も。基本的な議論の図式としては、

A「これはただのわいせつ文書である、よって検閲すべきだ」
B「いや、これは文学作品であってわいせつではない」

という二つに集約できる。Bはほとんど意味をなしていない。文学性や芸術性の有無と、わいせつ性の有無とはまったく無関係であり、この二つは十分に両立可能である。そして、Aは説明不足。わいせつ文書を検閲しなくてはならない、という考えの背後にあるのは、読者への不信であり、それを読んだ（あるいは見た）人びとを改心させるコストに対する過大な見積りである。それを明確に説明できない限り、この二つは決して収束しない。そもそも収束させるつもりなど一切ない人びとがやっている議論なのだから、当然ではある。『裸のランチ』検閲の是非をめぐる議論も、結局はすれちがいに終わっており、考古学的価値以上のものはない。

この『裸のランチ』と同時期に『吠える』『ロリータ』『北回帰線』『ブルックリン最終出口』などが登場し、いずれも激しい議論を巻き起こしていること、そしてその議論のおかげでいずれも売上がかなり伸びていることは記しておこう。この六〇年代初期という時代は「こんなことを書いていいのか」「こんな書き方をしていいのか！」という解放と発見の時代だった、とトマス・ピンチョンは書いている。『裸のランチ』も、それをめぐる一連の騒ぎも、そうした時代の産物だったのだ。

執筆後の展開

『裸のランチ』でとりあえず作家としての地位を獲得したバロウズは、雑多なエピソードをいい加減に並べる、というやりかたが気にいったのだろう。また、同時期に画家のブライオン・ガイシンたちと出会い、カットアップという技法を手にいれる。出来合いの文を出鱈目に切り、出鱈目に並べかえて新しいことばの連なりを生み出す手法である。そしてそれをさらに発展させた（というより、切る手間を省いて省力化を図った）折り込み法（フォールド・イン）により、『裸のランチ』以降の数年間、かれはすさまじい量の本を世に出す。

ヘンリー・ミラーやノーマン・メイラーがバロウズに対して持っていた期待は、同性愛や麻薬使用などの後ろ暗い世界を細やかに描き続けてくれる、といったものだったらしい。このため、かれが世界を深めるかわりに技法の追及に走ったことについては不満だったようだ。ただ、ウィリアム・バロウズのほうも、技法だけを追及していたわけではない。かれはかれなりに、この世の後ろ暗い部分を描き続けていた。ただ、その語り口はいささかエキセントリックなものだった。麻薬の売人（あるいは麻薬そのもの）とジャンキーの関係を、「言語」を含むこの世のありとあらゆる人間関係にまで拡大適用し、それを「ウィルス」「寄生虫」とその宿主の関係として描いた、ほとんど強迫観念のようなバロウズの小説世界は、『裸のランチ』以降さらに先鋭化され、その一方で一般性を失う。『ソフト・マシーン』『ノヴァ急報』『爆発した切符』などの諸作は、具体的な風景をほとんど持たない、観念とおぼろげな記憶のみが交錯する、時に美しい、時に耐えがたいほど退屈な、不思議なブレンドの小説となっている。

ウィリアム・バロウズがこの『裸のランチ』以降に多少なりとも一般的な支持を受けるようになるためには、八〇年代になって『シティーズ・オブ・ザ・レッド・ナイト』の刊行を待たねばならない。これと前後するように、さまざまなメディアでウィリアム・バロウズの復権が見られるようになる。おそらく、多感なティーン半ばに、親に隠れてこっそりと『裸のランチ』を読んでいた世代が、この時期になってようやくさまざまな分野で発言力を持つようになってきたのだろう。もちろん、それだけの原体験的な影響力を持っていたバロウズの小説の力もあるのだろうが。ローリー・アンダーソンやウィリアム・ギブスン、ガス・ヴァン・サントなどをはじめ、みんな思い思いのやりかたでバロウズにオマージュを捧げている。クローネンバーグによる本書の映画化は、その最も純粋な形態と言えるかも知れない。

映画『裸のランチ』

本書の映画化の試みは、これ以前にも何度かなされている。たとえば数年前、『ネイクド・ランチ——究極の美食』なる映画が撮影され、日本でも公開されている。内容的にはレストランのランチタイムにいきなり乱交パーティーがはじまってしまう（もちろん、客も店の人間もすべて男）というもので、本書と直接の関係はいささか疑問ではある（間接的な関係は大いにあるのだが）。デビッド・クローネンバーグ監督による『裸のランチ』は、ウィリアム・バロウズの分身であるウィリアム・リーを主人公とする物語となっており、『ネイクド・ランチ』よりは本書に（若干ながら）即したものになっている。

もちろん、本書を流し読みすればわかることだが、このような雑多なエピソードの集積からなる小説をすべて映画にするのは不可能だろう。クローネンバーグ版は、この小説そのものの映画化というよりも、むしろ「わたしはいかにして『裸のランチ』を書いたか」ともいうべき内容になっている。害虫駆除員時代のバロウズから、奥さんをウィリアム・テルごっこで射殺したという作家バロウズ誕生の契機となった事故をはじめとして、『おかま』や『おぼえていないときもある』などからのエピソードを交え、最後に自覚的に「書く」ようになるまでの、現実／妄想の中のウィリアム・リーことバロウズが描かれる。タイトルの六〇年代初期の映画のようなロゴと、天然色めいたタイトルバック、そして映画全体をおおうトーンの暗い照明が印象的な映画となっている。

内容的には、バロウズについてある程度の予備知識がないと理解しにくい部分がかなりある。少なくとも『裸のランチ』(本書)と『おかま』は読んでいないと苦しいかも知れない。アメリカでは『裸のランチ』はすでに基礎教養に属する小説であり、読んだことはないにしても内容の大筋は把握している人が(インテリ層には)多い。このため、公開直後の評判はそれほど悪いものではないそうだ。が、そういった下地のない日本でどういう受けとめかたをされるかは、執筆時点では不明である。

小説『裸のランチ』

原著の刊行からほぼ三〇年がたった現在、本書はすでに二〇世紀の古典としての地位を確立している。かつては単なるきわもの的な部分ばかりがとり沙汰されていたが、そうした部分の衝撃性が相対的に薄れ、カットアップや折り込みという技法への過度の期待もやっと鎮静化した今日、『裸のランチ』を筆頭とするバロウズの世界そのものに対する共感なり反発なりが、ようやく表面に出てきているのだ。それは、映画『裸のランチ』とはまったくちがう世界だ。視覚的であるよりは聴覚/嗅覚/触覚的、具体的であるよりは抽象的な世界。人間関係の構造だけが顕在化した、まるで神話のような世界。

この三〇年の間に、先に挙げたウィリアム・ギブスンやデニス・クーパー、あるいは中西俊夫の「伸縮自在セックス・トイが転がっている部屋」など、自他ともにバロウズの影響下にあることを認める作家や小説が出現している。また、バロウズのもっとも忠実な後継者たるキャシー・アッカーの小説も、この『裸のランチ』と同時期に日本語に訳される予定。世界はますますバロウズ的になりつつあるのだろうか。あるいは、世界は常にバロウズ的であったのだが、未だ多分に一九世紀的であるわれわれには、それが見えていなかっただけなのだろうか。この確認作業は、おそらく来世紀まで持ち越されるはずだ。そして二一世紀、その作業の核となる検体の一つが、この『裸のランチ』であるのは疑いのないところである。

*　　*　　*

書誌

本書は“The Naked Lunch”(William Burroughs)の全訳である。底本としてはイギリス Grafton BooksのPaladin版(一九八六年)を使用し、一部はアメリカ Grove Press の Black Cat 版を参照した。

原著の初版は一九五九年にパリの Olympia Press から出版された。その後、今回の完全版に収録した序文と補遺が加わり、本文も加筆と構成変更が行われている。

旧版との関係

本書は一九八六年に亡くなられた鮎川信夫氏による全訳が一九六五年に河出書房から刊行されている。しかし、鮎川訳には序文や補遺は含まれておらず、原著加筆訂正部分も反映されていない。今回の完全版では、鮎川訳をほぼ完全に踏襲しつつ、序文、補遺、加筆部分の翻訳と旧訳の明らかな誤訳の訂正を山形が行っている。また、序文には映画公開にあわせて新たに追加された「宣誓の補足」を追加している。

完全な新訳としなかったのは、旧訳の優秀性のためである。一九六五年にこれほどの水準の訳が存在しえたのは驚異であり、先人の偉業に敬意を表する意味でも、旧訳はほぼそのままの形で残した。なお、一部のカタカナ表記については、今日の慣用にあわせて修正した(マリハナ→マリファナなど)。新たに訳した加筆部分と鮎川訳の間には一部文体の相違が残されていることをお断わりする。

構成の変更によって新たに立てられた章は、「ベンウェイ」、「ホセリト」、「病院」、「ハッサンの娯楽室」、「郡事務官」、「診察」の六章。本文の加筆訂正箇所は数十箇所にわたるが、分量的に一ページ以下のものが多い。

＊　＊　＊

補遺の薬物に関する記述については、手塚万里子氏にご指導をいただいた。ありがとう。繰り返しになるが、バロウズの「中毒」ということばは特殊な使われ方がなされている。くれぐれも「コカインは中毒しない」などという記述を真にうけて、安易にクラックなんぞに走らないでいただきたい。特にあの薬はいろんな意味ではた迷惑なので。ふつうは文中に記述されているような、継続使用による副作用や精神的依存も含めて「中毒」と呼ぶのである。

山形浩生

一九九二年元旦

文庫版にあたっての付記

今回、文庫に収録されるにあたって、以前の完全版では採用されなかった各種改訂・改訳も加えた。

また、その後の状況の変化について述べておく。まず、ウィリアム・S・バロウズは一九九七年に脳溢血で死亡した。享年八三歳。

さらに二〇〇三年になって、この『裸のランチ：復元テキスト』なるものが、かれの晩年の秘書を務めていたジェイムズ・グラワーホルツらによって発表されている。グラワーホルツによれば、バロウズはもともと初版のオリンピア版を『裸のランチ』本来の姿と考えており、その後アメリカのグローブプレスが出した現在の形は、ギンズバーグと編集者が（長さが足りないと判断して）古いバージョンに基づいて勝手に作ってしまった部分がある、とのこと。さらに、オハイオ州立大学のバロウズ資料の中から、紛失したと思われていたオリンピア版のオリジナル原稿（実はいったん出版社が紛失したため、実際に出たのはその後バロウズたちが急ごしらえで作ったものだった）が出てきた。したがって、それをもとにオリンピア版の原型に忠実な「完全版」を作ってみた、というのがこの「復元テキスト」の趣旨である。

ただし、この処理を疑問視する声も多い。当初はどう思っていようと、バロウズが本当に不満に思っていたなら、その後数十年にわたり自分の満足のいくバージョンを出す機会はいくらでもあった。でも、かれはそんなことはしなかった。そしてその間に人々が読んで影響を受けてきたのは、このグローブ版のほうだった。それなのに当人の死後に、取り巻きが勝手にむかしの原稿をいじってでっちあげ、それを「完全版」と呼ぶのは正当化されるのか?

さらに『裸のランチ』が緊密な構成を持つ小説ではなく、多くのエピソードの集積である以上、テキストの細かい追加・削除が小説としてそれほど大きな価値の差をもたらすだろうか? 研究者なら書誌的な興味は持つだろうけれど、読者としては、ぼくはそれほど大きな印象の変化は感じなかった。が、人によってはちがう印象を持たれるかもしれない。この翻訳は、以前のグローブ版に基づいたものなので、もしこの訳を原書とつきあわせて見る場合には、バージョンの差にはご留意いただきたい。

山形浩生

二〇〇三年六月

本書は一九六五年に「人間の文学19　裸のランチ」として、またいくつかの版を経て、一九九二年に単行本の「完全版」として、小社から刊行されました。

本書には、原著の人間の醜さをあえてあらわにしていく表現方法を翻訳で伝えるため、人種的差別、身体障害者への差別を表わす言葉が使われています。原著の意図するところをくみ、心してお読み下さい。

編集部

裸のランチ

著者 W・バロウズ
訳者 鮎川信夫

二〇〇三年 八月二〇日 初版発行
二〇〇六年 九月二〇日 3刷発行

発行者 若森繁男
発行所 河出書房新社
東京都渋谷区千駄ヶ谷二－三二－二
〇三－三四〇四－八六一一（編集）
〇三－三四〇四－一二〇一（営業）
http://www.kawade.co.jp/

デザイン 粟津潔

本文組版 KAWADE DTP WORKS
印刷・製本 中央精版印刷株式会社

定価はカバーに表示してあります。
落丁本・乱丁本はおとりかえいたします。

 ISBN4-309-46231-6

見えない都市

イタロ・カルヴィーノ　米川良夫〔訳〕　46229-4

現代イタリア文学を代表し、今も世界的に注目され続けている著者の名作。マルコ・ポーロがフビライ汗の寵臣となって、さまざまな空想都市（巨大都市、無形都市等）の奇妙で不思議な報告を描く幻想小説の極致。

ブレストの乱暴者

ジャン・ジュネ　澁澤龍彥〔訳〕　46224-3

霧が立ちこめる港町ブレストを舞台に、言葉の魔術師ジャン・ジュネが描く、愛と裏切りの物語。"分身・殺人・同性愛"をテーマに、サルトルやデリダを驚愕させた現代文学の極北が、澁澤龍彥の名訳で今、蘇る!!

葬儀

ジャン・ジュネ　生田耕作〔訳〕　46225-1

ジュネの文学作品のなかでも最大の問題作が無削除限定私家版をもとに生田耕作の名訳で今甦る。同性愛行為の激烈な描写とナチス讃美ともとらえかねない極度の政治的寓話が渾然一体となった夢幻劇。

眼球譚［初稿］

オーシュ卿（G・バタイユ）　生田耕作〔訳〕　46227-8

20世紀最大の思想家・文学者のひとりであるバタイユの衝撃に満ちた処女小説。1928年にオーシュ卿という匿名で地下出版された当時の初版で読む危険なエロティシズムの極北。恐るべきバタイユ思想の根底。

西瓜糖の日々

リチャード・ブローティガン　藤本和子〔訳〕　46230-8

コミューン的な場所アイデス〈iDeath〉と〈忘れられた世界〉、そして私たちと同じ言葉を話すことができる虎たち。澄明で静かな西瓜糖世界の人々の平和・愛・暴力・流血を描き、現代社会を鮮やかに映した詩的幻想小説。

大胯びらき

ジャン・コクトー　澁澤龍彥〔訳〕　46228-6

「大胯びらき」とはバレエの用語で胯が床につくまで両脚を広げること。この小説では、少年期と青年期の間の大きな距離を暗示している。数々の前衛芸術家たちと交友した詩人を愛した澁澤の訳による傑作集。